新潮文庫

インテリジェンス人間論

佐藤　優著

まえがき

現役外交官時代の思い出には、楽しかったこと、苦しかったことなど、いろいろあるが、いちばん面白かったのは、様々な人間を観察する機会に恵まれたことである。

私は、「人脈構築がうまい」とよく言われたが、どうもピンとこないのである。外交官や政治家が集まるレセプションで社交的な活動をすることはいつも億劫《おっくう》だった。生身の人間から生きた情報を得るよりも、書類や本の山に囲まれて、死んだテキストから、現実の生活に役立つ内容を引き出す方が好きなのである。

もう少し、自分の気持ちを正確に表現すると、人間的に尊敬でき、信頼する人とあたかも友人のように楽しく歓談しても、その後、大使館に戻って、話した内容のうち、日本政府にとって役に立つ部分を公電《こうでん》にして、暗号をかけて、東京の外務本省に送るのが、生理的に嫌だった。公電の行間から友情や厚意に付け込んでいる自分の姿が浮かび上がるような気がしたからだ。

人は、できることと好きなことが異なる場合がある。インテリジェンス(intelligence、諜報《ちょうほう》)とは、行間(inter)を読む(lego)という意味なので、本来的には、テキストを扱う仕事なのだと思う。秘密公電のみならず、普通の新聞記事や誰でも閲覧できる国会の議事録や統計集を注意深く読んで、隠されている情報をつかみとっていく作業は、知的ゲームとしては実に面白い。私にはその適性があると思う。しかし、このようなインテリジェンスという仕事を私は最後まで好きになることができなかった。

さて、政治やインテリジェンスの世界には、実に面白い言葉を発したり、不思議な行動をとる人々がいる。そういう人間と会うと、私は、新しい面白いテキストに出会ったときと同じような興奮を覚えた。現役時代は、その興奮を「物語」に組み立てて、口頭であちこちに伝えていた。もちろん、こういうおしゃべりのときには、相手が話した内容から外交秘密は、差し引いておく。これが政治エリートや外交団との社交の席で、意外に受けたのである。「人脈構築がうまい」と言われた理由も、私のこういったおしゃべりに関心を示す人がそこそこいたからだと思う。

このときのおしゃべりを、活字にしたらどうなるか、「新潮45」の場で何回か実験してみた。その作業が面白くなったので、他の媒体でも人物論をいくつか書いた。本書は、これらの小編をまとめたものであるが、第一話「鈴木宗男《むねお》の哀しみ」、第四話「小渕恵三《おぶちけいぞう》の〝招き猫〟」は、単行本刊行時に新たに書き下ろしたものである。

特に「鈴木宗男の哀しみ」は、私が鈴木宗男氏（新党大地代表）をどう見ているかについて、はじめて、本格的に記した文章である。この原稿用紙四十枚足らずの文書を綴《つづ》るのに、私は一カ月半、考え抜いた。過去に私が綴った文章のなかで、もっとも難産したものである。

インテリジェンス人間論◇目次

まえがき 3
第一話 鈴木宗男の哀しみ 13
第二話 橋本龍太郎と日露外交 39
第三話 私が見た「人間・橋本龍太郎」 58
第四話 小渕恵三の〝招き猫〟 72
第五話 新キングメーカー「森喜朗」秘話 89
第六話 死神プーチンの仮面を剝げ 103
第七話 プーチン後継争いに見る凄まじき「男の嫉妬」 124
第八話 日露対抗「権力と男の物語」 139
第九話 「異能の論客」蓑田胸喜の生涯 155
第十話 怪僧ラスプーチンとロシアン・セックス 171

第十一話　スパイ・ゾルゲ「愛のかたち」 184
第十二話　金日成のレシピー 196
第十三話　有末精三のサンドウィッチ 211
第十四話　「アジアの闇」トルクメニスタンの行方 223
第十五話　インテリジェンスで読み解く「ポロニウム210」暗殺事件 237
第十六話　不良少年「イエス・キリスト」 254
第十七話　二十一世紀最大の発見「ユダの福音書」 270
第十八話　ラスプーチン、南朝の里を訪ねる 289
第十九話　ティリッヒ神学とアドルノ 303
あとがき 318
文庫版あとがき 324
解説　香山リカ

文中の肩書きは、特に断りのない場合、単行本刊行当時のものである。

インテリジェンス人間論

第一話　鈴木宗男の哀《かな》しみ

「三分の一も残らないかもしれない」

いつの頃からか、私は鈴木宗男氏を哀しい人と思うようになっていた。

それを初めて意識したのは、鈴木氏が、権力の絶頂にあったときのことだった。北海道・沖縄開発庁長官、内閣官房副長官を歴任し、当時、鈴木氏は自民党総務局長を務めていた。自民党総務局長の職務は、世間一般にはあまり知られていないが、選挙における党の公認を決定し、選挙費用を分配、その他、自民党に敵対する政治家の信用失墜のための裏工作を計画、実行するなどの汚れ仕事を含む広範囲に及ぶ。権力が集中するポジションだ。

鈴木氏が総務局長に就任すると自民党本部四階にあった総務局長室に、陳情客や各省庁からの連絡や相談に来る人々が殺到し、文字通り廊下をふさいだ。三、四時間待って、鈴木氏と話をすることができるのは、二、三分という、大学病院の診察のような状態が生じた。自民党では、総務局長室を拡張し、数十人を収容できる大待合室を作ったほどだ。鈴木氏が総務局長の職を退くと、この大待合室は解体されて、もとの状態にもどった。

鈴木氏の周辺には「ムネムネ会」と呼ばれる衆議院議員、参議院議員の双方からなる派閥横断的なグループができた。鈴木氏自身は、平成研究会（当時の小渕派、旧経世会）に属していたが、生え抜きではなく、無派閥の時代も長かった。「ムネムネ会」は平成研内部の「派閥内派閥」としての性格を徐々に強めていった。鈴木氏が力をつけるにつれて、「ムネムネ会」に所属する国会議員たちは、鈴木氏のことを「会長」とか「総裁」と呼ぶようになっていった。

一九九九年晩秋に、ロシアの政局ではきな臭い動きがあった。既にＦＳＢ（連邦保安庁）長官だったプーチンが首相に就任し、本格的なチェチェン紛争が始まっていた。二〇〇〇年三月に予定された大統領選挙にプーチンが出馬するかどうかについては、専門家の間で見方が分かれていた。

圧倒的多数派は、無名で政治家としての経験がほとんどないプーチンをエリツィン大統領が後継に指名するはずがないという見解だったが、私は既にエリツィンと側近グループは、プーチンを後継者に決めたと考えていた。

私は、九九年三月の段階で「大統領が任期前に辞任して、現時点では全く無名であるが、能力が高く、エリツィンに全面的忠誠を誓う人物に譲る。すでに二、三名の候補者が絞り込まれた」という情報をクレムリン（大統領府）幹部、副首相級の政府高官から聞いていた。そして、その内の一人がプーチンであるという情報も夏には私の耳に入ってきた。その情報を私は書類にまとめ、外務省の関連部局とともに、鈴木氏や小渕恵三総理にも報告した。

九九年の十一月下旬か十二月の初め頃と記憶している。地下鉄丸ノ内線、赤坂見附駅のそばに、当時、鈴木さんに近い政治家や外務官僚が集まるステーキハウス兼しゃぶしゃぶ屋があった。ここに鈴木さんは、気心の知れた政治家を招いて会食をすることが多かった。

その夜、ここで「ムネムネ会」の政治家が十名ほど集まって、遅い夕食をとっていた。モスクワの情報提供者から、チェチェンの戦況について最新情報が寄せられたので、鈴木氏に電話で報告した。

鈴木氏から、「あんた今、時間があったら、チェチェンの話を若い（国会議員の）先生たちにもしてほしい。あんたのチームのメンバーたちも連れてきてほしい」という要請があったので、私は「喜んで」と言って、若手外交官を三名つれて、ステーキハウス兼しゃぶしゃぶ屋に向かった。

当時、私は「ロシア情報・分析チーム」という特命のインテリジェンス・チームの責任者をつとめていた。鈴木氏は、私のチーム・メンバーもたいせつにしてくれた。若手外交官にとって、国会議員と本音で意見交換をすることはとても勉強になる。それだから、私はチーム・メンバーをこのような席に極力連れて行くようにしていた。

この店は、雑居ビルの地下一階にある。中央に大きな鉄板を敷いたカウンターがあり、左側に襖《ふすま》で仕切られた掘り炬燵《ごたつ》の個室がある。そこに国会議員たちがいた。ワインを浴びるように飲んだ後のようで、チェチェン情勢について説明をしても、到底、頭に入るような状態ではないようなので、私は説明を諦《あきら》めて、席に座って、国会議員からつがれる赤ワインを一気に飲み干していった。

官僚は酒に弱いと国会議員から軽く見られる。国会議員から勧められる酒は飲み干すが、酩酊《めいてい》して正気を失わないようにしなくてはならない。いくら酒の飲み比べをしても私が酩酊しないのを、面白く思わなかったのであろうか、私に年齢の近い衆議院議員が突然、からんできた。

「佐藤君な。お前たち役人なんていう奴《やつ》らは、国会議員を利用するだけ利用して、何かあれば最後は逃げるし、裏切る。よく聞いておけ。君だってそうだ。浮くも沈むも一緒、鈴木会長と最後まで一緒に進むのは、俺たち政治家だけだ」

私は黙ってその男の話を聞いていた。

そうすると、「あんた、何を言うんだ」という大きな声が聞こえた。鈴木氏だった。

「佐藤さんは、日本の国益のために、文字通り、身体《からだ》を張って仕事をしているんだ。それを君はなにを言うか」

部屋の中が静まりかえった。衆議院議員は、鈴木氏の方を向いて、「すいません。冗談でした」と言った。

私が「さあ、みなさん楽しく飲みましょう」と言って、赤ワインをついでまわったので、場は再び和やかになった。

それから十五分くらい経《た》ったところで、鈴木氏が、

「じゃあ、みんな、いいか、もう」

と言った。会合を終えようとするときに鈴木氏はいつもこう言う。

国会議員たちは、「鈴木宗男総裁万歳！」を三唱して会合を終えた。

店を出ようとすると、鈴木氏が、「佐藤さん、ちょっと時間があるか。仕事がだいぶ残っているのか」と言った。

私は、「大丈夫です。何か別の会合があるのですか」と尋ねた。

鈴木氏は、「たまには二人だけで飲もう」と言って、私たちは店の裏口から、外堀通りと田町通りの間にある小さな裏通りに出た。

ここは飲み屋もほとんどない、ビニールに入れられた生ゴミが並べられている薄暗い通りで、人通りもほとんどない。ときどき酔ったカップルが抱き合ったり、キスをしている場所である。この裏通りを歩きながら、鈴木氏はこう言った。

「佐藤さん、今日はほんとうに済まなかった。不愉快な思いをさせて」

「何をおっしゃいますか。まったく気にしていません」

これは私の本心だった。酩酊した国会議員や外務省幹部から暴言を吐かれたことは何度もある。しかし、それでその人物の本性がわかるので、むしろそういう機会を私は歓迎していた。しばらく二人は黙っていたが、鈴木氏が口を開いた。

「佐藤さん、今日はほんとうに済まなかった。俺に今後何かあったとき、あんた、あそこにいた連中のなかで何人が残ると思うか」

「半分くらいでしょうか」

「そうじゃない。よくて三分の一くらいだろう。いや、三分の一も残らないかもしれない。威勢のいい奴ほど残らないと思う」

「しかし、ムネムネ会の先生方は、鈴木先生に全面的な忠誠を誓っているじゃないですか。この点は間違いなく信頼できるんじゃないでしょうか」

「今のところはね。しかし、何かあったときはわからないぞ。さっきあんたに文句をつけた奴なんかは、いざというときは俺についてこないと思うよ。まあ、政治家の世界はそういうものさ」

その日は、一ツ木通りのラウンジバーに行って二人でウイスキーを相当飲んだ。鈴木氏の横顔がとても淋《さび》しそうに見えた。

二〇〇二年六月十九日に鈴木宗男氏は、東京地方検察庁特別捜査部によって逮捕された。その二日後の二十一日に鈴木氏に対する議員辞職勧告決議案が上程された。その勧告決議案にムネムネ会に所属する議員は全員賛成し、議場で起立した。

この話を私は東京拘置所の独房で流れるラジオ番組で聞いた。

翌日、面会に来た弁護士に、「ひどいじゃないですか。あれだけ鈴木先生の世話になっておきながら」と言うと、弁護士はそうではないと事情を説明してくれた。私と鈴木氏には同じ弁護人がついていた。

野中広務衆議院議員（元内閣官房長官）から弁護士のところに「ムネムネ会の議員たちが何人も相談に来ている。みんな鈴木さんには世話になったから、決議案に反対したいとか、採決を欠席したいという。鈴木さんの意見を聞いてきてくれ」という連絡があった。

それに対して、鈴木氏は獄中から弁護士に「政治家、とくに若手政治家は、次の選挙がいちばん大事だ。人間関係から議員辞職勧告決議に欠席したとなると、間違いなく選挙に影響してしまう。生き残ることを優先しろ。私はなんとも思わないから、野中先生からムネムネ会の全員に『堂々と本会議に出席して、起立、賛成しなさい。それが生きる道なんだ』と伝えていただきたい」と答えたというのである。

その話を聞いて、私は一層哀しくなった。ムネムネ会の国会議員たちは、このような照会をすれば、鈴木氏が「俺のことは構わずに、議員辞職勧告決議に賛成せよ」と答えることは当然想定している。その上で、保険をかけたことが明白だからだ。

外務省幹部の見苦しい生き残り術

鈴木宗男・田中眞紀子《まきこ》戦争の過程でも、私は見たくないものを何度も見てしまった。二〇〇一年秋のことである。鈴木氏と小町恭士外務省官房長（当時）が赤坂の料亭「大乃《おおの》」で、秘密会合を行った。私は、鈴木氏と小町氏の双方から頼まれたので、立ち会いとして同席した。

小町氏は、田中眞紀子外務大臣がいかに一方的な思い入れがひどく、まともな外交ができないかを切々と訴えた。特に九・一一の米国連続テロ事件の直後にアメリカ国務省の緊急避難先をマスコミに対して話してしまうという大失態を犯して以後、重要な話は田中大臣には報告しないようにしていると鈴木氏に伝えた。その上で、「外務省はいままでよりも鈴木大臣のお力を借りなくてはならない」と深々と頭を下げて依頼した。

事実、その頃、鈴木氏は、小泉純一郎内閣総理大臣と外務省の依頼にもとづいて、総理親書をもってタジキスタンを訪れ、ラフモノフ大統領（〇七年四月に「ラフモン」と改名）から、国際テロリズムに対する戦いへの協力をとりつけたりした。

大乃での会合の後、鈴木氏は私にこう言った。

「小町は信用できるな。相当、腹を括《くく》っている。田中眞紀子について、あそこまで言うんだからな。教育効果があった」

ここで鈴木氏が言う「教育効果」とは以下のことだ。

一九九九年八月、中央アジアのキルギス共和国で、イスラム武装勢力に国際協力事業団（現・国際協力機構、ＪＩＣＡ）から派遣された日本人技師四名が拉致《らち》されるという事件が起こった。二カ月後の十月二十五日に人質は無事解放されたのだが、事件を処理する過程には、さまざまな「闇《やみ》」があった。後に鈴木氏はこう証言している。

〈当時注目されていたのは、人質解放のために身代金が支払われたのではないか、という点だった。政府は身代金の支払いを否定していたが、現実には三〇〇万ドル、日本円にしておよそ三億円支払っていたのだ。

しかし、その金はゲリラには渡っていない。

そもそも政府は支払う必要のない金を出していたのだが、それだけではなく、じつは外務官僚がその金の一部を使い込んでいた、という疑いがあるのだ〉（鈴木宗男『闇権力の執行人』講談社＋α文庫、二〇〇七年、二一〇―二一一頁）

それでは、この三百万ドルはどこに消えてしまったのか。

〈平成二年（一九九〇年）にアカエフが初代大統領に就任したとき、外務省は「民主化の優等生」「中央アジアのスイス」とキルギス共和国を宣伝した。そして、円借《しゃっ》款《かん》と無償援助で約三五〇億円ものＯＤＡ（引用者註：政府開発援助）を出してきたのだが、その金がアカエフ大統領の不正蓄財につながった。人質解放のための身代金三〇〇万ドルも、アカエフ大統領とその周辺が着服したと私は見ている〉（同、二一一頁）と鈴木氏は書いている。

当時、小町氏は国際協力事業団の総務部長をつとめていた。キルギス人質事件の責任が降りかかってくることを恐れた小町氏は、奇抜な作戦を考え出す。毎朝、鈴木氏に宛《あ》てた手書きの手紙を自民党総務局長室に持参するのである。総務局長室の秘書も、「小町さんは毎日手紙を持ってくる。こんな人は見たことがない」と驚いていた。一年半にわたって小町氏が持参した手紙は百通を軽く超え、段ボール箱一箱では、収まらなくなった。

「ほれ、これをみてごらん」と言われて、何通か手紙を見たが、近況、仕事に対する熱意、鈴木氏に対する忠誠がどの手紙にも記されていた。その手紙を見て、私は気分が悪くなった。鈴木氏について、私が小町氏から注意されたときの記憶が甦《よみがえ》ってきたからだ。

九二年初め、私が一時帰国したときのことである。当時、ロシア課長を務めていた小町氏に私は呼び出された。そしてこう言われたのである。

「鈴木宗男さんには、気をつけなさい。あの人は、あなたの能力を自分の野心のために使おうとしている。ああいう人ではなく、三塚博先生や中山太郎先生のような将来性がある政治家と付き合った方がいい」

「清和会の政治家と付き合えということですか」

「いや、そうじゃない。将来性のある政治家と付き合えと言うことだ。鈴木宗男は上まで行かない。あまり巻き込まれない方がいい」

当時、小町氏は清和会（現町村派）に賭《か》けていたのである。しかし、鈴木氏が小町氏の想定を超えて、権力の中枢《ちゅうすう》に近付いてきたので、キルギス事件を奇貨として擦り寄ってきたのである。

私は、鈴木氏に対してこう言った。

「確かに教育効果は現れたでしょうけど、また、すぐに消えるかもしれません」

「あんたは小町を信用していないのか」

「通常の仕事を進める上では、信頼しています。しかし、ギリギリのところではどうしても信用できません」

っていた。

「そうか」

鈴木氏は理由を尋ねなかったので、私もかつて小町氏に言われたことについては黙

鈴木氏と小町氏が大乃で会ってから、一カ月も経たないときのことだ。外務省ＯＢで、小泉純一郎総理に近いある人物が鈴木氏を訪ね、「外務省の佐藤優は評判がよくないですね。あんな人間と付き合わないほうが鈴木先生のためにいいですよ」と伝えてきたという。そのＯＢは、「野上義二《よしじ》外務事務次官は佐藤の異動を考えている」と示唆《しさ》しているということだった。

当然、鈴木氏は大反発をした。鈴木氏の反応を見てこのＯＢも野上事務次官も蒼白《そうはく》になった。そして、私の人事異動の話も立ち消えになった。

このＯＢの働きかけがなぜなされたか、私はずっと疑問に思っていたが、今年（二〇〇七年）になって、謎《なぞ》が解けた。小町氏がこのＯＢに、

「外務省の総意として、鈴木宗男から佐藤優を切り離そうと考えているのだが、怖くて誰もできない。外務省のためになるから、是非、あなたから鈴木さんに働きかけて欲しい」

と頼んだというのが真相だった。

小町氏は、田中・鈴木戦争の帰趨《きすう》が見えないので、両陣営に保険をかけたのであろう。ただし、鈴木氏の周辺に私がいると、真実と異なる情報で鈴木氏を操ることができなくなるので、まず、私を排除することを考えた。外務省の人事であるから、官房長である小町氏が決断すれば、いつでも私の異動は可能だった。しかし、私が反発した場合、自己に不利益があることを恐れ、小町氏はOBを保険として使ったのだ。

鎮魂の書としての『国家の罠《わな》』

最近、この真相を知って、走馬燈のように外務省時代の嫌な記憶がいくつも頭に浮かんできた。消そうと思っても、これらの記憶が頭から消えていかないのである。

二〇〇二年に鈴木バッシングが始まった時、かつて鈴木氏に擦り寄ってきた外務省幹部の多くが、「鈴木にひどい目に遭わされた」と文字通り涙を流して訴えた。

また、国会では鈴木氏が北方領土不要論を主張したという野党のまるでピント外れの追及を是認した幹部もいた。

この過程で鈴木氏は深く傷ついた。

実は私も「鈴木宗男攻撃に加われ。そうすれば君も生き残ることができる」と外務省幹部から誘われていたのだ。しかし、私はそれを断った。かつて信頼していた外務省幹部が鈴木氏を裏切っていくことに人間として耐えられなかった。それと同時に、私の外交官としての良心が二つのことを私に囁《ささや》いたのである。

第一の声は、次の内容だ。

「鈴木さんだって人間だ。これだけ、信頼し、面倒を見た外務官僚に裏切られれば、悲しみと怒りで、全《すべ》てを暴露しようという誘惑にかられる。鈴木さんは知りすぎている。外交秘密が全て表に出たら、日本の国益に与える悪影響が甚大だ」

第二の声は、第一の声と重なる部分があるが、より外交的性格を帯びていた。

「日本の外交官は、鈴木さんは信頼できる秘密を守る政治家だと言って、ロシアの要人に紹介した。そして、プーチン大統領と会うことができるほどの信頼をロシア側から得た。ここで、鈴木宗男が天下の大悪人で、国賊だというキャンペーンに僕までも加われればどういうことになるか。いや、沈黙を保つだけでもどういうことになるか。クレムリン要人や野党幹部を含め、ロシアの政治エリートは僕を信頼している。その僕が最後まで、鈴木さんと一緒に進み、僕や鈴木さんの口から、今後の日露交渉に悪影響を与える外交秘密が漏れないならば、ロシア人は、『政治の世界には浮き沈みがある。今回、鈴木宗男は沈んでしまった。それに佐藤優も巻き込まれた。しかし、あいつ等は筋を通し、われわれに迷惑をかけなかった。日本人は約束と秘密を守る。将来、われわれが信用する日本の外交官や政治家と仕事をしても、ロシアが裏切られることはない』と考えるだろう。

ここで、僕と鈴木さんは、きれいに死ななくてはならない。死ぬことによって、別の外交官と政治家を生かすことができる。そうして、北方四島を少しでも日本に近づけることができれば、僕は本望だ」――。

この声に従って、私は最後まで鈴木氏と進むことにした。それと同時に、鈴木氏に対する強い自責の念が、私の心に浮かび上がってきたのである。鈴木氏を私が北方領土交渉に巻き込まなければ、鈴木氏が外務省に対する影響力をこれほど大きくもつことにもならなかった。鈴木氏はインテリジェンスの手法と人脈を身につけることによって、通常の外務省の局長や大使では太刀打ちできないような情報力と判断力をもつようになった。この道筋を整えたのも私である。こういうことにならなければ、鈴木氏と外務省は平和的共存を維持することができたはずである。

二〇〇二年五月十四日午前、当時、飯倉の外交史料館へ異動になっていた私に、鈴木氏から電話がかかってきた。野中広務氏から得た情報で、私の逮捕は「今日の午後がヤマ」という話を伝えてきた。

「どんなことがあっても早まったことをしたらだめだぞ。俺や周囲のことはどうでもいいから、自分のことだけを考えてくれよ。俺のせいであんたがこうなってしまい、ほんとうに申し訳なく思っている」

鈴木氏は私が自殺することを心配している。恐らく、鈴木氏が自殺を考えているから、その心理を私に投影したのだろう。ここは明るく振る舞わなくてはならないと思い、私はこう言った。

「私はこれでもクリスチャンですから自殺はしませんよ。それよりも、以前に鈴木大臣が『俺は騙《だま》すより騙される方がいいと考えているんだ』と言ったのに対し、私は『いいや、騙されてはなりません。他人を騙してでも生き残るのが政治家でしょう』と反論しましたが、今、このギリギリの状況で、私は先生の言うことが正しかったと思っています。私は、『政治家は本気では一人しかつきあえない。テーブルは一本脚でもその脚がしっかりしていればいちばん強いんだ』という話をしましたが、これは今でも正しいと思っています。私は鈴木宗男一本でいきます。ただ、鈴木大臣を外務省が日露平和条約（北方領土）交渉に巻き込まなければこんなことにならなかったのに申し訳なく思っています」

鈴木氏は涙声で、「いや、俺はあんたと出会えて、本気で北方領土を取り返す交渉に参加できただけで、幸せだと思っている」と答えた。

この日の午後二時少し前に、外交史料館長が「検事がくる」と私に耳打ちした。私は、再度、鈴木氏に電話をした。

「検事がやってきます。しばらくお別れです」

「そうか。あんたが捕まるとはなあ。すぐに俺も行くことになるだろうから。とにかく身体に気をつけて。絶対に無理はしないでくれ」

「プロトコール（外交儀礼）に従い、鈴木大臣よりも前にお待ちし、鈴木大臣が出られてから小菅（東京拘置所）を後にすることにします」

そう言って、二人で笑った。

実際、〇三年八月二十九日に鈴木氏は保釈されたが、私はそれより一カ月強、独房生活を楽しんで、十月八日に保釈になった。全体で私は鈴木氏よりも七十五日多い五百十二日間勾留《こうりゅう》された。保釈条件に鈴木氏との接触禁止が含まれていたので、私が鈴木氏とゆっくり話をすることになったのは、第一審の判決が下った〇五年二月十七日だった。

私の判決は懲役二年六月であったが、執行猶予《ゆうよ》がついたので、鈴木氏との接触禁止は解除された。この晩、鈴木氏は西麻布の焼き肉屋に私と支援者十数名を招いてくれた。

鈴木氏は、その一年半前にガンで胃を全摘出したため、〇三年十一月の衆議院選挙には立候補しなかった。そして、〇四年七月の参議院選挙に落選して、このとき鈴木氏は無職で浪人中だった。

胃がないので、鈴木氏はビールや炭酸飲料を医師から禁止されているということで、もっぱら赤ワインを飲んでいた。二時間の会食が楽しく終わり、別れ際《ぎわ》に握手をしたときに私は鈴木氏の手が異常に熱いことに気づいた。

「先生、熱がありますね。いったい何度あるんですか」

「三十八度だ。風邪だと思う」

「続いているんですか」

「ちょっと続いている」

「ガンの後の発熱はほんとうに注意してください。医者にかかっているんですか」

「大丈夫、医者には行っているから。それにいま死ぬわけにはいかない。もう一度、バッジをつけて、あのとき俺たちがやっていた北方領土交渉は間違っていなかったということを記録に残しておきたい。そして交渉を先に続ける土台だけは作っておきたい」

私の判決日なので、無理を承知で夕食会をしてくれたことは嬉《うれ》しかったが、同時に鈴木氏はこれから、無理を重ね、死期を早めるのではないかと不安になった。

そのとき私は、「俺たちがやっていた北方領土交渉は間違っていなかったということを記録に残しておきたい」という気持ちを、政治とは別の土俵で表現することを考えていた。自らの体験を手記として公刊することだ。〇四年秋から少しずつ原稿を書き進め、第一審判決のときには原稿の九五％が完成していた。

この原稿を基にして〇五年三月に刊行された『国家の罠――外務省のラスプーチンと呼ばれて』（新潮社）は、幸い読書界に受け入れられ、「国策捜査」という業界用語が、一般に流通するようになった。『国家の罠』には、真実を国民に伝えるという目的とともに鈴木宗男氏の魂を慰めるという思いがあった。『源氏物語』や『今昔物語』を読むと、死霊《しりょう》よりも生霊の祟《たた》りの方が恐ろしい。外務省に不当な仕打ちをされた鈴木氏の生霊が、このままでは、永田町や霞が関を徘徊《はいかい》し、日本外交に大きな災厄をもたらすのではないかと私は本気で恐れたのである。

阿修羅《あしゅら》にも、大審問官にもなれない男

二〇〇五年九月の衆議院選挙で鈴木氏が代表を務める「新党大地」は北海道比例区で四十三万票を獲得し、鈴木氏は国会に戻ってきた。鈴木氏は、質問主意書、国会質疑、新聞、テレビ、週刊誌などを通じ、事件の真相と北方領土交渉の真実を積極的に明らかにした。また、過去に鈴木氏が政治力を用いて外務官僚の特権を守り、不祥事を揉《も》み消したことなどについて、反省し、謝罪した。鈴木氏は表現の場を確保した。こうして、もはや私が鈴木氏の生霊について心配する必要はなくなった。

鈴木氏が発言の場を確保するようになると、「新党大地」が主催するパーティーには、かつてムネムネ会に所属した国会議員や当時鈴木氏を叩《たた》いた新聞記者たちが、あたかも何事もなかったが如《ごと》く参加し、私にも話しかけてくる。しかし、このような状態が私にはとても居心地が悪いのである。そして、このような会合の後は、必ずどこか静かな喫茶店かバーに一人でいって、「哀《かな》しみの罠」に落ちないように、心を整える。

この居心地の悪さを実は鈴木氏も共有しているのだと思う。しかし、鈴木氏は哀し

みの罠には落ちない。鈴木氏にはその居心地の悪さを克服する大きな目標があるからだ。

北方領土返還についても、アイヌ民族を先住民族と日本政府に認めさせ、先住民族の土地としての北方四島返還という新戦略を構築した。カネをかけずに国際法を味方にする効果的な戦略だ。

さらに新自由主義による格差の拡大で、北海道が疲弊していることに焦点をあて、公平配分政策の実施を強く主張する。鈴木氏の主張は着実に北海道で支持を広げている。今年（〇七年）七月の参議院選挙で「新党大地」は、アイヌ民族出身の女性学者、多原香里《かおり》氏を擁立した。当選は果たせなかったものの多原候補は六十二万票を獲得した。鈴木氏は、北海道の大地に根を生やすとともに左派、市民派に属する有識者の共感も得た、ユニークな土着政治家として生まれ変わった。

『国家の罠』が読書界に受け入れられたことをきっかけに、私は文筆で糊口《ここう》をしのぐようになった。私は、主たる活動場所を活字媒体に絞っているが、ときどきラジオに出演したり、書店で講演したりもする。内政や国際情勢に関する論評や、インテリジェンスに関する政策を提言することもある。表面的に見ると、鈴木氏も私も、程度の差はあれ、社会的復権をとげたように見えるが、私の自己理解では二人の指向は、ほぼ反対を向いているのである。

鈴木氏は、日本の現実と闘い、日々、前進していこうとする。

これに対して、私は、現実との接点を極力少なくして、退却することを考えているのである。さまざまな研究会への参加やシンクタンクへの招聘《しょうへい》をていねいにお断りしているのも、過去を振り返るので精一杯で、自分に降りかかってくる火の粉を払う以外に極力現実に関与したくないからだ。

国策捜査に巻き込まれた経験を通じ、私は、日本の危機は、きわめて深刻であることを認識した。この危機は、政治や経済の技法では解決できない。なぜこのような危機が生じたのかを、少なくとも一九四五年の敗戦まで溯行《そこう》し、その原因を探究した上で、過去の日本と世界の思想の中から、日本の生き残りに必要な内容を抽出していきたいと考えている。おそらく、それが所与の条件と適性を考えた上で、私が日本国家のためにもっとも貢献することができる道と考えているからだ。

政治家であれ、官僚であれ、自らが目指す政策を実現するためには権力を必要とする。しかし、権力には魔物が潜んでいる。潜んでいるというよりも、自分の内部にこの魔物を飼って行かなくてはならないのである。そして、この魔物を飼っている人たちは独自の磁場を作り出す。これは一種の阿修羅道である。この阿修羅道で生き残るには二つの道しかない。

第一の道は、自分自身が阿修羅になり、闘い自体に喜びを感じるようになることだ。政治家ならば内閣総理大臣を目指す闘いで、官僚ならば事務次官レースなのだろう。それより下位の目標を設定しても良い。しかし、椅子《いす》取りゲームは永遠に続く。月並みな政治家や大多数の官僚は自らが阿修羅になっていることに気づかずに、条件反射のように闘いを続けているのである。

第二の道は、ドストエフスキーが『カラマーゾフの兄弟』で描いた大審問官の道である。

十六世紀初頭、異端審問が盛んな南欧にイエス・キリストが復活する。そこでは、大審問官という九十歳の枢機卿《すうききょう》が自由に耐えることができない民衆のために、あえて圧政を敷いている。大審問官はキリストを捕らえる。

そして圧政の理由について、〈こうして、ついに自分から悟るのだ。自由と、地上に十分にゆきわたるパンは、両立しがたいものなのだということを。なぜなら、彼らはたとえ何があろうと、おたがい同士、分け合うということを知らないからだ！〉（ドストエフスキー［亀山郁夫訳］『カラマーゾフの兄弟　2』光文社古典新訳文庫、二〇〇六年、二六九頁）と説明する。

大審問官の話に対して、キリストは沈黙している。そして、最後にキリストが大審問官にキスをする。そして、大審問官は「二度と来るなよ」と言って、キリストを釈放する。大審問官は、〈「キスの余韻が心に熱く燃えているが、今までの信念を変えることはない」〉（同、二九六頁）というところで終わる物語だ。

私はほんものの政治とは、大審問官の道だと思う。ときには強い力を行使してでも、人類が生き残ることができるようにするために、自らの優しさを殺すことができる人間がほんものの政治家なのである。愛と平和を実現するために、常に人々を騙し続けるのが政治家の業なのだと思う。私は日本では、橋本龍太郎《りゅうたろう》、小渕恵三、森喜朗《よしろう》という三人の内閣総理大臣、ロシアではエリツィンとプーチンという二人の大統領を目《ま》の当《あ》たりにした。この五人にはいずれも大審問官と共通するところがあった。大審問官になって、有象無象の阿修羅を力で押さえつけるのだ。

鈴木氏は阿修羅にもなれなければ、大審問官にもなれない。それだから、政治闘争に勝ち抜くことができなかったのだと思う。阿修羅道では、「騙すよりも騙される方がいい」などと思ってしまったら、その時点で「負け」なのである。そのことを鈴木氏はよくわかっているが、阿修羅や大審問官に対して、決して勝利することのない闘いを続けているのだと思う。そして、阿修羅や大審問官と接触することで哀しみを蓄積しているのだ。それなのにあえて、生きている政治の世界にとどまって他者のために尽くそうとする鈴木氏を私は愛している。

鈴木宗男氏は、私の人生でただ一回、生きている政治と交錯した特異点なのである。そして、この特異点を知ったことによって、私は本質において非政治的人間であることを自覚した。なぜなら私は、鈴木氏のように哀しみの集積に耐えていく力が内側にないからである。

私は、今回の事件に巻き込まれた結果、非政治的になったのではなく、そもそも非政治的人間であったのに、どこかで運命の歯車が狂って、政治の渦に巻き込まれてしまったのだということに気づいた。それを軌道修正することによって、現実の政治から距離を置き、過去に退却し、埃《ほこり》にまみれた書物の中から日本国家と日本人が生き残る知恵を見出《みいだ》し、読書界に提示することが、私の役割分担なのだと思っている。

第二話　橋本龍太郎と日露外交

貴族の文法

一九九七年十月下旬のことだった。肌寒いよく晴れた日で、昼食を終えて外務省国際情報局分析第一課の机に戻ると電話が鳴った。当時、総括審議官をつとめていた東郷和彦氏からだった。総括審議官とは、外務省と国会議員の関係を調整する最高責任者で、出世ポストだ。東郷和彦氏は、祖父が太平洋戦争開戦時と終戦時の外務大臣をつとめた東郷茂徳《しげのり》氏、父は外務事務次官、駐米大使を歴任した東郷文彦氏で、外務省サラブレッドの家系に属する。

九四年一月から九五年三月まで私と東郷氏の在モスクワ日本大使館での勤務が重な

った。東郷氏は、英語、フランス語、ロシア語に堪能《たんのう》で、国際政治・経済に通暁《つうぎょう》するのみならず、教養の幅が広いので、クレムリン（ロシア大統領府）、政府、議会の要人だけでなく、文化人にも強力な人脈をもっていた。最高学府モスクワ国立大学と、外交官やインテリジェンス専門家を養成するモスクワ国立国際関係大学でも東郷氏は教鞭《きょうべん》をとっていた。私は人見知りが激しく、上司と酒を酌《く》み交わすことはほとんどなかったが、東郷氏とは例外的によく飲んだ。東郷氏は誰とでも「です、ます」調で話す。

「僕はほんとうは外交官になろうと思っていなかったんです。フランスの文芸批評をやりたかった。でも、才能がないと思ったので、仕方なく大学三年のときに外交官に転進することに決めたのです」

「東郷さん、あまり大きな声でそういうことを言わない方がいいですよ」

「どうして」

「みんな受験勉強で苦労して外交官試験に合格したんです。才能がないから外交官になったなどというとイヤミに聞こえます」

「どうして。だってほんとうのことなんだもの」

こういうやりとりもあった。

「日本はほんとうにひどい国になりました。先週末なんか軽井沢の別荘で二日間掃除をしていました。僕の祖父の頃は女中やコックや執事がいたのに。父のときにもお手伝いさんがいました。今は僕が掃除まで全部自分でやらないとならない。何か社会主義国みたいです」

「東郷さん、そういうことはあまり口にしないほうがいいですよ」

「どうして」

「圧倒的大多数の日本人は軽井沢に別荘をもっていないんです。嫌われますよ」

東郷氏は、口調がやわらかく、人付き合いがよいので、気付かない人も多いが、本質的に「貴族」で能力主義者だ。「貴族」なのでカネやポストを露骨に追求するような、他のキャリア外交官のもつ貪欲《どんよく》さはなかった。ただし、東郷氏は能力があり、実績があれば、ポストもカネも名誉も自《おの》ずからついてくると確信していた。事実、東郷氏のそれまでのキャリアがそのことを証明していた。

東郷氏が事務次官になりたいがために鈴木宗男氏の言うなりになっていたという噂《うわさ》話《ばなし》をする外務官僚もいるが、それは間違いだ。東郷氏は、鈴木宗男氏の政治家としての能力と影響力に目をつけ、北方領土返還のために最大限活用しようとした。その証拠に鈴木氏が失脚した後、東郷氏は鈴木氏と一切連絡をとろうとしない。影響力を失った人物に、東郷氏は関心をもたないのだ。これは東郷氏が薄情だからではない。「貴族の文法」は一般人と異なる。それだけのことだ。（筆者註：〇六年に東郷氏は鈴木氏および筆者と連絡を回復した。いまでは三人でときどき楽しく飲み歩いている）

北方領土問題解決の好機

話を本筋に戻す。東郷氏は電話で次のことを伝えてきた。

「明日、僕と一緒に橋本総理に会いに行きましょう。（十一月一日に予定されている）クラスノヤルスク（非公式）首脳会談に向けた資料を作っておいてください。このことは課長にも局長にも言わないように。責任は全部僕がとります」

「しかし、総理番の記者にバレるから、いずれ周囲には知られるんじゃないですか。バレてから手を打つよりも事前に言っておいたほうがよいでしょう」

「いや、絶対に言ってはなりません。鈴木大臣（当時、鈴木氏は北海道・沖縄開発庁長官をつとめていた）にうまく手配してもらいます」

東郷氏から口止めされたものの、私は保険をかける必要を感じ、信頼していた首席事務官（外務省では課のナンバー・ツーをこう呼ぶ）にだけは裏で首相と会うことを伝えておいた。

何事にも抜け道はある。東郷氏と私は、鈴木宗男氏の指示したある手法を用いて、新聞記者や官邸に勤務する官僚に知られずに、橋本首相が寝起きするプライベート空間（総理官邸と区別して総理公邸と呼ぶ）の会議室に忍びこむことができた。既にそこで鈴木氏が待っていた。

すぐに江田憲司総理秘書官（現衆議院議員、みんなの党）がやってきて、「前の行事が遅れているので、もう少しお待ち下さい。総理がお見えになれば、私も消えますから、どうぞ自由に話してください」と告げた。それから十五分程度経《た》ったところで、橋本首相がやってきて、入れ替わりに江田氏は席を外した。橋本氏は風邪で高熱を出した後で、左の白目の約半分が出血で赤くなっていた。

鈴木氏が東郷氏と私を紹介した。私の顔を見るなり、橋本氏は言った。

「あなたはナポリで私の通訳をしてくれた人ですね」

確かに私は九四年七月、ナポリ・サミット（主要国首脳会議）で、橋本通産大臣とソスコベッツ露第一副首相との会談を通訳したことがある。私は心の中で「橋本さんは記憶力が相当いいな」とつぶやいた。

まず東郷氏が、私が作った文書に基づき最近のロシア情勢と北方領土問題の突破口を拓《ひら》きうる切り口について、東郷氏の言葉で説明した。東郷氏は話術が巧みだ。橋本氏はときどき目をつぶりながら、東郷氏の説明を注意深く聞いた。東郷氏は、「橋本総理を得て、天地人すべての要素が揃《そろ》ったので、今こそエリツィンと北方領土問題について勝負する好機です」と述べた。

外務省の狙《ねら》い

東郷氏の言う天とは、NATO（北大西洋条約機構）の東方拡大でロシアが閉塞感《へいそくかん》を強めていること、エリツィン大統領を含む政治エリートが対日関係の改善がロシアの国益に貢献すると確信していることで、地とは九六年に再選されたエリツィンの権力基盤が磐石《ばんじゃく》であることだ。人とは橋本首相が九七年七月に行った経済同友会演説にエリツィンが強い関心をもっていることである。

経済同友会演説とは、日露関係の改善が二国間にとってのみならず、冷戦後の新秩序を形成する上で不可欠なので、ロシアをアジア太平洋地域に誘うという内容だった。この演説は、外務省ロシアスクール（ロシア語を研修し、対ロシア外交に従事することが多い外交官）のボスで外務本省のナンバー・ツーのポストである外務審議官を当時つとめていた丹波實《みのる》氏と東郷氏が合作したものだ。橋本氏は一つだけ質問をした。

「娘のタチアーナの影響はどれくらいあるのか」

当時、エリツィンは次女のタチアーナに操られているという噂がながれていた。東郷氏が答えないので、鈴木氏が「佐藤さん、あなたはどうみていますか」と私に振ってきた。

「タチアーナはエリツィン家で唯一《ゆいいつ》高等教育を受けた人物です。モスクワ大学の応用数学サイバネティクス学部を卒業し、システム論を専門にしています。この知識を政局運営に生かしています。しかし、国家をどうこうしようという大局には関心ありません。また、夫婦関係は冷え切っています。男性関係については過去にいくつかトラブルがありました。タチアーナとしては自己の生活基盤の確立という個別利益からエリツィンを誘導しているところがあります。エリツィンはそれに気付いているが、あえて知らない振りをしています。娘が父親である自分を利用していることに気付いた『リア王』(シェークスピア)の心境と思います」

「そうか、リア王か」

橋本首相は小声でつぶやいた。

外交における心理工作

さらに私は、クラスノヤルスク首脳会談は非公式な形で橋本、エリツィンの個人的信頼関係を強化するという建前になっているが、エリツィン大統領のほんとうの目的は、橋本首相の戦略眼と人柄を瀬踏みすることだということを、モスクワで収集した具体的情報をもとに述べた。特に魚釣り、サウナなど橋本首相が不慣れな趣味を敢えてプログラムに組み、エリツィンが「教えてあげる」という形をとることで、今後の交渉における優位性を担保しようと一種の心理工作を考えているという見立てを率直に話した。

当時、エリツィン大統領の周囲ではサウナパーティーが重要な意味をもっていた。一昔前の日本の料亭政治のように重要事項はサウナで決められる。サウナといっても要人が使う施設には横に二十名から三十名くらいが収容できる食堂と応接室がついている。キャビア、チョウザメの薫製《くんせい》、イクラ、スモークサーモン、ニシンの塩漬け、キノコのマリネ、ローストビーフ、にんにくの酢漬け、シベリア餃子《ギョーザ》などをつまみにしてウオトカの一気のみを繰り返し、サウナで汗を十分流し、その後、二十度以下の冷たいプールに飛び込む。これが健康を維持する秘訣《ひけつ》とエリツィンは考えていた。こんなことが健康によい筈《はず》がない。そのためエリツィンは心筋梗塞《しんきんこうそく》で何度も倒れることになる。しかし、当時は誰もエリツィンのサウナ趣味を止めることができなかった。

クラスノヤルスクでも急遽《きゅうきょ》、パーティー用にサウナが増築されることになったとの情報が入ってきた。私はロシア流サウナの入り方について説明する。

佐藤　サウナでは白樺《しらかば》の枝で背中を叩《たた》きます。酔いが回るとエリツィンは変なところを突っついてくるかもしれません。それから、ロシア人は男同士でキスをします。キスは三回します。右頬、左頬、最後は唇です。

橋本　男同士でキスするのは気持ち悪いな。

鈴木　総理、ここは国益です。それにロシア人は、ほんとうの同志だということになるとアソコを握ってきます。これも「ああ気持ちがいい」といって是非受けてください。

橋本氏は嫌な顔をして聞いている。鈴木氏の説明に誇張はない。私もロシアの政治家とサウナに入り、イチモツを握り合って約束をしたことが何回かある。旧約聖書にも「手をわたしの腿《もも》の間に入れ、天の神、地の神である主にかけて誓いなさい」（「創世記」第二十四章二―三節）と書いてあるので、古代の誓いの伝統がロシアには残っているのだろう。

佐藤　プールはかなり冷たいです。

鈴木　エリツィンが総理のポマードの頭をつかんで、水に沈めるかもしれません。これも親愛の情を示しているわけですから、よろこんで受けてください。

橋本　宗ちゃん。ポマードじゃなくてムースだ。

首脳外交ではお土産も政治的な意味をもつ。外交の小道具として何かメッセージ性のある贈り物を用意する必要があると私は強調した。

橋本　土産には何をもっていけばよいか。エリツィンはカメラに詳しいか。

佐藤　カメラの趣味は聞いたことがありません。

橋本　一眼レフのカメラをもっていって俺が説明する。

佐藤　一眼レフだとメカが難しすぎて、エリツィンが乗ってこない可能性があります。

橋本　オートフォーカスのカメラはどうだろうか。

佐藤　シャッターを押すだけだと教えることが何もありません。

鈴木　ズーム付きのカメラはどうだろうか。あのズームが伸びる様子を見ると、ロシア人はチンポが出たり入ったりするようだと言って喜ぶから、総理、それがいいですよ。

橋本氏は「下品な話は聞きたくない」という素振りで、嫌な顔をした。説明が終わり、私たちを見送りながら、橋本氏はこう言った。

「いや、宗ちゃん、今日はキン線に触れるとてもいい話だったよ。土産は宗ちゃんの言うズーム付きカメラにする」

エリツィンとの信頼関係

サウナにかんする私のブリーフィング(説明)は結局クラスノヤルスクでは役に立たなかった。サウナプログラムが直前にキャンセルされ、北方領土問題についての真剣な交渉に切り替えられたからだ。

クラスノヤルスクで釣りをするために、エリツィン大統領が橋本首相を船に招き入れた。その直後に、橋本氏がお土産を渡す。件《くだん》のズーム機能付きカメラだ。エリツィンは包装紙をほどき、箱を開ける。カメラが出てくる。いくつかボタンがついていて使い方がわからないので、橋本氏が教える。この直後、エリツィンが「さて、クリル

（北方領土）の問題をどうしよう」と言って、いきなり核心に踏み込んできた。非公式という形で信頼醸成をするのはすべてお互いの国益のため。その場を用いて優位性を確保しようとするエリツィンの目論見《もくろみ》を橋本氏が見抜いたため、サウナ遊びのような余計な手続きを踏まずに本題である北方領土問題に入ったのだ。

橋本首相とエリツィン大統領は「東京宣言に基づき、二〇〇〇年までに平和条約を締結するよう全力を尽くす」という約束をした。「クラスノヤルスク合意」である。九三年の東京宣言で、北方四島の帰属問題を解決して平和条約を締結すると明記されているので、日露両国の政治家と外交官は二〇〇〇年までに北方領土問題を解決しようと全力疾走を始めた。私自身の運命もこの歴史の渦に巻き込まれ、大きく変化していくのだが、橋本首相に同行しクラスノヤルスクにいた私は、この渦が東京拘置所につながっていくとは夢にも思っていなかった。

その後、エリツィン大統領は「橋本は頭がいい」と何度も言った。エリツィンが外国首脳について「頭がいい（ウームヌィー）」と評価したのは、私が知る限り、橋本氏だけである。ロシア語には「私・あなた（ナ・ウィ）」と「俺・お前（ナ・ティ）」という表現体系があり、ロシア人はこれを見事に使い分ける。クラスノヤルスク会談以降、エリツィンは橋本氏にいつも「俺・お前」で話をするようになった。

九八年七月、参議院選挙敗北の責任を取り、橋本首相は辞任した。その後、内閣総理大臣外交最高顧問に就任した橋本氏は何回かモスクワを訪問し、エリツィン大統領と会談した。九九年十一月、対面での会談ができず、モスクワのメトロポール・ホテルからの電話会談になった。私も横でエリツィンの声を聞いた。

「リュウ、リュウ、何でお前は総理をやめたんだ。お前とクリルの問題を解決しようと思っていたんだぞ。運命がどうしてズレちゃったんだ」

エリツィンは泣き声だった。今になって考えてみると、この時点でエリツィン大統領は、この年の末に任期前辞任することを既に決断していたのだ。

橋本の哲学とは

橋本首相について、私の「師匠」にあたるロシア人に言われた話がときどき気にかかった。「師匠」はエリツィンの側近で、現行のロシア憲法を起草した一人だ。本職は数学者である。

「マサル、剣道とはどういうスポーツだ。剣道にはどういう哲学があるんだ」

「剣道の哲学とはなんですか。スポーツに哲学があるんですか」

「どんなスポーツにも固有の哲学がある。橋本と会うと、毎回、距離感覚が違うんだ。親しくなったようで、親しくならない。あれは橋本の哲学だ。剣道と関係しているような気がする」

そう言えば、剣道では毎回、間合いの取り方が違う。柔道のようにがっぷり組み合うことはしない。私はこの話を鈴木宗男氏にした。

「佐藤さん、それはその通りだと思うよ。橋本さんは親しくなったようで親しくならない。嫌われたと思っても、そうじゃなくて親しくしてくる。それに夜も政治家とメシを食わないで、さっさと帰ってしまう。友だちがいないというよりも、友だちを作ろうとしないんだ」

「先生は橋本総理が苦手ですか」

「そんなことはないよ。俺を大臣にしてくれたのも、実は（派閥の長である）小渕（恵三）さんじゃなくて橋本さんなんだ。入閣が決まったとき、橋本さんが『小渕さんから宗ちゃんの名前は出てないんだけど……』と俺に耳打ちしてきたんだ。橋本さんはわかりやすいんだ。機嫌がいいときは『宗ちゃん、宗ちゃん』と話しかけてくる。機嫌が悪いと『鈴木クン』と怖い声で呼びつける」

破綻《はたん》したシナリオ

私の観察では、橋本氏と鈴木氏の関係が疎遠《そえん》になったのは森喜朗首相が誕生してからだ。二〇〇〇年十二月二十五日、森喜朗首相の親書を携行した鈴木宗男自民党総務局長がプーチン大統領の最側近セルゲイ・イワノフ安全保障会議事務局長（現副首相）と会談した。この首相親書の文案は東郷氏が作った。東郷氏もモスクワまで同行したが、鈴木・イワノフ会談には同席しなかった。モスクワで丹波實駐露大使から私は耳打ちされた。

「おい、橋龍と東郷の関係がおかしくなっているんじゃないか。この前、橋龍から東郷を激しく批判するメールが届いた。佐藤、君のほうでよく注意してやってくれ。東郷はまっすぐに走っていくから、知らないところで敵を作る。橋龍と宗さんと東郷が絶対喧嘩《けんか》をしないようにしろ。いいか、このことは君にしかできないんだからな」

鈴木・イワノフ会談については、まだ詳しい内容を読者に披露できない。なぜならこの会談の内容は今も北方領土問題の突破口を拓《ひら》く可能性を秘めていると私は認識しているからだ。

この会談終了後、鈴木氏は私を引き連れ、成田空港から沖縄開発庁長官室に直行した。当時、橋本龍太郎氏は沖縄開発庁長官をつとめていた。鈴木氏の顔を見るなり、橋本氏は怒気を含んだ声でたたみかけるように述べた。

「鈴木クン、君や東郷はいったい何をやっているんだ。俺と森総理がぶつかるような状況を作ろうとしてるのか」

「（橋本）総理、そうじゃありません。エリツィンとプーチンは違います。プーチンと嚙《か》み合う方法でやらないと動かないですよ。向こうは九八年の川奈提案を断ってきたんだから。このままでいいんですか」

「いい」

売り言葉に買い言葉になりそうだった。咄嗟《とっさ》に私が割って入った。

「橋本総理、川奈提案をいつまでもぶらさげていても、牛の涎《よだれ》のようにいつまでもだらだらと交渉のための交渉を続けることになりますよ」

「牛の涎のままでもいいんだよ」

駄目だ。橋本氏は心を開いてくれず、売り言葉に買い言葉のままだ。ただし、橋本氏の言葉に怒気はなかった。帰り際《ぎわ》に橋本氏は鈴木氏とはほとんど目を合わせなかったが、私には手を差し出し、「君もたいへんだな。局長には代わりがいるが、君の代わりはいないからな。体に気を付けて。無理するなよ」と言って、握手を求めてきた。私は橋本氏の右手を強く握った。

沖縄開発庁を出て、黒塗りの車に乗り込んだところで鈴木氏が言った。

「あんたは橋本さんに好かれているな。俺は『おい、このポマード』と言って、ゴロ巻いてやろうかと思った。一発やってやろうと思ったんだけど……」

これが私が橋本氏と最後に会ったときの情景である。

橋本の遺産を継ぐもの

小泉改革とは、国内政争に舞台を局限すると、竹下派＝経世会の流れを汲《く》む橋本派＝平成研潰《つぶ》し以外の何ものでもなかった。

その過程で〇二年春に鈴木宗男疑惑が生じた。まず露払いで、私が東京地方検察庁特別捜査部に逮捕された。〇〇年四月にイスラエルのテルアビブ大学で行われた、ロシア問題に関する国際学会に袴田《はかまだ》茂樹青山学院大学教授ら日本人学者を派遣する際、外務省関連の国際機関「支援委員会」から資金を拠出したことが背任に当たるとされたのだ。さらに国後島《くなしり》のディーゼル発電機供与事業に関して、鈴木宗男氏の意向を踏まえ、私が三井物産に不正な便宜を図ったとの罪状を検察は作り出し、偽計業務妨害容疑で再逮捕した。その経緯は拙著『国家の罠——外務省のラスプーチンと呼ばれて』（新潮文庫）、『国家の自縛』（扶桑社文庫）に譲るが、多くの読者に真摯《しんし》に受け止めていただけたようで、かつてワイドショーと週刊誌で作られた鈴木宗男氏の印象も少し変化しているように思える。

東郷和彦氏は、外務省幹部の圧力で、駐オランダ大使を半強制的に解任されたのみならず、退官を余儀なくされた。私の背任事件に関し、東京地検特捜部は支援委員会からの資金拠出を決裁した担当部局の責任者（欧亜局長）であった東郷氏を共犯として逮捕することを目論んでいた。〇二年五月初めに成田空港からアイルランドに向けて出国して以来、東郷氏はこれまで一度も日本の地を踏んでいない。現在は米国プリンストン大学で客員研究員をつとめている（筆者註：東京高等裁判所における筆者の事件の裁判で証言するために、東郷氏は二〇〇六年六月に一時帰国した。プリンストン大学の後、台湾の淡江大学の客員教授、その後、再度アメリカに渡り、カリフォルニア大学サンタバーバラ校の客員教授をつとめた後、〇七年七月から久しぶりに東京に居を据えた。そして現在は京都産業大学教授をつとめ、東京から新幹線通勤をしている）。

橋本龍太郎氏は〇五年九月十一日の総選挙に出馬せず、静かに政界から引退していった（筆者註：〇六年七月一日逝去《せいきょ》）。

鈴木宗男氏は、〇二年六月、斡旋収賄《あっせんしゅうわい》容疑で逮捕され、その後、それに受託収賄、偽証罪、政治資金規正法違反の「罪状」が加わり、起訴された。全面否認を貫く鈴木氏は四百三十七日間も勾留され、〇四年十一月五日、東京地方裁判所は鈴木宗男氏に懲役二年の実刑判決を言い渡した。もちろん、鈴木氏も即日控訴した。鈴木氏は〇五年九月十一日の総選挙で北海道地域政党「新党大地」を立ち上げ、比例区で四十三万三千九百三十八票を獲得し、国政に返り咲いた。鈴木氏の復活を恐れる外務省が同氏を忌避する「ムネオ対応マニュアル」を作成したことを同年九月二十九日に共同通信がスクープし、波紋が広がった。

九七年十月、首相公邸で密《ひそ》かに北方領土戦略を練った者で、現役として二〇〇五年十一月二十日にプーチン大統領を迎えたのは鈴木宗男氏だけになった。

第三話　私が見た「人間・橋本龍太郎」

「上からの介入」

文筆に従事するようになってから、人と会うことが多くなったが、人見知りの激しさに変化はなく、現在、職業作家で個人的交遊があるのは二人だけだ。以前はもう一人、私の方から積極的に出かけ、話をする作家がいた。今年（二〇〇六年）五月二十五日に他界された米原万里さんだ。

米原万里さんと話をすると、私は二十世紀最大のキリスト教神学者と言われたカール・バルト（一八八六年〜一九六八年）のことをいつも思い出した。バルトは、神を再発見した神学者と言われている。人間が神について「ああだ、こうだ」と話すことではなく、神が人間についてなにを語っているかについて謙虚に聞くことが神学であるという。要するに神が、上から介入し、「おまえ、それは違うぞ」とか「それでやってみろ」という声を聞く感覚を現代人が回復することが重要という。いつ神が介入してくるか人間にはわからない。しかし、人生の重要な岐路で神は必ず介入してくるのである。この「上からの介入」に対して、人間は服従するか、反抗するかのいずれかしかないのである。米原万里さんは、私の人生の要所要所でこのような「上からの介入」を行ってきた。

二〇〇二年五月十三日（月）の午後、米原万里さんから当時私が勤務していた外務省外交史料館に電話がかかってきた。

「あなた、今晩あいていない。私と食事しよう」

「あいているけれど無理ですよ。記者たちに囲まれて、集団登下校状態なんです。マスコミをまくことができません」

その年の一月に東京で行われたアフガン復興支援会議にいくつかのＮＧＯ（非政府組織）を参加させないように鈴木宗男衆議院議員が働きかけたと田中眞紀子外相が国会で答弁し、「ムネオ疑惑」の火蓋《ひぶた》が切られた。拙著『国家の罠――外務省のラスプーチンと呼ばれて』（新潮文庫）に詳しく書いたように、外務省幹部が過去にカネでトラブルを起こしたNGOを参加させないという決定をしたと鈴木氏に伝えたというのが真相であるが、野党も世論も「ムネオがかよわいNGOに圧力をかけた」と信じた。小泉純一郎総理は、田中眞紀子外務大臣、野上義二外務事務次官を更迭《こうてつ》し、鈴木宗男氏は国会混乱の責任をとって衆議院議院運営委員長を辞任した。しかし、田中氏に同情的な世論はこれで収まらず、ムネオ叩《たた》きの嵐《あらし》が吹き荒れた。鈴木氏の腰巾着《こしぎんちゃく》と見られていた（というよりも竹内行夫事務次官をはじめとする当時の外務省執行部がそのような情報操作を行ったのが真相だが）私も外交史料館に異動になった。四月末に鈴木氏の秘書が逮捕され、五月十三日発売の「週刊現代」には「外務省のラスプーチン」つまり私を背任容疑で逮捕することを東京地方検察庁特別捜査部が決めたとのスクープが掲載され、私の逮捕の瞬間を期待するマスコミ関係者に囲まれ、通勤にも三十人くらいの記者が同行する「集団登下校状態」になっていた。

「いいわよ、記者たちがついてきても。いいレストランで奢《おご》るわ。何を食べたい」

「いや、そんなことをすると、週刊誌やワイドショーでどんな話を作られるかわかりません。米原さんに迷惑をかけたくありません」

「そんなことどうでもいいわよ。私はあなたにどうしてもいま伝えたいことがあるの。あなた、もう組織に忠誠を尽くすのはやめた方がいい。外務省はあなたを切っている」

「それはそうでしょう。わかっています」

「組織が人を切るときの怖さを話しておきたいの。私は共産党に査問されたことがある。あのときは殺されるんじゃないかとほんとうに怖かったわ。共産党も外務省も組織は一緒よ。だから私の体験を話しておきたい。あなたなら大学の先生に転身しても、外国に移住してもやっていけるわ。とにかく外務省にこれ以上いると危ない」

「もう少し経《た》って、嵐が収まってから自分の身の振り方については考えようと思っています」

「そんな悠長なこと言っていたらダメよ。とにかく今晩は時間をつくって」

「今晩は勘弁してください。気持ちの準備ができていません」

「じゃあ、明日は」

「わかりました。明日の晩、うまくマスコミをまいて、落ち合いましょう。約束します」

しかし、私は米原万里さんとの約束をたがえることになってしまった。翌五月十四日午後、外交史料館三階の会議室で私は「鬼の東京地検特捜部」に逮捕され、小菅の東京拘置所に護送されたからだ。因《ちな》みに、小菅での晩御飯のメニューは、麦飯、青椒牛肉絲《チンジャオロースー》、小海老入り中華野菜スープ、ザーサイだった。なかなかおいしかった。

橋龍に迫られて……

米原万里さんはロシア語の会議通訳、同時通訳としても第一人者だった。私のロシア語など百年経っても米原万里さんの水準には及ばない。二〇〇六年の七夕（七月七日）に米原万里さんの「お別れの会」が内幸町のプレスセンターで行われた。ある新聞社の元モスクワ支局長が、追悼の辞で、かつてモスクワのメトロポール・ホテルで米原万里さんが橋本龍太郎氏に迫られ、逃げ出した話を披露した。私は米原万里さんの「上からの介入」について思い出した。

一九九七年十一月一日から二日、橋本龍太郎総理が西シベリアのクラスノヤルスクを非公式に訪れ、エリツィン大統領と会談した。二人ともノーネクタイで魚釣りやウオトカを飲んで楽しく時間を過ごすという装《よそお》いの下で、北方領土問題に関する重要な交渉を行った。そして、十一月二日に「東京宣言に基づき、二〇〇〇年までに平和条約を締結するよう全力を尽くす」という「クラスノヤルスク合意」が発表された。東京宣言（一九九三年十月）では、択捉島《えとろふ》、国後島、色丹島《しこたん》、歯舞群島《はぼまい》の名をあげ北方四島の帰属に関する問題を解決して平和条約を締結することが約束されている。従って、「クラスノヤルスク合意」とは二〇〇〇年までに北方領土問題を解決するために全力を尽くすと日露両首脳が約束した画期的合意だったのである。

「クラスノヤルスク合意」後、外務省には国民の悲願である北方領土問題が近未来に解決するとの高揚感があった。私は以前にも増して仕事に熱中し、超過勤務時間が一カ月に三百時間を超え、西船橋の官舎に帰れず、役所の仮眠室に泊まったり、外務省員の五〇％割引特権を用いて、外務省関連団体が経営する「霞友会館」（現在は閉館）に泊まる日々が続いた。一九九八年の春、四月に伊東市川奈で予定された非公式首脳会談の準備で半徹夜が続いている私に米原万里さんによる「上からの介入」があった。

私たちはホテルのコーヒーショップで話をした。

「あなたなの、クラスノヤルスクで学芸会のような演出をしたのは」

「何のことですか」

「エリツィンとロシア式に両頰と唇にキスすることを教えたのはあなたでしょう。そんな仕掛けができる人はあなたしかいないわ。あなたたちは橋龍を使って何をしようと企《たくら》んでいるの」

理論武装した職業外交官たちが誠実に交渉を進めても袋小路に陥るだけである。官僚に解決できない難問の突破口を国家指導者の政治力によって拓《ひら》くことを考えている。そのためには橋本・エリツィン両首脳の信頼という「物語」が必要で、この「物語」の小細工のひとつが三回のキスである。このことを私は率直に米原万里さんに話した。エリツィン大統領は米原万里さんをとても信頼していた。実は、ごく限られた人々にしか知られていないが、ソ連崩壊前、ロシア共和国最高会議議長時代のエリツィンの対日政策には米原万里さんの意見がかなり反映されているのである。

「考え方はよくわかったわ。確かにエリツィンをターゲットにするならばその方法は効果があるわね。でもその前に重要な問題があるわよ」

「何ですか」

「あなたは、橋本龍太郎っていう人を信頼しているの」

「信頼しています」

「私は信頼していない」

そう言って、米原万里さんはかつてモスクワで、橋本氏に迫られ、逃げ出した状況を話した。

「明日の会談で通訳してもらう内容について相談したいと呼び出して迫るのは男として卑劣だわ」

「そうですね。口説きたいならば仕事と絡《から》めずに正々堂々とやればいい。橋本さんはお酒を飲んでいたのかな」

「確かに酔っぱらっていたわね。仕事に絡めて呼び出して迫ってくるのは最低だわ。それにあの頃は私も力がなかったから、その後も黙っていたけれど、いまだったら雑誌に書くわ」

しばらく、気まずい沈黙が続いたが、米原万里さんの方が口を開いた。

「私はつまらない男に惚《ほ》れちゃうことがあるけれど、男を見る眼はきちんとしているつもりよ。あなたのことは信頼しているわ。そのあなたが橋龍を信頼していると言うならば、そこは尊重するわ。しかし、あの人が最後までエリツィンと渡り合うことができるか、私には不安だわ」

「そこは橋本総理を支える私たちの責任が大きいです」

女の扱い

一九九八年四月の川奈会談は成功だった。橋本総理はエリツィン大統領に対して北方領土問題に関する秘密提案（「川奈提案」）を行った。そして、その年の十一月にモスクワで行われる日露公式首脳会談でロシア側が回答をすることになった。

川奈会談が終わった頃から、永田町に「橋龍に中国人の愛人がいる」という怪情報が流れ始めた。在京の各国情報専門家もこの話に関心をもった。日露の戦略的提携を望まない中国筋が橋本氏の信用失墜を図るためにこの怪情報を最大限に活用していると私は分析した。ある日、鈴木宗男氏に私の分析を披露した。

「橋本さんは歌舞伎役者みたいな美男子だからな。そりゃ女性との関係もいろいろあると思うよ。ただ別れ方がうまいんだな。だから誰からも恨まれない」

「女がらみのヤバイ話で、ほんとうは恨まれているんだけれど、鈴木先生と野中（広務）先生が力業《ちからわざ》でフタをしたんじゃないですか」

「佐藤さんな、この種の話はフタをしたくても、本人が恨まれていたらフタをできないもんだよ。付き合った女性から恨まれないというのは橋本さんの人徳だよ。女性を惹《ひ》きつけるあの感じを外交に生かしてもらうんだ」

「実はちょっと気になっていることがあるんです」と前置きして、私は米原万里さんから聞いた話を鈴木氏に正確に伝えた。

「佐藤さん、それは人間性の問題だな。自分中心のところがある人間は女性に対してもそういうことをする」

「私が気になるのは、米原さんの言った別の点です。橋本総理が最後までエリツィンと渡り合うことができるかというところです」

「そこは俺たちが一丸になって、裂帛《れっぱく》の気合いで橋本さんに迫って、最後まで突き進むしかない。総理というのは孤独な仕事だよ。迷ってもそれを口にすることができない。だから俺たちが捨て石になって橋本さんがエリツィンと真剣勝負できる環境を整えるのだ」

拒絶された「川奈提案」

一九九八年七月の参議院選挙で自民党は惨敗《ざんぱい》し、橋本内閣は崩壊した。その翌八月にロシアで深刻な金融危機が発生し、ロシア政府は事実上のデフォルト（債務不履行）宣言を行った。エリツィン政権の権力基盤は急速に弱体化していった。それと同時にエリツィン氏の健康状態も悪化していった。

この年の十一月十二日、小渕恵三総理はエリツィン大統領から「川奈提案」に対するロシア側の回答をノンペーパー（非公式メモ）で受け取るが、その内容はエリツィン大統領が目を通したか否《いな》かも定かでない、逃げに徹したものだった。その時点で、エリツィン氏の健康は本格的外交交渉を行うことができない状態だった。そして、北方領土問題に関する本格的交渉が再開するのは、二〇〇〇年三月にプーチン大統領が登場した後のことになる。

二〇〇〇年九月、プーチン大統領は日本を公式訪問した。このときプーチン大統領は、「川奈提案には日本の譲歩があらわれている」ことを評価しつつも、ロシアの立場とは一致しないといって拒絶した。日本側がいくらよい提案と考えていても、ロシアの大統領が正式に拒否した以上、それに固執しても交渉を決裂させるだけだ。そこで日本政府は「川奈提案」とは別のアプローチを考えた。このアプローチは今後、日露関係の突破口を拓く可能性があるので、手の内を披露することはできないが、基本的な考え方について述べるならば、一九五六年の日ソ共同宣言で平和条約締結後、歯舞群島と色丹島の二島を日本に引き渡すことをロシアは日本に約束しているので、そこから攻めていくという考え方だ。現時点でロシア側が一〇〇%呑《の》まないことが明白な四島一括返還という空想的北方四島返還論から、問題を段階的に解決していこうとする現実的北方四島返還論への転換だ。森喜朗総理の指示に従い、鈴木宗男氏、東郷和彦外務省欧州局長がその戦略を練り、私は人脈作りやロビー活動を行った。橋本龍太郎氏も現実的北方四島返還論を理解してくれるものと私たちは期待したが、それは甘かった。

「淋《さび》しそうね」

二〇〇〇年十二月二十五日、森喜朗総理の親書をもった鈴木宗男氏がクレムリンでプーチン大統領側近のセルゲイ・イワノフ安全保障会議事務局長（現副首相）と会見した。帰国後、ただちに鈴木氏と私は当時橋本氏が大臣をつとめていた沖縄開発庁長官室を訪ね、報告した。橋本氏は鈴木氏と一切視線を合わせない。そして、怒鳴りつけるように鈴木宗男氏に言った。

「鈴木クン、君や東郷はいったい何をしようとしているんだ。私と森総理を喧嘩《けんか》させようとしているのか」

橋本氏は機嫌が良いときは鈴木氏を「宗ちゃん」と呼ぶが、悪いときには「鈴木クン」と吐き捨てるように言う。わかりやすいのだ。私が口をはさんだ。

「プーチンは川奈提案を正式に拒否してきました。北方領土問題を解決するならばロシア側と嚙《か》み合う論理を構築するしかありません。それとも川奈提案をぶらさげていつまでも牛の涎《よだれ》のように交渉を続けていればよいのでしょうか」

「牛の涎でいいんだ」

まずい。売り言葉に買い言葉になってしまった。鈴木氏が「橋本総理もお忙しいかならそろそろ失礼しよう」と言って席を立った。ちなみに永田町、霞が関では総理経験者についてはその職を離れても、「総理」と呼ぶ文化がある。それにしてもこの言い方は永田町の基準ではとても無礼だ。なぜなら、忙しい、忙しくないを判断するのは本人だからである。相手が忙しいことを理由に席を立つのは、「俺は忙しいんだ。おまえとこれ以上、付き合っているヒマはない」という意味をもつ。

橋本氏はあいかわらず鈴木氏と目を合わせない。突然、橋本氏が私の手を握って言った。

「局長の代わりはいるけれど君の代わりはいないんだからね。身体には気をつけてな」

私を見る橋本氏の目はとても優しかった。沖縄開発庁の玄関で車に乗り込むときに鈴木氏がこう言った。

「あんたは橋本さんに好かれているな。俺は『こら、このポマード』と言ってごろまいてやろうかと思った。一発やってやろうと思ったんだ」

東京拘置所を保釈になった後、私は鎌倉の米原万里さん宅を訪ねたときにこの話をした。

「橋龍と鈴木宗男の人間性の差が出ているわね。あなたは宗男さんていうほんとにいい盟友と出会ったわね。うらやましいわ。それから橋龍もちょっと淋しそうね」と米原万里さんはつぶやいた。

橋本龍太郎氏は二〇〇六年七月一日に逝去した。天国で橋本龍太郎氏と米原万里さんは一回くらいすれ違っているのだろうか。合掌。

第四話　小渕恵三の〝招き猫〟

「アッ！」と驚かせるような土産

筆者は、日本では、橋本龍太郎、小渕恵三、森喜朗という三人の内閣総理大臣、ロシアでは、エリツィン、プーチンという二人の大統領を目《ま》の当《あ》たりにし、密度の差はあるが、直接、話をしたことがある。国家のトップとなる政治家は、いずれも優れたインテリジェンス能力をもっている。

いま挙げた五人の中でプーチンは、KGB（旧ソ連国家保安委員会）第一総局（対外諜報《ちょうほう》担当、SVR［露対外諜報庁］の前身）出身のインテリジェンスのプロなので、別格とする。残る四人の中でインテリジェンスをもっとも重視したのは誰であろうか。筆者の経験では、小渕氏である。その話をすると誰もが意外な顔をするが、実は小渕氏のインテリジェンス感覚は卓越していたのである。

一九九七年から九八年、橋本龍太郎総理のイニシアチブで北方領土交渉が加速した。エリツィン大統領自身は交渉に意欲的、すなわち北方四島の日本への返還も視野に入れて交渉を進めていたが、周辺は「殿ご乱心」という感じで、いかにしてエリツィンをいさめるかについて腐心していた。その時に中心的役割を果たした一人がネムツォフ第一副首相だった。ネムツォフは、五九年生まれ、九八年当時三十九歳で政府においては最若手の有力政治家だった。エリツィンはネムツォフをかわいがり、九七年十一月のクラスノヤルスク日露非公式首脳会談にも同席させた。

ネムツォフは鼻っ柱が強い。テレビの対談番組で、過激な発言で有名なジリノフスキー自民党総裁が「この小僧！」と言ったら、ネムツォフは「なんだと！」と叫び、とっさにテーブル上のコップを取り上げ、ジュースをジリノフスキーの顔にかけた。さすがのジリノフスキーもネムツォフの行動は想定外で、引いてしまった。国民はネムツォフに対して「元気がいい」と言って拍手喝采《かっさい》した。

九八年二月二十一から二十三日、小渕恵三外相が訪露することになった。ネムツォフはエリツィン大統領側近であったのみならず、日露貿易経済政府間委員会議長だった。日程に小渕外相とネムツォフの会食が組み込まれた。この機会を利用してネムツォフの対日観を改善する、少なくとも北方領土問題に関してエリツィンの決断を妨害することを阻止するために何ができるかを日本外務省は検討していた。筆者もモスクワに出張し、ロシアの政治エリートと意見交換をするとともに、知り合いの書店員に頼んでネムツォフに関する書籍、雑誌を集めてもらった。みかん箱一杯の資料を毎日読んで、筆者はネムツォフに関する印象を整理した。

訪露の数日前、外務大臣秘書官から筆者に「小渕大臣が佐藤君の話を聞きたいといっているので、昼を空けておいてほしい。弁当を用意する」という電話があった。小渕外相からブリーフィング（説明）に呼び込まれたことは何度もある。しかし、食事付きというのは初めてだ。多忙をきわめる外務大臣にとって三十分の時間をつくるのは至難の業だ。そこで昼食をはさんで四十五分も時間をつくるというのは小渕氏がいかに今度のモスクワ訪問を重視しているかということだ。筆者は緊張した。

大臣室に入ると鈴木宗男北海道・沖縄開発庁長官も同席していて、「佐藤さん、私にも話を聞かせてください」と言う。五分くらいで松花堂弁当を食べ、筆者はロシアの政治情勢と政治エリートの人的確執関係、さらに政商やマフィアと政治家の結びつきについて三十分くらいかけて説明した。小渕氏が二、三、質問をした後、筆者の目を見据えた。

「あんたの意見が聞きたい。ネムツォフが前回訪日したときにロシア大使館のレセプションで会ったが、あいつは自分からきちんとしたあいさつもしない。わざとだと思うか」

「わざとでしょう。一種のハッタリで、相手にあいさつをさせて優位性を保とうとしているのです。ロシアの若手政治家にはこういうパフォーマンスをする輩《やから》がときどきいます」

「そこでだ、ネムツォフを『アッ！』と驚かせるような土産をもっていきたい。何がいいと思うか。起き上がりこぼしダルマはどうだ。政治家は何回転んでも立ち上がるというメッセージになる」

「それは、むしろエリツィン大統領に贈った方がいいでしょう」

そう答えた後で、筆者は少し考えてから、「〝招き猫〟がいいと思います」と提案した。

「どうしてだ」

「ネムツォフは大の猫好きです」と言って、筆者はネムツォフが猫を抱きかかえて写った本の写真を見せた。

「インタビューでも『何よりも猫が好きだ』と答えています。『あなたが猫好きなので、私の故郷の特産品である〝招き猫〟を持ってきた』といえば、ネムツォフに《日本側はあなたについて徹底的に調べている。だから猫好きという趣味まで知っている。ネムツォフという政治家に小渕恵三が強い関心をもっている》というシグナルをさりげなく送ることになります。私の理解では、こうすればネムツォフも今後、少し礼儀正しくなると思います」

小渕氏はニタッと笑って、「そうだな。どういう〝招き猫〟がいいか」と尋ねた。

「ネムツォフはわびさびがわかる人間ではないので、金箔《きんぱく》のピカピカの〝招き猫〟がいいと思います」と筆者は答えた。

一九九八年二月二十一日、モスクワの日本大使公邸で小渕恵三外務大臣主催の夕食会が行われた。主賓はネムツォフ露第一副首相である。食事が始まってしばらくたったところで、小渕氏は、「ネムツォフさん。あなたにプレゼントがある」と言って、大きな招き猫を渡した。

「私の故郷の特産品です。あなたが猫好きだというので、持ってきました。この猫は幸せを運んできます」と小渕氏は続けた。
ネムツォフは、驚いて絶句した後、「どうして僕が猫好きだと知っているのか」と尋ねたので、小渕氏は「われわれの専門家がきちんと調査している」と答えた。同席していた日系のイリーナ・ハカマダ国家院（下院）議員が「あなたは猫が好きなの」と尋ねたら、ネムツォフは「実はそうなんだ」と小声で答えた。このエピソード以降、ネムツォフは小渕氏に一目置くようになり、かつてのような尊大な態度は取らなくなった。

「人柄の小渕」ではなく「怖い人柄の小渕」

その年七月の参議院選挙で自民党が惨敗《ざんぱい》した責任をとって、橋本総理は辞任した。自民党総裁選挙では、小渕氏が、梶山《かじやま》静六氏、小泉純一郎氏を破り、総裁の座を獲得し、国会で内閣総理大臣に指名された。その直後のことである。ある総理官邸担当の政治部記者が私のところを訪ねてきた。暗い顔をしている。記者は、「佐藤さん、小渕さんのところに挨拶《あいさつ》に行ったんだけど、僕は嫌われている。困ったことになった」と言って青くなっている。

話は、五年ほど前に遡《さかのぼ》る。この政治部記者は、平河クラブ（自民党担当）で、小渕氏を担当していたことがあった。あるとき、この記者は、小渕氏から「昼飯でも食べながら話をしよう」と言われて、数名の他社の記者と共に会議室に呼ばれた。カレーライスがテーブルに並べられたが、小渕氏はなかなかやって来ない。三十分待っても来ないので、食事も冷め切ってしまうし、お腹《なか》もすいていたので、その場にいる記者たちはみんな、小渕氏が来る前にカレーライスを食べてしまったのだ。

それから十分ほどして、ようやく小渕氏がやってきた。部屋に入って記者たちの顔を見回し、黙っている。気まずい感じだ。小渕氏が、口を開いた。

「あんたたち、俺が来る前にカレーを食ったな」

「………」

「おい、あんたたち、どうして俺が来る前にカレーを食ったんだ」

「………」

小渕氏はそう言って黙り込んでしまった。こうして、この日の懇談は流れた。

この政治部記者は、この「事件」を忘れてしまったわけではなかったが、昔の些細《ささい》な出来事だと軽く考えていた。そして、官邸担当になった挨拶を小渕総理にした。すると小渕氏は、記者を見つめてこう言った。

「あんた、あのとき俺より先にカレーを食ったよな。食い物の恨みは怖いからな」

これが挨拶に対する小渕氏の返答であった。

筆者が「小渕さんは冗談で言っているんだよ。気にすることはないと思う」と言っても、その記者は、「佐藤さん、そうじゃない。小渕さんの目は笑っていなかった。あれは本気だ。『人柄の小渕』と自称しているけれど、『怖い人柄の小渕』だ」と真剣な顔で答えた。


それからしばらくして、筆者自身も小渕氏の激しさを目の当たりにすることになった。この年の十一月十一日から十三日、小渕総理はロシアを公式訪問した。日本の総理がモスクワを公式に訪れるのは、七三年の田中角栄総理以来、実に二十五年ぶりだった。九月末、筆者は総理官邸に呼び出された。鈴木宗男官房副長官、東郷和彦外務省条約局長などがいる前で、小渕総理から筆者は直接声をかけられた。

「あんた、すまないが毎週モスクワに行って、様子を見てきてくれ。特にエリツィンさんの健康状態と、川奈提案に対してエリツィンさんがどういう返事をするかについて調べてこい」

「難しい課題です」

「難しいからあんたに頼んでいるんだ。報告は直接俺にしろ。俺がどうしてもつかまらないときは鈴木（宗男氏）にしておけ。わかったな」

「わかりました」

毎週、モスクワに行けといわれても、東京で、ロシア情勢についてまとめた報告書や分析調書を書く仕事もある。従って、一泊三日で東京とモスクワを往復することが続いた。東京—モスクワの日本航空便は週一便しかない。アエロフロート・ロシア国際航空ならば毎日飛んでいるのであるが、機内の空気圧調整が日本の飛行機と異なるので、毎週この飛行機に乗っていると、足がむくんだり、歯茎が腫《は》れてきたりする。

小渕総理からの直々の命令なので、筆者も必死になって情報を探る。幸い、エリツィン大統領の医療チームと接触することのできる医師（陸軍大佐）がいたので、このルートで調査を進めることができた。

総理官邸で、小渕氏に筆者は、「エリツィンは虚血性心疾患という発表になっていますが、実際は心筋梗塞《しんきんこうそく》を起こしています。それから、血管がだいぶ弱っていて、アテローム（腫瘤《しゅりゅう》）ができています。ここから血管が崩れることを医師団は懸念《けねん》しています」と報告した。

小渕氏の目がきらりと光った。

「わかった。その話は外部にするな。重要な情報だ。ありがとう」

筆者は、報告を続けた。

「川奈提案について、ロシア側の検討状況には過去二週間変化がありません」

「あんた、変化がないというのも重要な情報だ。明日、またモスクワに行って様子を探ってきてくれ」

「わかりました」

小渕氏が述べた、変化がないというのも重要な情報だ、というのは、まさにインテリジェンスのプロの発想なのである。

小渕氏は、筆者の情報をたいせつにしてくれた。それと同時に、詳細な報告がないと言って厳しく叱責《しっせき》されたこともある。

この年の十一月初めのことだ。モスクワとの往復が続いてふらふらになっている日の午後六時頃と記憶している。外務省国際情報局分析第一課の筆者の机の上の電話が鳴った。

「佐藤です」

「あんた、すぐに官邸に来てくれ」と鈴木宗男氏があわてた調子で話す。

「何事ですか」

「とにかくすぐに来てくれ。官邸の小食堂だ」

小食堂は、官邸の地下にある。ここで小渕総理、野中広務官房長官、鈴木官房副長官が毎日、昼食をとりながら協議し、国家の重要事項について方向が決まることもある場所だ。小食堂と言っても二十人くらいは入る。

筆者は外務省北口の通用門から外に出て、向かいの運輸省（現国土交通省）前からタクシーを拾って、官邸に向かった。官邸に着くと、鈴木番の政治部記者たちに囲まれた。

「佐藤さん、一体何が起きたんですか。たったいま、丹波（實）外務審議官も駆け込んで来ました。小渕総理の訪露が中止になるんじゃないですか」

「そんなことはない。そんな情報があれば、僕のところに聞こえてこないはずがない」

記者たちを振り切って、筆者は、赤絨毯《あかじゅうたん》を敷き詰めた官邸の階段を降りていった。小食堂に入ると異様な雰囲気だった。

小渕総理の横に鈴木官房副長官が座っている。小渕氏は赤黒い顔をし、鈴木氏は真っ赤な顔をしている。テーブルをはさんだ向かいに座っている丹波外務審議官は、右手をあごにあてて、ロダンの考える人のようにして、全く動かない。その横で、篠田研次ロシア課長が中腰で電話の受話器を握りしめたまま凍りついている。その横の肘《ひじ》掛《か》け椅子《いす》に座っている西村六善《むつよし》欧亜局長は、ふぬけのようにうつろになって、焦点の合わない目で中空を向いている。あまりの光景に、筆者も一瞬たじろいだ。鈴木氏が筆者の姿を認め、「佐藤さん、俺の隣に座ってくれ」と言うので、その指示に従った。

小渕氏が凄《すご》みのある声で話す。

「おりゃ、あんたたち、俺が人柄の小渕だと思って、軽く見ているんじゃないだろうな。おい、いったいどうなっているんだ」

「……」

「プリマコフ（露首相）に先に電話をしたら、エリツィンが気にするんじゃネエか。おりゃ、どうなっているんだ」

話をよく聞いていると、総理訪露時に、世界銀行との協調融資による十五億ドルの日本輸出入銀行アンタイド・ローンの枠内で八億ドルの融資を実施することを、事前にプリマコフ首相に電話で連絡してほしいと、外務省が小渕総理に依頼したことに対して、御下問がなされているようだ。外務官僚は全員黙っている。鈴木氏が、「エリツィンは、現在、休暇中なので、プリマコフに電話するのが筋ですし、それで問題は生じません」と言っても、小渕氏は納得しない。鈴木氏が目でサインを送るので、筆者も腹を括《くく》って、説明した。

エリツィンの健康状態は良くない。そういうときにエリツィンと電話をしたいと言うと、日本側が健康状態について探りを入れているとロシア側が邪推する。エリツィンとプリマコフは盟友関係にはないが、プリマコフが小渕総理からの電話をエリツィンにねじまげて伝えるようなことはないし、この時点でアンタイド・ローンを日本が供与することを伝えることは、ロシアのメディア対策の観点からも意味があると述べた。

小渕氏は、筆者の説明を注意深く聞いてから、こう言った。

「おい佐藤、そんな説明は初めて聞いたぞ。どうして、きちんと情報を報告しないんだ」

筆者は思わず、「官邸には報告しました」と答えてしまった。

「俺は聞いていない。おい佐藤、誰に報告したんだ。鈴木副長官にか」

「……」

「おい、鈴木、この話を聞いていたのか」

「聞いていました」

「なんで俺に報告しないんだ」

「御説明申し上げました」

「いや、俺は聞いていない」

「……」

「おい、佐藤、鈴木に言えば俺に聞こえると思ったら大きな間違いだからな。重要な話は俺のところに直接もってこい。それからだな、今回はお前の言うことを聞いておくがな、プリマコフとエリツィンとの関係もわかったもんじゃャネエからな。プリマコフに言えばエリツィンに聞こえるというわけじゃャネエかもしれない」

それから、小渕氏は急ににこやかな顔に変わって、「それじゃ、これからプリマコフに電話だ。佐藤、君も付き合え」と言った。

総理執務室から小渕氏は、プリマコフ首相に電話をかけた。数十分前とは、まったく異なる穏やかな雰囲気で電話会談は終了した。

実は、小渕氏がもっていたエリツィンとプリマコフの微妙な関係についての懸念は正しかった。健康不安を抱えるエリツィンに対して、健康なプリマコフに求心力が集まった。プリマコフは徐々に増長し、国家の主人のようになった。エリツィンは、九九年五月十二日にプリマコフを首相から解任するのである。

かつての中選挙区制の時代、小渕氏は、同じ選挙区で、福田赳夫《たけお》、中曽根《なかそね》康弘《やすひろ》という二人の超有力政治家と競《せ》り合った。福田、中曽根という「ビルの谷間のラーメン屋」と小渕氏は揶揄《やゆ》された。そういえば、プリマコフとの電話を終えたときに、「鈴木！　俺は『ビルの谷間のラーメン屋』だからな。エリツィンとプリマコフの関係が気になるんだよ」と声をかけていた。苦労しているので、人間の澱《おり》や襞《ひだ》に対する感覚が過剰になっているという意味なのであろう。

陸軍中野学校譲りの情報感覚

二〇〇七年六月十日、筆者は、群馬県渋川市を訪れ、陸軍中野学校第五期（五丙）の渡辺秀夫氏、中村明氏からお話をうかがった。政治家の情報感覚について話題が及んだときに、筆者が「小渕総理の情報感覚は実に優れていた」という話をすると渡辺、中村両氏が顔を見合わせて笑った。筆者はまずい話をしたかと思い、肩をちょっとすくめたら、中村氏がこう言った。

「そうでしょう。実は小渕総理の叔父さんの小渕岩太郎氏は陸軍中野学校で私たちの一年後輩（六丙）だったんですよ。小渕さんが情報（インテリジェンス）について、叔父さんから薫陶《くんとう》を受けていたのは間違いないです」

筆者は「それで謎《なぞ》が解けました。こういう形で陸軍中野学校の伝統は生きているんですね。そういう真実を日本国民に伝えていくことが作家の使命と思います」と答えた。

小渕氏は、二〇〇〇年四月二日未明、脳梗塞で緊急入院した。その前日、小渕氏は、森喜朗自民党幹事長に「これからロシアのことをやりたい。党としても全面的に支えてほしい」と言ったという。これが小渕氏の政治家としての最後の言葉になった。

〈平成十二年五月十四日の夕刻、一年八カ月にわたって庶民宰相として国民に親しまれ、愛された一人の政治家が四十三日間に及ぶ闘病の末、御家族や医師団の必死の看護や国民の祈りも空《むな》しく、帰らぬ旅の人となられました。小渕前総理、あなたの御遺体が病院から自宅へと向かわれる際に、総理官邸前を通り過ぎようとした時、千鶴子夫人が「官邸ですよ」と語りかけられたところ、にわかに雷鳴が轟《とどろ》き、激しく雨が降り出したとお聞きしました。あたかも天がその政治家の死を惜しみ、嘆き悲しんでいるかのようでありました〉（二〇〇〇年六月八日の内閣・自民党合同葬儀における森喜朗総理による追悼の辞から）

小渕氏は北方領土問題の解決を本気で考えていた政治家だった。もっと小渕氏のためにできることが筆者にもあった筈《はず》だ。小渕氏の無念な気持ちを思うといまも涙を抑えることができなくなる。合掌。

第五話　新キングメーカー「森喜朗」秘話

実力者からの電話

二〇〇〇年九月はじめのプーチン・ロシア大統領日本公式訪問が終わってから、それほど日を置かないある秋の日のことだった。運輸省（現国土交通省）一階の名物「冷やし野菜炒《いた》めそば」を食べていると携帯電話がなった。液晶板にはある「ジャーナリスト・ロビイスト」の名前が表示されている。「ジャーナリスト・ロビイスト」とは筆者の造語であるが、ジャーナリストや評論家の肩書きで活動していて、世間一般にあまり名前は知られていないが、永田町（政界）・霞が関（官界）では強い影響力をもつ人々のことだ。もっとも赤坂や永田町のワンルームマンションに事務所をかまえる自称「ジャーナリスト・ロビイスト」はかなりいるが、ほんとうに力をもっているのは外務省関係で五名前後といったところであろう。そのうちの一人からの電話だ。

「優《ゆう》さん、ちょっと急ぎの話なんだけど、いまいいかな」

この業界の人たちはなぜか私を「佐藤さん」とは呼ばず、「ユウさん」、もしくは「マサルさん」という。私はちょっと混ぜっ返して、「他の人ならお断りするところですが、××さんならばいつでもＯＫです」と答えた。

「加藤紘一《こういち》事務所の佐藤三郎さんを知っているか」

「直接の面識はありませんが、お名前だけは存じ上げています」

「実は佐藤三郎さんが優さんと会いたいといっている。恐らく加藤紘一に裏で日露関係の実態について説明してほしいということになると思うが、是非受けて欲しい」

「わかりました。しかし、相手が相手だけに、こっちも〝安全保障〟をつけさせてもらいます」

「それはわかっている」

〝裏で〟ということは、外務省に内緒で筆者と会いたいということであるが、有力政治家と会っていたことが口止めをしてきた政治家側から漏れることもときどきある。

そこで、外務省の信頼できる幹部に「加藤紘一事務所の幹部と裏で会う」ということを非公式に伝えておくことが〝安全保障〟だ。筆者が東郷和彦外務省欧州局長に「ジャーナリスト・ロビイスト」からの話を伝えると、黒縁眼鏡の底で東郷氏の目が一瞬光った。

「佐藤君、政局の動きについて聞いていますか」

「どの動きですか」

「加藤紘一が本格的に倒閣に動くかもしれない」。そういって東郷氏はこの「ジャーナリスト・ロビイスト」が加藤紘一サイドで動いているとの情報を伝えてきた。

「東郷さん、森（喜朗）さんは気にしているでしょうね」

「それはもちろんです。川島（裕《ゆたか》）（外務事務）次官が今回のプーチン訪日で、あまり踏み込んだ約束をしない方が賢明だと判断したのも、森政権の権力基盤が不安定だと見ているからです」

「面倒なことに巻き込まれるのはイヤですね。断りましょうか」

「いや、行ってきなさい。加藤紘一は中国には造詣《ぞうけい》が深く人脈ももっているが、ロシアについては何もない。せっかくいい話がきたのだから、加藤政権になったときに備えての仕込みをしておきなさい。できるだけ佐藤三郎さんと親しくなるのです」

余計な宿題を背負い込んでしまった。東郷さんではなく川島事務次官に〝安全保障〟をつけておけばよかったと思ったが、後の祭りだった。

霞が関ビルから飛び降りる覚悟

結局、「ジャーナリスト・ロビイスト」も同席して、私は佐藤三郎氏と会った。佐藤三郎氏の身長は一六五センチの筆者よりは、少し高く、痩身《そうしん》で、浅黒く、眼光の鋭い人物だった。私については、野中広務衆議院議員―鈴木宗男衆議院議員の下足番という認識で、話を聞いていて途中で不愉快になったが、席は立たなかった。ただし、佐藤三郎氏のオヤジに対する忠誠心はほんもので、仮に加藤紘一衆議院議員が佐藤三郎氏に「いますぐ霞が関ビルの屋上から飛び降りろ」といえばすぐに実行するような雰囲気だ。

政治の世界は恋愛に似ている。特に内閣総理大臣に仕える秘書官はそういう雰囲気を漂わせる。橋本龍太郎元総理の江田憲司秘書官（現衆議院議員）、小泉純一郎元総理の飯島勲《いさお》秘書官は、霞が関ビルの屋上からいつでも飛び降りる覚悟ができていたと思う。安倍《あべ》晋三《しんぞう》元総理の井上義行秘書官もその類と思う。この範疇《カテゴリー》の秘書（官）

は、こちらの進めている外交政策がオヤジの権力基盤を強化することになるということがわかれば、本気で力になってくれる。そして義理堅い。

佐藤三郎氏と会い私は、「この人物を絶対に敵に回してはならない」と思った。会合の最後で、「実は、加藤紘一が近く、モスクワに行く。外務省とは別ルートで日程をつける。特に要人と会うことは考えず、ロシアの空気を吸ってみたい。そこで、最新のロシア情勢について出発までにあなたが直接加藤に説明してくれ」という。これは寝耳に水だった。そこで、調べてみると、カシヤノフ首相の弟の別荘でパーティーを行い首相側近やプーチン大統領に近い政治エリートを集め、加藤紘一氏のお披露目をするという計画が進んでいることがわかった。人脈作りとしては非常に巧みなやり方でプロの手を感じた。私は衆議院第一議員会館裏のＴＢＲビルにある個人事務所で加藤紘一氏にロシア情勢について説明し、加藤氏と少しばかりやりとりをした。

結局、このときの加藤氏のモスクワ行は中止になった。しかし、加藤氏は、ロシアと独自のパイプをつくることに執心し、翌二〇〇一年九月、佐藤三郎秘書を連れてモスクワに飛び立った。運悪く、加藤紘一氏がモスクワに滞在している九月十一日に米国同時多発テロ事件が発生し、加藤氏は急遽《きゅうきょ》帰国し、この人脈作り工作は中断された。

ブラとパンティ

森喜朗氏は北方領土問題の解決と日露の戦略的提携をとても重視し、筆者も二十回以上、ロシア情勢について説明している。鈴木宗男氏と私のふたりで官邸や国会内の総理室（灯台下暗しで、ここで総理と会っても記者にバレることはほとんどない）、あるいは自民党本部隣のビルにある森喜朗個人事務所で会った。総理はとても忙しい。A４判の紙一枚に要旨をまとめるのが望ましいが、森氏は「ロシアに関しては長い書類でもいい」という。筆者が二枚から三枚にまとめた書類をもっていくと森氏はボールペンで重要と思う部分に下線を引きながら読んでいく。

政治家に説明をするときには、わかりやすいたとえを用いることだ。

「総理、ここにいい女がいます。最終目標はヤルことですが、ガードが堅い。ただ、こちらのアプローチがうまくいってブラだけなら脱いでもいいといっています」

「ほうほう」

「いまのところ向こうはブラだけといっていますが、『それじゃダメだ。パンティもいっしょに脱げ』といって迫るのが得策でしょうか」

「そうじゃない。それはとりあえずブラということで、おっぱいを揉《も》んで先に迫っていく」

「そうです。最終的にはパンティを脱がせヤルことなのですが、相手がそれをＯＫしないので、いまはペッティングから入るというのが一九五六年日ソ共同宣言からのアプローチです。平和条約締結後の歯舞群島、色丹島の二島引き渡しは共同宣言で担保されているので、まずブラであるここを脱がし、次にパンティである国後島、択捉島に迫っていきます」

「佐藤君、わかりやすいたとえだ。使わせてもらおう」

「ただし、新聞記者の前ではダメですよ。何を書かれるかわかりません」

森氏が勉強家であるというのは、日露関係についての条約や合意文書、それから筆者が作った資料をほぼ暗記していることからもわかる。あるとき森氏はポケットからボロボロになった書類を出し、「君の作った書類を何度も読んだ。ボールペンで線を引いている内に穴があいてしまった」といって私に見せた。官僚がもっともよろこぶのは、政治家にその官僚の意見が尊重されているときであることを森氏は熟知している。

「加藤」のメッセージ

さて、二〇〇〇年十一月九日夜、都内の政治評論家たちとの会合で加藤紘一氏が、二十日に開催が予定された衆議院本会議で野党が森内閣不信任案を提出しようとする動きに同調し、倒閣を図ると宣言し、「加藤の乱」が始まった。この夜の会合には森喜朗氏と親しい評論家もいたので、この動きは直ちに総理の耳にも入った。十一月半ば、ブルネイで開催されるAPEC（アジア太平洋経済協力会議）で森氏とプーチン大統領の会談が予定されていた。その直前、十一月十一日か十二日のことだ。プーチン大統領に直接接触可能なロシア政府高官から連絡があった。

「佐藤さん、加藤紘一さんの代理人と称する人からメッセージが入ってきました。森政権は近く崩壊するので、ブルネイでプーチンは森喜朗さんと会わない方がいいという内容です。東京のロシア大使館からの報告でも今回は政変につながる可能性があるといっています。佐藤さん、ほんとうのところはどうなりますか。佐藤さんの率直な見解を教えてください」

「率直なところをいう。大きな情勢分析は簡単だ。森政権は、『五人組』による不透明な成立、また森さんの『日本は神の国である』という発言が、日本の政治の旧態依然とした姿に対する国民の不満に火をつけてしまい、支持率は低い。森政権がこのままでは失速していくのは間違いない。しかし、『加藤の乱』がほんものの政局になるかという評価は難しい。すべて平成研（橋本派）が決める」

「そこまではわかっています。だから橋本派の内情にくわしい佐藤さんの率直な見立てに関心があるのです」

「橋本（龍太郎）さんは『加藤は熱いフライパンの上でネコ踊りさせておけばいい』といって森支持の姿勢を鮮明にしている。野中（広務）さんは『このままおとなしくしていれば、次は加藤政権だ』といっている。加藤さんがシグナルを無視して進むと野中さんに切られる。野中さんはいったんこうだと決めると徹底している。僕が見るところ、鈴木（宗男）さんは両にらみだけれど、心情的には森さんに近い。それは森さんが日露平和条約にほんとうに政治生命を賭《か》けているからだ」

こう説明すると、ロシア人は「わかった」といって話を終えた。別れ際《ぎわ》に「加藤紘一のメッセージをプーチンが知っているということについて、僕は森総理に直接伝える」というと、ロシア人は反応しなかった。私はそれを黙認と受け止めた。

森・プーチン会談は二〇〇〇年十一月十五日の夕刻に行われることになった。私も政府専用機でブルネイに同行した。総理外遊の日程は、朝から晩までぎっしり詰まっている。筆者は会談前日十四日の夜十時過ぎに、そうとう強引に森総理の部屋に入った。

外務省から出向していた佐々江賢一郎総理秘書官がいっしょに入ってこようとしたので、私は佐々江氏に「申し訳ないけれど、政局のことで総理とサシで話したいので、席を外してください」と伝えた。佐々江氏は感情的になって「君……」といいかけたので、私は佐々江氏の瞳《ひとみ》を見据え、「知ってしまうとあなたも当事者になりますよ。覚悟はできていますか」というと佐々江氏は部屋に入るのをあきらめた。

私の姿を見ると森氏は「おお、君か。なんの話だ」と声をかけてきた。私は加藤紘一氏がクレムリンに送ったメッセージと、私自身がロシア人に伝えた話を正確に森氏に説明した。森氏は私の眼をみつめ、一呼吸置いてこういった。

「ありがとう。こういう悪い話をきちんと伝えてくれることが重要なんだ。総理になるといい話しか聞こえてこなくなる」

「……」

「君は俺が北朝鮮にも使いを送っていることに気づいているか」

「うすうすですが、気づいています」

「そうか。加藤は北朝鮮にも密使を送って、俺とは交渉するなと伝えている。同じことをロシアでもやっているんだよ。ただな、俺は、いくら政争でも、外交の世界ではやってはいけないことと、やっていいことの線があると思っている。この線が俺と加藤では違うようだ。俺はもうもたないかもしれない」

「総理、そんな弱気なことをいわないでください。プーチン大統領の森総理への信頼は絶大ですよ。ここで、北方領土問題を解決するのです」

「同じ気持ちで仕えてくれ」

森氏は目をうるませて「あなたの気持ちは嬉《うれ》しいよ」といって、森氏の父・森茂喜石川県根上町長のシベリアとの交流の話や、私がはじめて森総理と仕事をした二〇〇〇年四月のサンクトペテルブルグでのプーチン次期大統領との非公式会談の思い出話をした。

「総理、思い出話は早すぎます。森総理の手で平和条約を締結するのです」といって辞去しようとしたら、森氏に「君……」といって呼び止められた。

「君、俺はこれでほんとうにダメになるかもしれない。しかし、君は加藤政権になっても、俺に仕えるのと同じ気持ちで加藤に仕えてくれよ。君の経験と知識が日本のために必要なんだ。加藤になった後も頼む」

誰も見ていない密室での出来事だ。森氏はカッコをつけているわけではない。本心からそう思っているのだ。私は胸が熱くなった。

早速、ロシア代表団の宿舎を訪ね、プーチン大統領の側近をつかまえ、「加藤密使」について報告したときの森総理の反応について話した。大統領側近は、「貴重な話を教えてくれてありがとう。必ず大統領に伝える」といった。

翌十五日の日露首脳会談はとてもよい雰囲気だった。日本外務省公式ホームページにも「十五日十八時二十分（現地時間）より約五十五分間、ブルネイにおけるAPEC首脳会議に際し、日露首脳会談が行われた。（当初予定の三十分を大幅に超えて行われた。）」と記されているが、首脳会談の時間が予定の倍になるのは異例のことだ。

会談冒頭、テレビカメラが回っていることを意識してプーチン大統領は、「ヨシ（森喜朗総理）に来年、ロシアにきてほしい」といった。ロシアは森政権と交渉をしたいという明確なシグナルだった。会談で森氏がイルクーツク郊外のシェレホフ市の墓地に分骨されている父・茂喜氏の墓の写真を見せると、プーチン大統領は「その写真をくれ」といって持ち帰った。イルクーツクで日露首脳会談を行うことの決め手になったのがこの写真だ。

二〇〇一年三月二十五日のイルクーツク声明では、平和条約締結後にロシアが歯舞群島と色丹島を日本に引き渡すことを約束した一九五六年日ソ共同宣言と、択捉島、国後島、色丹島、歯舞群島からなる北方四島の帰属に関する問題を解決して平和条約を締結するという交渉の土俵を定めた一九九三年東京宣言の有効性が文書で確認された。このイルクーツク声明が北方領土問題をめぐる日本にもっとも有利な文書なのである。

外交官時代の遺産

帰路の政府専用機で、森総理は記者会見を行った。記者席は政府専用機の後部にあり、課長級以下の随員は中央部にすわっている。森氏が通路をとおっていくので、私は軽く会釈《えしゃく》した。そうすると森氏は私の席の横に立ち停まった。横に安倍晋三官房副長官が立っていた。あわてて私はシートベルトを外し、立ち上がった。

「あなたのいう通り、五六年共同宣言の件はプーチンの方からいってきたぞ。読みは正確だった。それから、俺はプーチンに『はじめて明かすことだが、俺は総理をやめをこわさないように注意してくれ。ほんとうにありがとう」とお願いしておいた。君も無理をして、身体《からだ》を壊さないように……

その後、小泉政権が成立すると田中眞紀子外相が「森さんは何をしにイルクーツクまで行ったんでしょうか」と叫び、ポピュリズムの嵐《あらし》の中で、イルクーツク声明は不当に低く評価されることになってしまった。二〇〇二年一月末から鈴木宗男バッシングの嵐が吹き荒れる中で、国民の政治不信が急速に強まり、加藤紘一氏の脱税疑惑が浮上し、「鬼の東京地検特捜部」に佐藤三郎秘書が逮捕され、加藤氏は議員辞職した。佐藤三郎氏は責任をすべて一身に背負い、加藤紘一氏は逮捕を免れた。同年五月十四日に私も鈴木宗男関連疑惑で逮捕され、五百十二日間、小菅の東京拘置所独房に閉じこめられたが、その間、ブルネイで森氏が「君は加藤政権になっても、俺に仕えるのと同じ気持ちで加藤に仕えてくれよ」と私に伝えたときの情景が何度も思い浮かんだ。自己保身や嫉妬《しっと》を超え、事を成就しようとする政治家の姿を目の当《ま》たりにできたことが私にとって外交官時代のたいせつな遺産なのだ。

第六話　死神プーチンの仮面を剝《は》げ

「死神がやってきた」

モスクワの「赤の広場」から南に車で三、四分のところに灰色の柵《さく》で囲われたレンガ色十四階建の大きなビルがある。出入口には民警が自動小銃を持って立っている。ソ連時代、この建物には何の表示もなされていなかった。この建物はブレジネフ時代にノメンクラトゥーラ（特権階層）のために建てられたソ連共産党中央委員会専用の「オクチャブリ（十月）第二ホテル」だ。フィンランドの建設会社が建てたこのホテルは天井が高く、ホールが大理石貼《ば》りの準迎賓館だ。ソ連崩壊後は大統領総務局が管理し、「プレジデントホテル」と改称された。

ソ連崩壊後、私は「プレジデントホテル」とコネをつけ、出入りを特別に認めてもらった。東京に戻ってからも出張のときはいつもこのホテルに泊まった。

一九九八年十二月初め、私が夜の七時過ぎにロシアの国会議員とホテルのロビーで話していると、青色の緊急灯を照らしたBMWが近づいてきた。ロシア人にしては小柄な一七〇センチくらい、灰色の背広の上に灰色の外套《がいとう》を着た人物が降りてきた。目の下に茶色い隈《くま》ができている。一瞬、背筋に寒気が走った。ボディーガードが二名付き添っている。見たことのない人物だ。

「死神がやってきた」

その国会議員が呟《つぶや》いた。

「暗い顔つきだね。陰険な感じだな。いったい誰だい。大統領府の奴《やつ》か」

「この前まで大統領府にいた。タチアーナ・ジャチェンコ（エリツィン元大統領次女）に気に入られている。ウラジーミル・ウラジーミロビッチ・プーチンだよ。今はFSB（連邦保安庁＝国内秘密警察）長官だ」

ロシア政治エリートや金融資本家の動向を監視するFSBが大統領の寝首をかくことがないように、エリツィン大統領と家族がプーチン氏をFSB長官に据えたのだ。

ロシアでは大統領の信任を得ている者を徹底的に調査すれば、政権中枢《ちゅうすう》の強さと弱さが明らかになる。

対外諜報《ちょうほう》機関員には二つのタイプがある。第一のタイプは社交的で、派手で、誰もがこんなに目立つ奴がスパイ活動など行うはずがないと思う。その裏をかくプロたちで、人懐《ひとなつ》こい表情に陰険な打算が隠されている。第二のタイプは、存在感があまりない、一見気が弱そうな人たちだが、実際は意志力が強く、陰険だ。もっともインテリジェンス（諜報）の世界でお人好《ひとよ》しは生き残っていくことができないので、職業的に陰険さが身に付くのであるが、プーチン氏のように陰険さが後光を発している例は珍しい。

「プレジデントホテル」で死神の姿を見たときから私のプーチン・ウオッチングが始まった。

一九九九年八月、エリツィン大統領はプーチン氏を首相に任命した。私はモスクワでプーチンに関する情報を探ろうとしたが、核心に触れる情報がまったく集まらない。あるときモスクワのバチカン常設代表（枢機卿《すうききょう》）から聞いたひとことが契機になり、私のもやもやとしたプーチン像の焦点が絞られてくる。

「プーチンは信仰心がしっかりしている。肌身離さずもっている十字架をエルサレムの（キリストが磔《はりつけ》になった）ゴルゴタの丘の教会にもっていって聖別してもらった。

ただし伝統的ロシア正教徒というよりもプロテスタンティズムの臭《にお》いがする」

「プーチンはゴルゴタの教会にいつ頃行ったのですか」

「正確には思い出せないが、サンクトペテルブルグ副市長時代だから一九九五年頃だと思う」

いい情報が手に入った。プーチンの履歴をチェックしてみると副市長時代のプーチンの担当は国際関係だ。当時、多くのユダヤ人がロシアからイスラエルに出国した。現在、イスラエルの人口は七百万人（ユダヤ系五百三十万人、アラブ系百七十万人）だが、ユダヤ系のうち約百万人はソ連崩壊前後から過去十五年間に移住した「新移民」だ。サンクトペテルブルグからはユダヤ人が多数出国した。国際関係担当副市長は移民問題で鍵《かぎ》を握る人物なので、イスラエルが働きかけていない筈《はず》がないと睨《にら》み、私は早速テルアビブに飛び、ソ連・ロシアからの移民受入に関する裏事情に通じた人物と会った。

まさにこの人物が一九九四年からプーチン氏と家族ぐるみで付き合い、プーチン氏とイスラエル人脈をつないだキーパーソンだった。ここでモスクワでは得られないプーチン氏に関する情報を得ることができた。

天皇への独特の思い

二〇〇〇年四月三日、私は鈴木宗男総理特使と共にクレムリンの大統領執務室隣の控え室で緊張しながらプーチン大統領代行との会談を待っていた。

同年三月二十六日、プーチンが大統領に当選した後、はじめて会う外国政府関係者が鈴木氏だった。四月二日に小渕恵三総理が倒れ、状態は深刻で再起不能とのことだった。四月二十九日にプーチン氏の出身地サンクトペテルブルグで非公式首脳会談の日程を取りつけることが鈴木氏に対して小渕氏から与えられた特命だった。日本外務省は小渕氏が再起不能の状態で首脳会談の日程を取り付けることは外交的に非礼なので、会談を短時間で切り上げればよいと考えていた。

ところが会談の直前にモスクワの鈴木氏に森喜朗自民党幹事長から電話が入り、「森・プーチン会談の日程を是非取り付けて欲しい」との依頼があった。

大統領儀典長の案内で鈴木氏一行が執務室に入る。白い大きな楕円《だえんけい》形のテーブルの中央に鈴木氏はすわった。一年半前の一九九八年十一月十二日、二十五年ぶりの公式首脳訪問でエリツィン大統領と会談した際に小渕総理がすわった席だった。私も左奥の最末席に腰掛けた。

鈴木氏は、次期総理は森喜朗氏になることを明らかにし、森氏の父親が日露友好に献身した人物で、イルクーツク郊外シェレホフ市の墓地に分骨されているという話を披露し、四月二十九日前後にサンクトペテルブルグで非公式首脳会談を行うことを提案した。プーチン氏は「その日には別の日程を入れてしまったが、調整して会談する」と答えた。

会談が進むにつれ、はじめ能面のようだったプーチン氏の顔に表情がでてきた。プーチン氏が「この席に小渕さんが座っているように思う」と言うと鈴木氏の目から涙が溢《あふ》れた。プーチン氏は鈴木氏の瞳《ひとみ》をじっと見つめていた。私には以前、「プレジデントホテル」で見た死神と同じ人物には思えなかった。

会談が終了し、日本側出席者が執務室を出る間際《まぎわ》にプーチン氏は「鈴木先生（ゴスポジン・スズキ）、ちょっと話がある」と呼び止めた。

「実は、できればのお願いなのだが、五月にロシア正教会の最高責任者アレクシー二世が訪日するのだが、その際に天皇陛下に拝謁《はいえつ》できるように、鈴木先生の方で働きかけてもらえないか。もし、迷惑にならなければということでのお願いだ」

鈴木氏は「全力を尽くします」と約束した。鈴木氏は帰国後、外務省、総理官邸、宮内庁に働きかけ、天皇陛下とアレクシー二世総主教の会見を実現した。

　ロシア人は信頼する人にしかお願いしない。

　鈴木氏はプーチン氏に気に入られたのだと私は思った。諜報はいつも顔に仮面をつけて行う仕事だ。死神というのはプーチンの仮面の一つに過ぎないと私は思った。

　会談から一年くらい経《た》った後、このエピソードをゲンナジー・ブルブリス元国務長官（現上院議員）に披露した。ブルブリス氏はエリツィン政権初期の知恵袋で、ソ連崩壊のシナリオを描いた人物だ。

「面白い。プーチンははじめ大統領権力をエリツィンから譲ってもらったと思っていた。その次に国民に選ばれたと考えた。しかし、次第に自分のような中堅官僚が突然国家のトップになるのは神の意思ではないかと考えるようになった。これはトップになる政治家に共通の要素だ。エリツィンにも神に選ばれたという思いがあったよ。だから教会の最高指導者とか天皇に独特の思いを抱くようになるんだよ」

日ソ共同宣言を認めたプーチン

　二〇〇〇年九月四日、赤坂の迎賓館において、鈴木氏はプーチン大統領と再び会っている。このときは私が通訳をつとめた。この日午前の首脳会談でプーチン大統領は森総理に「私は（一九五六年日ソ共同）宣言を認める立場だ。これまでこの宣言を否定した過去の経緯もあったが、私はそういう考え方はとらない。これまでのすべての礎石として、これから議論していくことに異論はない」と言った。

一九五六年の日ソ共同宣言第九項後段でソ連は平和条約締結後の歯舞群島、色丹島の引き渡しを約束した。しかし、一九六〇年の日米安保条約締結に際して、日本領土からの全外国軍隊の撤退という新たな条件をつけてきた。その後、ソ連首脳はブレジネフ書記長はもとよりゴルバチョフ大統領も五六年共同宣言の有効性を認めなかった。ソ連体制と訣別《けつべつ》したエリツィン大統領ですら、細川護熙《もりひろ》総理が数回確認を求めたにもかかわらず五六年共同宣言の有効性を明示的には認めなかった。五六年共同宣言の有効性を認めると約束したのはプーチン氏が初めてだ。

会談終了後、鈴木氏の携帯電話が鳴った。森総理からだ。

「五六年共同宣言については、向こう側から言ってきた。但《ただ》し、まだ紙にするつもりはないみたいだ。鈴木さん、何とか今回紙にするように働きかけてもらえないだろうか」

「全力をあげてやってみます」

午後の会談が終わり、晩餐会《ばんさんかい》に移るまでの間に鈴木氏とプーチン大統領の単独会談が約三十分行われた。

「プーチン大統領、五六年共同宣言を歴代首脳で初めて認められたことを私たちは高く評価しています。是非、それを文書にまとめていただきたいと思います」

プーチン氏は少し考えてから答えた。

「この問題については、二つのアプローチがあります。まず、第一のアプローチは今回とりあえず目に見える成果を出せばいいと言って、文書を作ります。きちんと詰めないで文書にするので、双方の世論が沸き立つと解釈の違いが出てきて露日関係が袋小路に陥る危険があります。第二のアプローチは、五六年共同宣言からどのような解決策が出来るのかを両国の専門家が閉ざされた扉の中で十分協議して、具体的展望が出たところで文書を作るというやり方です。どちらのやり方にしますか」

「わかりました。当然第二のアプローチです」

鈴木氏はそう答えてから私に「向こうがここまで言うんだから、ここはこの辺で引いておいた方がいいな」と小声で問いかけた。私も「そう思います」と答えた。この時のプーチンの顔も死神のようだった。

会談が終わり、会場から鈴木氏が出かけたところで、プーチンが私を呼び止めた。

「通訳をどうもありがとう。それから、鈴木先生にきちんと伝えておいて欲しいのだけれど、スキーウエアをどうもありがとう。サイズもぴったりだった。妻も気に入っている」。私は少し大きな声で鈴木氏を呼び止め、プーチン大統領が述べた内容を伝えた。鈴木氏が「いや、すみません。気に入ってもらえるかどうか心配していました」と言って手を差し出すとプーチンは「ありがとう（スパシーボ）」と言って握手した。この時のプーチン氏はクレムリンで鈴木氏に見せたのと同じ表情をしていた。

私はプーチン大統領を分析するときにいつもその表情に注目している。私の見立てではプーチン氏はいくつもの仮面をつけている。素顔のときは一瞬しかない。そして、仕事をするときには絶対に素顔を見せない。これは対外課報員としては美点だが、政治家としては損をする。また、プーチン氏の情報に対する取り扱いにも典型的な対外課報文化が現れている。プーチン大統領は様々な情報を吸収する。しかし、プーチン氏自身が何を考え、どのような行動をとるかについて判断するヒントになる情報のフィードバックが全くないのだ。プーチンに対して情報戦を仕掛けても「のれんに腕押し」「糠《ぬか》に釘《くぎ》」という感じだ。あるタイミングでプーチン氏からシグナルが出る。そのときは単なる観測気球ではなく、プーチン氏はロシア国家としての基本戦略・戦術を既に決定しているのだ。

北方領土問題解決に関することでプーチン大統領の仮面を剝《は》がすことは不可能だ。前にも述べたとおり、プーチン氏は仕事に絡《から》むことでは仮面を剝がさないからだ。従って、われわれにできるのはプーチンに日本の国益にとって最適の仮面をつけさせることだ。そこから本気の話し合いを膝《ひざ》をつき合わせて始める。鈴木宗男氏が水先案内人として最適の役者だったので、森喜朗元総理はプーチン大統領に日本にとって役に立つ仮面をつけさせることに成功したのだ。

「プーチン大統領は柔道家だから親日的だ」と言う人がいる。私はこの見方は完全にずれていると思う。ソ連時代、柔道協会会長は常に内務次官がつとめていた。ソ連・ロシアの内務省、諜報・防諜機関関係者は柔道が職務の役に立つから使っているだけだ。

プーチン氏は、柔道を知っているということが親日家という表象に使えるから、それを最大限利用しているに過ぎない。柔道を北方領土問題解決の手掛かりにしようというのは、私の見立てでは全くカテゴリー違いの議論だ。

域など存在しない。

日本外務省の落ちた罠《わな》

一九九七年十一月のクラスノヤルスク非公式首脳会談も、橋本・エリツィンの個人的信頼関係を強化するという建前になっていたが、首脳外交の世界で純粋な個人的領域など存在しない。

会話、食事、遊び、土産などのすべてにお互いの国益を賭《と》したメッセージがある。当時、日露関係がこじれにこじれていたので、「非公式」という体裁でないと本格的な交渉はできないというプラグマティックな判断からクラスノヤルスク会談が行われたのだ。そして、「東京宣言に基づき、二〇〇〇年までに平和条約を締結するよう全力を尽くす」という「クラスノヤルスク合意」が生まれた。

少し小難しい法律論の話になるが、ここで東京宣言について説明することをお許し願いたい。一九九三年十月十三日にエリツィン大統領が細川護煕総理と署名したのが東京宣言だ。北方四島の名前をあげて、四島の「帰属の問題」が平和条約交渉の土俵であることを定めた点で重要な外交文書だ。しかし、四島が日本、ロシアのいずれに帰属するかについて東京宣言では規定されていない。領土問題に関する部分を、少し長いが正確に引用する。

〈日本国総理大臣及びロシア連邦大統領は、両国関係における困難な過去の遺産は克服されなければならないとの認識を共有し、択捉島、国後島、色丹島及び歯舞群島の帰属に関する問題について真剣な交渉を行った。双方は、この問題を歴史的・法的事実に立脚し、両国の間で合意の上作成された諸文書及び法と正義の原則を基礎として解決することにより平和条約を早期に締結するよう交渉を継続し、もって両国間の関係を完全に正常化すべきことに合意する。この関連で、日本国政府及びロシア連邦政府は、ロシア連邦がソ連邦と国家としての継続性を有する同一の国家であり、日本国とソ連邦との間のすべての条約その他の国際約束は日本国とロシア連邦との間で引き続き適用されることを確認する〉

ここで四島（択捉島、国後島、色丹島、歯舞群島）の帰属に関する問題を解決して平和条約を締結することに日露両首脳は合意した。首脳が合意したということは国家が合意したということだ。ここでテキストの論理を正確に把握しなくてはならない。「四島の帰属に関する問題の解決」と「四島の日本への帰属確認による問題解決」は別の概念だ。「四島の帰属に関する問題の解決」といっても四島が日本領になるという担保はない。

もちろん、私は北方四島は日本領で、四島の日本への帰属確認なしに平和条約を締結することはできないという堅い立場をもっている。かつて対露外交に従事した者としての面子《メンツ》ということではなく、領土について曖昧《あいまい》な国家は必ず崩れると確信しているからだ。しかし、東京宣言を巡っては、信念ではなく論理が問題になる。東京宣言に基づけば、論理的には、日四露〇、日三露一、日二露二、日一露三、日〇露四の五通りがある。東京宣言を千回繰り返しても北方四島は日本に近付いてこないのである。東京宣言の土俵の上でどうやって北方四島を現実に日本に引き寄せるかが日本外交の課題なのだ。

そもそも一九五六年日ソ共同宣言第九項後段で、平和条約締結後の歯舞群島と色丹島の日本への引き渡しは約束されているのだから、これら二島の日本帰属については既に日露間で合意済みであるという立場で日本はエリツィン大統領に臨むべきだった。従って、東京宣言では残る「択捉島、国後島の帰属に関する問題を解決して」平和条約を締結するとするのが筋だった。ここであたかも歯舞群島、色丹島が係争問題であるかの如《ごと》き外交文書を作ってしまったのは日本のロシアに対する大きな譲歩なのである。当時、外務次官をつとめていたクナッゼ氏が二〇〇一年に私に「あそこで日本側があんなに簡単に譲歩するとは思わなかった」と述べた。

なぜ日本は譲歩したのか。エリツィン大統領の訪日直前、一九九三年十月三、四日に旧議会支持派が騒擾《そうじょう》事件を起こし、大統領側は国会（ホワイトハウス）に戦車で大砲を撃ち込み、公式発表でも約五十名の死者が発生した。エリツィン氏の民主改革路線を支持することが要請されていた。日本政府としても、北方領土問題でエリツィン大統領を追い込むことは得策でないとの判断が働いたのであろう。

二〇〇二年以降、日本外務省は「東京宣言に基づき四島の帰属に関する問題を解決し、平和条約を締結する」というフレーズを呪文《じゅもん》のように繰り返した。平和条約交渉の土俵を定めた文書をあたかも日本への四島返還をロシアが約束した文書の如く解釈する「東京宣言至上主義」が生まれた。呪文も何百回も繰り返せば日本国内では政治的力になる。しかし、国際社会でそれは通じない。特に川口順子《よりこ》元外相（現参議院議員）はこの呪文を好んだ。しかし、それによって北方四島領土は日本に近付いてこなかった。今も日本外務省は「東京宣言至上主義」という罠《わな》に落ちているように思えてならない。

プーチンからのシグナル

もしもロシアが「北方四島の主権がロシアにあることを認めて、平和条約を締結したい」という提案をしても、それは東京宣言違反にはならないのである。事実、プーチン大統領自身の指令でそのようなシグナルが送り始められている。朝日新聞二〇〇五年十月一日朝刊の記事がその典型だ。

〈十一月に予定されているプーチン大統領の訪日を前にロシア政府は、北方領土問題で、四島がロシアに帰属することを確認する平和条約を結ばなければ、五六年の日ソ共同宣言で約束した歯舞、色丹二島の日本への引き渡し交渉に応じないとの方針を固めた。ロシア外務省高官が三十日、明らかにした。

プーチン大統領は二十七日のテレビ番組で「四島はロシアの主権下に置かれている。この点について議論する用意はまったくない」と発言していた。

これについて、同高官は三十日、朝日新聞記者に「まず四島の主権がロシアにあることを平和条約で確定させる。その後、初めて二島引き渡しの交渉を始める。これが、ロシア政府として正式に確認した方針だ」と述べた〉

ロシアは露四、日〇という形で「帰属に関する問題の解決」を提案しているに過ぎない。このようなロシアの姿勢に憤慨しても意味がない。これは感情や信念の問題ではなく、論理の問題だからだ。

ロシアの暴論に対して日本が指をくわえて見ていなくてはならないということはない。ロシアがハードルを上げてきたならば日本もハードルを上げ、南樺太（サハリン）と千島列島（ウルップ島からシュムシュ島までの十八島）は、合法的に日本が実効統治していたわが国固有の領土で、サンフランシスコ平和条約で日本はこれらの領土を放棄したが、ロシアがそこに居座る国際法的根拠はないと国際社会に訴えればよい。

（二〇〇五年）十一月二十日からのプーチン訪日で、現実的に考えたところで日本に出来ることがあるか。私は「東京宣言至上主義」によって空費された三年を取り戻し、二〇〇一年三月二十五日、森喜朗総理がプーチン大統領と署名したイルクーツク声明のラインに戻ることが国益にいちばん適《かな》うと思う。

〈一九五六年の日本国とソヴィエト社会主義共和国連邦との共同宣言が、両国間の外交関係の回復後の平和条約締結に関する交渉プロセスの出発点を設定した基本的な法的文書であることを確認した。

その上で、一九九三年の日露関係に関する東京宣言に基づき、択捉島、国後島、色丹島及び歯舞群島の帰属に関する問題を解決することにより、平和条約を締結し、もって両国間の関係を完全に正常化するため、今後の交渉を促進することで合意した〉

この論理を整理すると、

一、領土問題とは、択捉島、国後島、色丹島、歯舞群島が日本に帰属するか、ロシアに帰属するかを決めることだ。この帰属問題を解決した後にはじめて平和条約を締結する。

二、一九五六年の日ソ共同宣言は平和条約締結交渉の基本文書だ。従って、平和条約が締結された後にロシアが日本に歯舞群島、色丹島を引き渡すという約束は今も生きている。

ということになる。平和条約が締結されないのは、国後島、択捉島が日本に帰属するかロシアに帰属するか決まっていないからだ。だからこの問題を首脳交渉できちんと解決する。実に簡単な論理構成だ。

論理的に見て、北方四島の日本帰属に向け最も有利な外交文書がイルクーツク声明であることは明白だ。まず、感情から論理へ、空想的四島返還論から現実的四島返還論への転換を今回の日露首脳会談を契機に行うことだ。

小泉総理は論理で対峙《たいじ》せよ

小泉改革路線を体現する若手政治家でロシアに通じた人がいないという嘆きをときどき耳にするが、そう悲観する必要はない。必要が人材を作る。この関連で、小泉チルドレンと言われる自民党新人議員の中で佐藤ゆかり氏の視点が重要だ。

〈もちろん私も外交、安全保障では日米同盟が機軸であると考えています。それを前提とした上で、対中外交をうまくやるためにも、今、ロシア外交がブラインドスポットになっているのではないかと考えているのです。包囲網といった考え方になりますが、アメリカ、ロシアと密接な関係を築くことで、中国との関係はうまく収めていくことができるのではないか。（中略）北方領土が我が国固有の領土であることは、決して譲ってはいけないと思います。しかし、外交におけるプライオリティの問題はその時々で変わります。たとえば石油パイプラインの建設など、経済協力のほうを先に重点化することで関係を強化し、中国を包囲しながら、セカンド・プライオリティとして領土問題を引き続きやっていくということも考えられるのではないでしょうか〉（「刺客議員に女の覚悟を問う」「文藝春秋」二〇〇五年十一月号）

北方四島問題を「セカンド・プライオリティ」とする点に私は同意できない。同じプライオリティで連立方程式を組んでいくべきだと思う。だが佐藤ゆかり氏は「北方領土が我が国固有の領土であることは、決して譲ってはいけない」という問題の本質がよくわかっている。この方向で戦略を推し進めることだ。そうすれば北方四島を現実的に日本に返還する道筋ができる。面従腹背の外務官僚が政治家に主導権を握られることを嫌い「外交の素人《しろうと》の『女刺客』に何ができるか」と陰険な工作をしかけてくることが目に浮かぶ。しかし、佐藤ゆかり氏にはそれをはねのけるパワーがあると期待したい。

今次首脳会談で小泉総理が論理の力を最大限に行使すれば、プーチン大統領も論理の仮面をつける。ここから国家戦略と実利、日本国家と日本人の名誉と尊厳の連立方程式をたててプーチン氏と対峙《たいじ》すれば、北方領土問題は解決可能である。北方領土問題が解決され、日露関係が完全に正常化すれば天皇陛下公式訪露の障害がなくなる。このことがスマートに伝わればプーチン大統領の琴線に触れる。そのときプーチン氏はツァーリ（皇帝）の仮面をつけるであろう。

北方領土交渉を困難にしているのは、基礎体力が低下した外務官僚の論理能力と教養の欠如によるところが大きい。政治の力で外務官僚に活を入れることが国益だ。

国内で血みどろの政争を行っても、外交、しかも領土問題という国家の基幹に関わる問題では一致団結するのがほんものの政治家だ。これは建前論ではない。

九・一一総選挙の結果、小泉与党が衆議院の絶対過半数をもっているという状況を最大限に活用するのだ。外交の世界では、国益は首脳、現下日本では小泉総理という人間に擬制される。外交には相手があるので、交渉とは折り合いをつけることだ。従って、日本の要求が一〇〇％満たされることはない。難しい外交交渉をまとめ上げた首脳は必ず世論の批判にさらされる。根拠のある批判は当然行うべきだ。しかし、そこで小泉総理を感情のおもむくままに徹底的に叩《たた》くことは、結果として、日本国家の外交の幅を狭めることになり、国益を毀損《きそん》することになる。

（付記、二〇〇五年十一月のプーチン訪日では、北方領土問題に関する合意文書が作成できないという、ソ連時代を含め、公式首脳会議では前代未聞の失態を日本外務省は演じた。小泉元総理が論理の力を発揮することを下支えできないほど外務官僚の力が弱っていることが、露見してしまったのである）

第七話　プーチン後継争いに見る凄《すさ》まじき「男の嫉妬《しっと》」

愛と嫉妬の物語

モスクワに勤務した時期に男の嫉妬がいかに恐ろしいかということを思い知った。エリツィン（大統領）という美しい女王様がいる。男の子達の気を惹《ひ》こうとして、女王様が無理難題を仕掛ける。それを男の子達は忠実に遂行するという姿が繰り返されていた。

一九九六年秋にエリツィンの心臓病が深刻になった。医師団はエリツィンの大好きなサウナ遊びをやめるよう強く勧告した。エリツィンも生命は惜しいので、サウナパーティーの回数は著しく減り、内容も穏やかになったが、それまでは、浴場で男達の愛と嫉妬の激しい物語が展開されていた。裸のつきあいとばかりに、キスしたり、イチモツを握りあったりしていたのである。

九四年の秋のことだ。ブルブリス国家院（下院）議員（元国務長官、現連邦院［上院］議員）から電話があった。ブルブリスは、九一年十二月のソ連崩壊シナリオを描いた人物で、エリツィンの知恵袋だった。もともとはエリツィンの郷里エカテリンブルグ（旧スベルドロフスク）のウラル国立大学でマルクス主義哲学を教えていた哲学教授だった。専門は弁証法的唯物《ゆいぶつ》論で、古今東西の弁証法に通暁《つうぎょう》しており、黒を白と言いくるめる天才だった。ブルブリスが聡明《そうめい》であることは誰もが認めたが、極端な能力主義者で、他人を厳しく斬《き》る。それから政争で敵対するとありとあらゆる手法を用いて政敵を叩《たた》き潰《つぶ》す。ブルブリスは畏怖《いふ》されていたが、同時に嫌われていた。モスクワ駐在の各国大使ともあまり付き合わない。会食をドタキャンしたり、三時間くらい遅れて三十分足らずで帰るようなことも平気でする。当時、モスクワで外国人がもっとも人脈を作りにくい人物の一人と言われていたが、なぜか筆者は気に入られた。一時期、「日本大使館の書記官（筆者のこと）とブルブリスはホモである」という怪情報がロシアの国会で流れたことがある。ブルブリスのはからいで、同人が主宰する「戦略センター」顧問の肩書きと写真付身分証明書が発行された。この身分証があると国会やクレムリンにも出入りできたので便利だった。受話器からブルブリスの甲高い声が聞こえた。

「マサル、今度の土曜日は閑《ひま》か」

「予定が入っていますが、重要な用事ならば調整します。何ですか」

「俺が呼んでいるんだ。重要じゃない筈《はず》はないだろう。こういうときは余計な理屈を言わずに『はい、うかがいます』と答えればいい」

「失礼いたしました。はい、うかがいます」

「それでいい。よく聞け。午後一時に家を出ろ。モスクワから南に向けてカルーガ・ハイウエーという道路があるが、そこをモスクワ大環状線を越えてから二十六キロを過ぎたところで右側に進入禁止の標識がついた道がある。そこに入れ」

「進入禁止のところに入ったら捕まるじゃないですか」

「大丈夫だ。余計なことを言わずに俺の話を最後まで聞け」

「わかりました」

「道をずっと進んでいくと、大きな鉄扉に突き当たる。警備兵が出てくるから、『ブルブリスの別荘に行く』と言え。大使館の車を使うか、自分の車を使うか」

「どちらがよいでしょうか」

「どちらでもいい」

「それでは自分の車を使います」

「よし、ラーダ5型、ナンバーはD005―441だな」

「その通りです」

ブルブリスは記憶力がいい。筆者の電話番号や住所のみならず、車の番号やペットのシベリア雄猫の名前が「チーコ」であるということまで覚えていた。もっともモスクワの地図を見てみたが、そこには別荘村があることなど書かれていない。もっともモスクワの地図はソ連体制が崩壊した後も、軍事や諜報関連の秘密施設については記されていないので、それ自体は珍しいことではない。

土曜日になった。ブルブリスの指示通りに行くと、高さ五メートルを超える、後に筆者が東京拘置所玄関で見たような鉄扉に突き当たった。ブルブリスの指示通りに答えると、扉が開き、パトカーの先導でブルブリスの別荘まで行った。そこはアルハンゲリスコエというエリツィン大統領の別荘村で、九一年八月十九日のソ連共産党守旧派によるクーデターをエリツィンやブルブリスたちはここで迎えた。ブルブリスはエリツィンの別荘前に案内し、生垣を示し、「あそこに狙撃兵《そげきへい》が控えていた。非常事態国家委員会（ＧＫＣｈＰ［ゲー・カー・チェー・ペー］）の命令一つでエリツィンや俺が射殺される態勢になっていた」と言う。

「当初、エリツィンは震え上がっていた。アルハンゲリスコエを出てホワイトハウス（当時のロシア大統領府・政府・議会建物）に向かおうとすると、よくても拘束、下手をすると射殺されるのではないかと怯《おび》えていた」

「ブルブリス先生はどうおっしゃったのですか」

「奴らが拘束や射殺する腹を固めているならば既にしている。奴らが混乱している隙《すき》に早く出発してホワイトハウスに籠城《ろうじょう》し、抵抗の拠点とすべきだと強く進言した。そこで出発することになった。実は、それから一時間もしない内に非常事態国家委員会はエリツィンの拘束を命じた。間一髪で助かった」

その後、ブルブリスは別荘村の中にある小川に案内してくれた。

「ここだ。ここでエリツィンは川に落とされた。女友達とウオトカを飲み過ぎて、川に落ちたという話にされたが、あれは明らかに暗殺未遂事件だった」

「誰がやったんですか」

「もちろんKGB（ソ連国家保安委員会）だ」

「本気で殺そうとしたんですか」

「そうじゃない。川に突き落として警告したが、もし誤って死んでも構わないとKG

Bは考えた。だから暗殺未遂事件だ」

「俺を愛しているか」

別荘村の歴史名所巡りをした後に、ブルブリス邸に戻り、ナターシャ夫人からペリメニ（シベリア餃子）を御馳走《ごちそう》になった。ブルブリスはなかなか本題に入らない。二人でウオトカを数杯飲んだところで、ブルブリスはこう言った。

「マサル、オレグ・ニコラエビッチ（ソスコベッツ第一副首相）に君は何を仕掛けている」

ソスコベッツ第一副首相は、当時、コルジャコフ大統領警護局長、タルピシチェフ大統領顧問（スポーツ担当、大統領のテニスコーチ）とエリツィンの最側近グループを作っていた。九四年七月のナポリ・サミットで橋本龍太郎通産相とソスコベッツの会談が急遽《きゅうきょ》設定され、その御縁を使って筆者がソスコベッツ事務所にアプローチし、ロビー活動を仕掛けていた。

「日本の味方になってもらおうと思っています。不可能でしょうか」

「マサルはソスコベッツを愛して（リュービシ）いるか」

そういえばブルブリスは、「俺はマサルを愛している」と公言し、また、「マサル、俺を愛しているか」とよく聞く。冗談半分、本気半分でブルブリスは他のロシア人政治家にも「俺を愛しているか」と聞く。当然、政治家達は「もちろん愛しています」と答える。

「私が愛している政治家はブルブリス先生だけです。ソスコベッツに関心はありますが、愛してはいません」

「よい答えだ（マラジェッツ）。ソスコベッツは現在、最重要人物だ。チェルノムィルジン首相よりも力がある。それはいま、エリツィンがソスコベッツの愛を受け容《い》れているからだ」

「コルジャコフやタルピシチェフよりもですか」

「そうだ。コルジャコフとタルピシチェフは忠実な家来だ。ソスコベッツは独立した人格で、エリツィンを愛している。エリツィンもソスコベッツには全幅の信頼を置いている。だから、ソスコベッツを通じてエリツィンに影響力を行使しようとするのは正しい。ただし、俺はこの工作は手伝わない。もちろん邪魔もしない」

「どうしてですか」

「俺はソスコベッツが嫌いだからだ。あいつのウオトカ政治、サウナ政治は、ロシアを改革の道からそらせ、家父長的皇帝の体制をもたらす危険があるからだ。エリツィンはアルハンゲリスコエには寄りつかない」

「どこにいるんですか」

「ザビードバだ。そこでソスコベッツといつも一緒にいる」

筆者はショットグラスにウオトカをついで、ブルブリスに一気飲みを強要し、一息置いてから言った。

「ゲンナ（ブルブリスの愛称）は、今もボリス・ニコラエビッチ（エリツィン大統領）を愛しているんですか」

ブルブリスは、鷹《たか》のような眼で筆者を睨《にら》みつけて言った。

「愛しているよ。俺が作った大統領なんだ。愛さないなんてことは考えられない」

一応、ブルブリスの「お墨付き」を得たので、筆者は対ソスコベッツ工作を積極的に進めた。そして、ソスコベッツ・橋本の間に良好な信頼関係ができた。ソスコベッツはサウナパーティーでウオトカを飲みながらエリツィンに「橋本龍太郎は今までとまったく違うタイプの日本人だ。橋本は頭がいい。オヤジさんと波長が合うと思う」という話を何度もした。これが九七年十一月のクラスノヤルスクにおける日露首脳会談でエリツィンが橋本首相に好意を抱く伏線になった。九六年六月、エリツィン大統領第二期選挙の第一回投票の直後にソスコベッツは第一副首相を解任され、政界から完全に失脚した。筆者は、失脚した後、ソスコベッツに接近し、親しくなった。九八年秋、冶金《やきん》関連企業協会会長室で、二人でアルメニア製コニャックを二本空けたところで、筆者はソスコベッツに尋ねた。

「なぜあれほどエリツィン大統領に愛されていたあなたが解任されたのですか」

「それは首相だったチェルノムィルジンが嫉妬して、私を遠ざけようとしたからだ。チェルノムィルジンはオヤジを愛していなかった。しかし、オヤジは苦悩の末に私を切ることを決めたのだから、私はそれを受け容れた」

「チェルノムィルジンと対決して、あなたが首相になることもできたのではないですか」

「解任の時点ではダメだった。そうすればエリツィンは決選投票でジュガーノフ（共産党議長）に敗れた。確かにマサルが言うようにその前にチェルノムィルジンを追い出しておくべきだった」

一息置いて、筆者はソスコベッツに尋ねた。

「今もエリツィン大統領のことを愛していますか」

「もちろん愛しているよ」

スターリンの正統な後継者

ロシアで政局を見るコツは男と男の愛と嫉妬であるということにある時期、筆者は気付いた。それと同時にエリツィン大統領を本気で愛した政治家は、筆者が見るところでもブルブリス、ソスコベッツ、ガイダル（元首相代行）、キリエンコ（元首相）などたくさんいたが、これらの政治家の愛に対する見返りはほとんどなかった。結局、エリツィンは、自分に愛情を注いだ政治家を全員退け、家族だけの閉鎖的な世界を作り、後継には愛情物語とは無縁のプーチンを指名した。

大統領になった後、エリツィンは誰のことも愛さなくなったが、他人の愛は受け容れた。これに比べてプーチンは他人を愛することも、他人の愛を受け容れることもない。ロシアの帝王学では最高権力者は愛することも愛を受け容れることも禁止されている。プーチンは帝王学を誰かから教えられたわけではないが、エリツィン周辺の男と男の愛と嫉妬を嫌というほど見る過程で「自習」したのであろう。その結果、他人を愛さず、誰の愛も受け容れなかったスターリンの正統な後継者になったのである。

プーチンは自分しか愛さないが、ここには独自の思想的回路がある。プーチンにとって自分＝ロシア国家なのである。ロシア国家と国民に対する愛が異常に深いから、自分しか愛せないのである。あの無表情、冷血な仮面の下には過剰な愛情があるのだ。政治家や官僚はきちんと仕事をすることでプーチンと国家に対する愛情を表現すべきなのだ。それをわからずに人間としてプーチンに擦り寄ってくる者は切られる。カシヤノフ元首相がその例だ。カシヤノフは愛情が受け容れられなかったことを恨み、現在は反プーチン勢力の先頭に立っている。

しかし、プーチンも人間だ。誰かを愛さないと生きていけない。現在、プーチンの愛はペットに向けられている。メスの黒いラブラドール犬〝コニー〟だ。二〇〇六年のサンクトペテルブルグ・サミットにもプーチンは〝コニー〟を帯同し、記者団に対しては「〝コニー〟にエサを与えないでください」という注意がなされた。

〇七年一月、黒海沿岸のソチで行われたメルケル独首相との会談でも、〝コニー〟が乱入してきたが、驚いたメルケルにプーチンは「この犬があなたを脅かすことはないと思いますよ。この子は何も悪いことをしません」と述べた。人前でもプーチンは〝コニー〟に対してだけは微笑《ほほえ》みかける。

「二十年政権」

この観点からプーチン大統領の後継者問題を見てみると面白い。一般にプーチンの権力基盤となるのは二つのグループであると言われている。

第一がサンクトペテルブルグ出身の改革派系経済人を中心とするグループだ。レイマン情報技術通信相、クドリン財務相などが中心人物だ。この勢力からメドベージェフ第一副首相（元大統領府長官）が〇八年三月の大統領選挙に出馬するのではないかと見られている。

第二が、旧ＫＧＢや軍出身の「シロビキ（武闘派）」と言われるグループだ。ロシアの場合、権力の実態は大統領執務室からの距離ではかるとよくわかる。クレムリンの大統領執務室から、旧ソ連共産党中央委員会があったスターラヤ・プローシャジにある大統領府までは五百メートルの距離であるのに対し、政府建物は四キロくらい離れている。大統領府には、第一グループの改革派系経済人はほとんどおらず、「シロビキ」によって占められている。セーチン、スルコフの二人の大統領府副長官、ビクトル・イワノフ大統領補佐官は、いずれも「シロビキ」の代表格だ。この勢力からはセルゲイ・イワノフ第一副首相（元国防相）が有力大統領候補と見られている。

ちなみに日本外務省はかなり早い時期から、メドベージェフとセルゲイ・イワノフに目をつけていた。鈴木宗男衆議院議員がイワノフとは〇〇年十二月に、メドベージェフとは〇一年三月に会談をしている。しかし、鈴木氏が失脚した後、その人脈が続いていない。この人脈は、筆者たち、中堅外務官僚のグループが構築したものだ。少し機転を利《き》かせればクレムリンや政府に食い込むことは簡単なのに、なぜ現下日本外務省にそれができないのか理解に苦しむ。不作為体質が蔓延《まんえん》し、練習を怠っているうちに基礎体力が低下し、試合ができなくなってしまったように思えてならない。

それでは、メドベージェフ、イワノフのいずれが次期大統領になるのだろうか。筆者はいずれもならないと予測している。メドベージェフ、イワノフはプーチンを本気で愛している。二人の大統領に対する忠誠心に疑いの余地はない。そして、各々《おのおの》が自分が大統領になった方がプーチンの政治的意思を引き継ぐことができると考えているようだ。この愛情が障害になるように筆者には思えてならない。愛と嫉妬、そして憎悪《ぞうお》は、隣り合わせの感情だ。メドベージェフ、イワノフのいずれが後継大統領になっても、相手のグループに対するパージ（粛清）を行う。そうなると総体として見るとプーチンの権力基盤が弱体化する。プーチンが冷徹に自己の権力基盤を維持することだけを考えると仮定すると、いずれかの段階で、世論から「国家に禍根を残すことのない人物が次期大統領に適当」という声が出てくる。もちろんこのような世論の声はプーチンの意向を忖度《そんたく》した大統領府が情報操作によって創《つく》り出すものだ。

そして、「政治色がなく、行政能力の高い者がよい」という有識者の声が出てくる。これも同様の情報操作による声だ。具体的には、憲法上、大統領に次ぐ地位にいるフラトコフ首相が適当という声が最後に出てくる。フラトコフは独自の政治権力基盤をもたないし、健康不安も抱えている。このような弱い人物を、〇八年の選挙では大統領にし、プーチン・チームが政権にとどまる。プーチンはフラトコフの後見人となり、二〇一二年の大統領選挙に出馬する。ロシア憲法は大統領の連続三選を禁止しているので、一回休めば出馬は可能だ。一九五二年生まれのプーチンは一二年時点で六十歳で、その後、二期大統領をつとめても六十八歳だ。実態として二〇〇〇年から二〇年までの二十年間のプーチン王朝ができあがる。モスクワの政治エリートから漏れ聞こえてくる情報をつなぎ合わせるとこのようなシナリオをクレムリンの一部が考えていることは間違いない。

もっともこのようなシナリオを大統領選挙の十カ月も前にモスクワから数千キロ離れた東京で筆者がつかんでいるということは、平均的ロシア政治エリートならば誰でも思いついているということだ。従って、このシナリオを崩す仕掛けを考えている連中もいる。

いずれにせよ、プーチンもエリツィン同様に自らを愛することしかできない人物ならば、この「二十年政権構想」は十分実現可能性があると筆者は考える。

(付記、二〇〇七年九月にフラトコフは首相から解任され、ズプコフが新首相に就任した。結局、後日大統領はメドベージェフになったが、プーチンは首相に就いた。プーチン・メドベージェフグループの長期政権構想に変化はない)

第八話　日露対抗「権力と男の物語」

「マフィアの技法」

二〇〇七年九月十二日、世界史でもきわめて稀《まれ》な出来事と思うが、日本とロシアで首相が同時に辞意表明をした。もちろん、その政治的意味合いには違いもある。日本の場合、首相は文字通り最高権力者であるが、ロシアの場合、最高権力者は大統領で、首相は行政府の長に過ぎない。要するに、大統領から「お前、これをやれ！」と言われたら、「はい、わかりました」と言って、執行しなくてはならない立場である。

それから、今回の政変で細かい違いについて述べれば、プーチン大統領はフラトコフ首相の辞任を直ちに受け入れ、内閣を総辞職させ、十二日中にビクトル・ズプコフ

（金融監視庁長官）を後任首相に指名した。十四日、国家院（下院）が大統領によるズプコフ首相の指名を承認し、正式に首相に就任した。政局の空白は全くなかった。すべてがプーチン大統領の描いたシナリオ通りに進められた。

これに対して、日本の首相辞任劇では、安倍晋三首相（当時）は九月十日に所信表明演説を行い、不退転の決意を表明したにもかかわらず、十二日午前になって突然辞意を表明した。その日の午後には代表質問が予定されていた。言いたいことだけ言い放っておいて、「質問には答えたくない」といって、辞めてしまうのは、大人の態度ではない。健康上の理由であるとしても、代表質問に答える途中で倒れるというようなパフォーマンスが必要だったと思う。もっともこのようなパフォーマンスをしないのが安倍氏のよいところだ。いまさら安倍批判を繰り返しても仕方がないと思う。

筆者のような「優しい見解」は、有識者の中で少数派のようで、精神科医の香山リカ帝塚山学院大学教授（現・立教大学教授）が述べる〈少々、厳しすぎる言い方かもしれないが、仮にも首相になるほどの人なら、せめて大きなプレッシャーや激務という状況があっても、自分のストレス・マネジメントくらい自分でできる能力を兼ね備えていてほしかった〉（「朝青龍にも安倍前首相にも〝こころのケア〟は必要ない」「創」二〇〇七年十一月号）というのが多数説であるようだ。

筆者が安倍氏に対して甘いのは、他の政治家と比較して安倍氏をちょっとだけ好きだからだ。その理由は、二〇〇二年の「佐藤優＝ラスプーチン非難キャンペーン」の中で、当時、内閣官房副長官という要職にあった安倍氏がバッシングに一切加わらないばかりか、オフレコ懇談の席で筆者を擁護する発言を何度もしたことを、新聞記者のメモで知ったからだ。筆者にとって、誰かを人間として（政治家や行政官としてではない）評価する場合、あのときに当該人物がどのような発言や行動を行ったかということは重要な基準になっている。

安倍氏の政治手法がまじめ過ぎ、前任者である小泉純一郎型の「マフィアの技法」に徹しきれなかったことも今回の悲喜劇の原因だ。

「マフィアの技法」とは、一見、喧嘩《けんか》好きのように見えても、いちばん強い者とは絶対に諍《いさか》いを起こさないという処世術である。マフィアは、さまざまな抗争を行うが、国家との正面対決だけは避ける。それは、国家が最大の合法的暴力装置で、それと戦った場合の痛手が大きいからだ。現下、国際社会においてもっとも強いのはアメリカ合衆国である。このことをよくわかっていた小泉氏はアメリカとは決して喧嘩をしなかった。

靖国神社総理参拝問題も、いわゆるA級戦犯の合祀《ごうし》が問題になっているのだから、ギリギリ詰めていくと、第二次世界大戦をどう評価するのかという歴史問題に行き着く。そうすると連合国側であったアメリカと枢軸国側《すうじくこくがわ》であった日本の歴史観は一致しなくなる。しかし、ここで小泉氏は、靖国神社参拝は「心の問題」すなわち自らの信仰の問題であるといううまい布石を打った（論理的に考えると「心の問題」とは「毎週、パートナーと最低三回はセックスすることを誓う」という類の純粋な私事なので、それを政治公約にすること自体がカテゴリー違いなのであるが、とりあえずこの問題は脇《わき》に置いておく）。アメリカは、信仰の自由を尊重する国だ。靖国参拝の論理連関から、アメリカが小泉氏の歴史認識について文句をつけようと思っても、小泉氏が「俺の信仰の問題だ」と言う以上、その問題には踏み込めないのである。

ポピュリズムを権力基盤にする小泉氏にとってナショナリズムは重要なカードだった。ナショナリズムは、「～に対する団結」という負の連帯感情を基礎にする。小泉氏が、昔から靖国神社に対して強い想《おも》いをもっていたというわけではない。二〇〇一年の自民党総裁選で、旧経世会（当時の橋本派）の牙城《がじょう》だった日本遺族会を小泉支持に回らせるために、とりあえず使ってみた。すると、中国、韓国が過剰反応し、その結果として日本のナショナリズムが刺激され、小泉氏の権力基盤を強化することになった。中国、韓国とは喧嘩するが、いちばん強いアメリカとは喧嘩をしないという

「マフィアの技法」が小泉氏が長期権力を維持した秘訣《ひけつ》だと筆者は考える。

安倍氏は、その点、正直だった。「戦後レジームからの脱却」とは、アメリカが日本を占領して構築した秩序と正面から抵触する。それにもかかわらず、アメリカとの衝突を避ける布石を安倍氏は打たなかった。

年会費百五万円！

小泉改革の本質は、新自由主義政策だった。弱肉強食の市場原理主義を導入し、強い者をより強くすることで、日本経済の活性化と国家体制の強化を図ったのである。その結果、確かに強い者はとても強くなった。しかし、それが国家体制の強化につながったかという設問に対して、答えは分かれる。

筆者は、かえって日本の国家体制は弱体化したと考える。それは、格差がかってなく広がり、富裕層と社会的弱者の間で「同じ日本人である」という同胞意識が持ちにくくなったからである。具体例をあげよう。都心に富裕層に属するビジネスマンや学者が使う会員制ライブラリー（図書館）がある。入会金が三十一万五千円、年会費が百五万円だ。これに対して、国税庁の調査でも年収二百万円以下の国民が一千万人を超えている。
〈たとえば三〇代フリーターで年収一〇〇万円。夢は？と聞くと、「年収三〇〇万円になって結婚し家庭を持ちたい」と言う。そんなことが夢になってしまうのが今の現実なんです。そんなささやかな夢さえ保障できない国がおかしい。浮遊、不安定だけでなくて今の状況は貧困であって、生存ギリギリの状態なんです〉（雨宮処《あまみやか》凛《りん》／佐高信「〝丸山眞男〟と今　戦後民主主義に希望はないのか」「週刊金曜日」二〇〇七年八月十・十七日合併号）

　これは十九世紀半ばにマルクスやエンゲルスが指摘した、最下層のプロレタリアート（賃金労働者）は、家族の再生産すらできないという状態の反復である。これでは国家が弱体化する。

　下流の生活の知恵に関する雑誌の特集もときどき目にする。カップスープを濃く溶いて、スパゲティーとからめて、チーズ味のスナック菓子を振りかけてカルボナーラ風スパゲティーを作るとか、ラードでパンの耳を揚げ、肉なしトンカツを味わうなど一食を百円以下で済ませる技法が披露されている（ディテールに関心がある読者は是非「『下流の食卓』が危ない！」「ＳＰＡ！」二〇〇七年八月二十八日号を参照していただきたい）。

同じ二十代、三十代で日常的に年会費百五万円のライブラリーを使う若者と、食費を一食百円以下で済ませようとする人々との間で、「同じ日本人である」という同胞意識が持てなくなりはじめていることが問題なのだ。筆者は、年会費百五万円の会員制ライブラリーは立派なビジネスで、それはそれで伸ばしていけばいいと思う。問題は、一食百円以下に切りつめなければならない社会層をなくすように国家としての再分配政策を考えることだ。日本の保守主義は一味同心（力を合わせ、心を一つにすること）を基本的価値観とするので、再分配政策すなわち扶助は「美しい国」の伝統にも合致しているのだ。

安倍氏が格差是正に本気で取り組もうとしたことを筆者は評価している。そのためには、新自由主義政策に歯止めをかける必要があったのだが、それをしなかったため、結局、安倍政権は新自由主義と保守主義の股裂《またさ》きになって自壊してしまったのだと筆者は見ている。国家運営には思想が必要であるが、日本の政治エリートがその重要性に気づいていない。今後も思想的交通整理をよくしないで、相異なる政策を包含すると、政権が内部崩壊することになる。

福田内閣なら亡命⁉

安倍氏辞意表明後の政局は、今後の日本の国家路線も政治空白による国益の損失も一切考えない、権力エリートが自己保存だけを考えた、醜悪極まりないものだった。もっともある意味ではわかりやすい。長老政治家たちが、「麻生（太郎元自民党幹事長）の若造にだけは権力を渡さない」という強い決意のもと、お爺《じい》ちゃんパワーを満開にして、福田康夫《やすお》氏を推挙したのだ。積極的に何かを作り出そうとするときに政治家は、小異にこだわってなかなか団結しないが、「こいつを叩《たた》き潰《つぶ》せ」という負の感情を基礎とすると、あっという間に芸術的な団結ができる。

ロシアの内閣交替がプーチン大統領のシナリオの上に成立したのに対し、日本の場合、小さなシナリオを描く陰謀家はたくさんいたが、それらが合成されると、何が何だかわけがわからないうちに着地するという、整理屋による不良債権処理のような感じがする。十日以上の政治空白を置いて九月二十三日の自民党総裁選挙で福田康夫氏が第二十二代総裁に選出され、二十五日の国会における内閣総理大臣指名選挙において、衆議院は福田氏を指名したが、参議院は小沢一郎民主党代表を指名し、両院協議会が開かれたが、意見がまとまらず、憲法の規定（第六十七条二）に基づいて、福田氏が指名された。二十五日に安倍内閣が総辞職し、二十六日に福田内閣が成立した。この内閣に政治思想があるとは思えない。

もっとも福田内閣が成立したのが一年前だったならば、筆者は肩をすくめていたと思う。二〇〇六年の夏、筆者は鈴木宗男衆議院議員（新党大地代表）と冗談半分に話したことをよく覚えている。

「鈴木先生、ポスト小泉で福田政権ということになれば、われわれも亡命を考えないとなりませんね」

「そうだな。どこに逃げるか」

「北朝鮮はどうでしょうか。福田政権の政治弾圧を恐れ、金正日《キムジョンイル》将軍様の庇護《ひご》を求めるということにしましょう。国際的にも大きなニュースになるでしょう」

「いや、北朝鮮だと日朝国交正常化交渉で福田総理が追いかけてくるかもしれない。金正日が取り引きの材料として俺たちを強制送還するかもしれない。どこか別の場所がいいな」

「それではキューバはどうでしょうか」

「そうだな、キューバまではやって来ないだろう」

「早速、スペイン語の勉強を始めます」

「佐藤さん、大丈夫だ。安倍政権が必ず成立するから」

なぜ、筆者と鈴木宗男氏は福田政権の成立にこれほど忌避反応を示したのか。それは二〇〇二年の鈴木宗男バッシングにおいて福田氏が重要な役割を果たしたと二人が認識しているからだ。

〈**鈴木**　よく、マスコミの人たちは反権力だ、権力を監視するウォッチドッグ（権力を監視する番犬）だと言って、それがあってこそ社会のバランスが保てると言う。ただ、そこで考えなければいけないのは、メディアの皆さんがいちばん弱いのは情報がないことだ、という事実ですよ。**情報も、情報を遮断《しゃだん》する方法も、権力こそがもっているんです。**（中略）

政権中枢にいてそれをやったのは、私は、当時官房長官だった福田康夫さんだと思っています。もう総理になることもないから、名前を出していいかと思うけれども。

なぜかというと、竹内行夫《ゆきお》さんという外務省の事務次官に、鈴木に関するマル秘文書を全部出せと言ったのは、福田康夫さんだからです。当時、川口順子さんが外務大臣だったけれど、それを飛び越えて、竹内さんは福田さんと直に相談し、基本政策を決めていた。

佐藤　外務省側で、そういう情報操作の中心人物だったのは、いま鈴木さんが名前をあげた竹内行夫さんと、それから田中眞紀子さんが外務大臣を務めていた初期に外務省官房長だった飯村《いいむら》豊さんのふたりです。竹内さんは結局、外務官僚の、外務官僚による、外務官僚のための外務省を作ることに成功した。

鈴木（中略）この男（筆者註：竹内行夫氏）が自己保身を考えて、誰と親しくすればいいかと思ってたどり着いたのが、官房長官だったんです。その福田官房長官は、担当番記者の夜の記者懇でも「鈴木が逮捕されても、政権にまったく影響がない」「そろそろ鈴木はガンガンやったほうがいい」などと盛んに言っていた。つまり、**検察に対して動けというシグナル**を送っていた〉（鈴木宗男／佐藤優『反省　私たちはなぜ失敗したのか？』アスコム、二〇〇七年、五七—五八頁）

正直に言うが、鈴木氏と筆者が恐れていたのは、竹内行夫氏のような陰性の外務官僚が自己保身の観点から、福田氏と結びつき、悪辣《あくらつ》な謀略を仕掛けてくる可能性であった。ただし、「毒虫と毒虫が嚙《か》み合う」ような外務省の内部抗争で、竹内氏も相当傷ついているようなので、一年前と比べれば、その危険は圧倒的に低くなったというのが客観的状況なので、筆者も安心してこの原稿を綴《つづ》ることができる。いずれにせよ、福田氏＋竹内氏と鈴木氏＋筆者の戦争は、弱い側の当事者である鈴木氏と筆者にとっでは深刻な問題だが、本書の読者、そして一般国民からすれば、政治家・官僚の醜悪な内部抗争に過ぎない。しかし、そのような内部抗争には、動物園における猛獣の喧嘩のような面白さがあるので、あえて舞台裏を披露しているのである。

今回福田氏が自民党の麻生派をのぞく全《すべ》ての派閥に推されたということは、「とんでもないことや無茶はしない」という安心感からであろう。福田氏には類《たぐ》い稀《まれ》な政治家としての生命力がある。一般論として、思想もなく、ただ無為に存在し、二つに裂いても、またくっついて生き返るアメーバーのような人が宰相になったら、その国は崩壊の入り口に立ったことになる。筆者は、一般論を述べただけで、福田氏がアメーバーであるなどということは言っていないので、読者におかれてはくれぐれも誤解なきように願いたい。

「民族理念の探求」

日本の政局は、国際スタンダードでの政治学の教科書を何冊読んでも理解できない「東洋の神秘」の様相を帯びているので、見せ物としてはそれなりに面白い。これに対して、ロシアの首相交代劇からは、ロシアを帝国主義国家として強化しようとするプーチンの戦略が透けて見える。二〇〇七年四月二十六日の大統領年次教書演説でプーチンはこう述べた。

〈来《きた》る二〇〇八年春に私の大統領任期は終わり、次の連邦議会への教書は別の国家元首が行うことになるであろう。この関係で、多くのわが同僚は、本日の教書演説が、もっぱら二〇〇〇年からの、諸君との共同作業についての総括にあてられ、この作業の評価が行われ、将来に対する助言を哲学的形態で聞くことになることを期待したであろう。しかし、ここでわれわれの活動について評価をするのは適切でない。私が政治的遺言を述べるにはまだ早いと思う〉（ロシア大統領公式ホームページの露文テキストから訳出）

この発言を素直に受けとめればいい。プーチンは、政界から引退するつもりはさらさらないのである。それではプーチンは何をしようとしているのか。これについても大統領年次教書で明確に述べている。

〈もちろん、未来について考えることがいつも必要だということは真理だ。わがロシアには、民族理念の探求という「古《いにしえ》からの楽しみ」がある。それは人生の意味を探求するようなものだ。総体として、この課題はかなり有益で、面白いものである。これにはいつでも取り組むことが出来るし、終わりがない。今日はこの問題についての議論を始めることは差し控えたい。しかし、われわれは直面する課題を解決し、その際、あらゆる現代的で最新なものを用いたり、新しいものを生み出すと同時に、ロシア民族が千年以上にわたる歴史の中で作り上げた基本的な倫理的・道徳的価値観に依拠していかなければならないということに、多くの人々が同意してくれると思う。そのようにする場合にのみ、われわれは国家発展の進路を正しく定めることができる。そのようにする場合にのみ、われわれは成功するのである〉(同右)

プーチンは、「民族理念の探求」という名の下で、ロシアをユーラシアの大国にする帝国主義イデオロギーを構築し、「国家中興の祖」として歴史に名を残すことを考えている。そのためには、プーチン王朝を確立することが不可欠なのだ。憲法を遵守《じゅんしゅ》する以上、二〇〇八年三月の大統領選挙にプーチンは立候補しないが、二〇一二年の大統領選挙には立候補し、二期連続、二〇二〇年までの権力掌握を視野に入れている。その結果、二〇〇〇年から二十年間のプーチン王朝が成立する。プーチンが首相に指名したズプコフは六十六歳であるが、ロシアの男性の平均寿命は六十歳前後なので、ロシア政界における六十六歳とは日本の雰囲気では八十歳くらいになる。

〈ロシアの人口問題で特徴的なことは、男性の平均寿命が短いことであろう。１９９４年ロシア男性の平均寿命は57・3歳まで落ちてその後若干上昇したが、ここ数年再び下降し2002年は58・5歳となった。この年、ロシア女性の平均寿命は72・0歳であるが、先進国で男女差が14歳以上の国は世界中に存在しない（通常は4―7歳である。日本の場合、2003年男性78・4歳、女性85・3歳でその差は6・9歳である）。

この要因の最大のものは、ロシア男性に潜在的に存在するアルコールに対する過度な依存症にあると思われる〉（遠藤洋子『いまどきロシアウォッカ事情』東洋書店、二〇〇六年、一八―一九頁）

ウオトカで統治

プーチンが大統領に就任した後、ロシア人男性の平均寿命が低下したのは、おいしいウオトカが大量に生産されるようになったからだ。ウオトカの生産量が増えると国民の政治意識は低くなり、政権にとって統治が容易になるのである。プーチンがウオトカを用いた「愚民政策」をとっていると筆者は見ている。

現時点でモスクワから入ってくる情報では、プーチンはズプコフを次期大統領に決めたという内容が多いが、まだ決め打ちをするのは早い。十月一日、モスクワで開かれた与党「統一ロシア」の党大会で、プーチンが次期政権で首相に就任し、権力を保全する可能性を示唆《しさ》する発言をしたことが話題になっているが、これもまだ額面通りに受けとめる必要はない。要はさまざまなシグナルを送り、国内世論や諸外国の反応を見ることで、どうすれば二〇二〇年までの王朝を維持することができるかについてプーチンは考えているのである。

ところで、福田政権下で、竹内行夫外務省顧問をはじめとする外務省の魑魅魍魎《ちみもうりょう》が力をつけてきたときは、筆者は闘争に無駄なエネルギーは使わないで、ロシアからおいしいウオトカを取り寄せて、ときどき気の合う友だちを家に招き、キュウリのぬか漬け、ニンニクの酢漬け（この二つはウオトカとよく合う）をつまみに、楽しい話をしながら過ごしていこうと思う。プーチン大統領が強権的姿勢を強めるなかで、筆者が親しくするロシアの知識人たちが、政治から距離を置き、「国内亡命」生活を送っていることに学ぶことにする。当事者にしか意味のない、政治家や官僚の抗争はもう懲り懲《こ ご》りだ。

第九話　「異能の論客」蓑田胸喜《みのだむねき》の生涯

『わが闘争』に嚙《か》み付く

昭和初期に、あらゆる思想闘争に勝利して論壇で圧倒的な影響力をもち、しかし、今はその名前をほとんど誰も知らない人物がいる。あの理論右翼の雄である大川周明を撃破し、あらゆる論者を怖《おそ》れさせた男だ。

一九三九年六月のある日、小柄の男が駐日ドイツ大使館を訪れ、文化担当の外交官との面会を求めた。男の名は蓑田胸喜と言い、国士舘専門学校（現国士舘大学）教授の肩書きをもっていたが、蓑田は学者としてよりも、オピニオンリーダーとして有名だった。正確に言うと、有名というよりも悪名高かったのである。どうして悪名が轟《とどろ》いたのかについては追って説明しよう。

この日、蓑田はアドルフ・ヒトラー総統の『わが闘争（マイン・カンプ）』の内容が気にくわないと文句をつけにきた。第二次世界大戦で日本とドイツは同盟関係にあったが、両国が肝胆相照らすというにはほど遠い関係だった。ドイツがヨーロッパを席巻《せっけん》するのは時間の問題だから、そうなるとイギリス、フランス、オランダの植民地は「主人なし」の状態になるので、おいしく戴《いただ》かせてもらおうという下心がミエミエで日本はドイツに接近したのである。「バスに乗り遅れるな」というのが当時の流行語だったが、このドイツというバスは見かけ倒しで、実力が伴っていなかった。そのことを見抜いていた外交官や調査マンも多かったのだが、彼らの冷静な分析は政策に反映されなかった。

ナチス・ドイツは、一種の社会進化論に基づいてアーリア人種が世界を制覇するという神話をもっていた。その中で日本人は劣等人種としての地位しか与えられていない。この点に日本政府も頭を悩ませ、例えば、ヒトラーの『わが闘争』の邦訳は戦前、戦中に二、三出版されたが、日本人を蔑視《べっし》している部分は割愛された。日独伊三国軍事同盟に波風が立たないようにとの政治的配慮だ。人種差別の撤廃を大義名分に掲げていた当時の日本としては、ナチスと手を握るなどということは、思想的には考えられないのだが、実利は思想を超えるのである。

蓑田胸喜には、政治的配慮という名の下でナチスの日本人に対する偏見に抗議しない日本政府の弱腰が許せなかった。そこで『わが闘争』ドイツ語版をなめるようにしてチェックした。そして以下のようなヒトラーの日本人観が明らかになった。

一、日本人は欧米アーリア人種の文化に追随した結果、科学技術の恩恵に浴しているに過ぎない。

二、アーリア人種の日本人に対する影響が停止するか、欧州やアメリカが滅亡するようなことになれば、日本の文化は硬直し、開国前の眠りに再び陥る。

三、日本人のごとき民族は「文化維持者」と呼ぶことは可能であるが、「文化創造者」ではない。要するに模倣しかできない民族だ。

この記述を読んでいるうちに蓑田の頭に血が上ってきた。日本政府関係者に文句を言うとともにドイツ大使館への抗議行動を実施したのだ。もっともドイツ大使館側は、大使や公使といった高いレベルで対応せず文化アタッシェ（担当官）が蓑田の抗議を聞き、「本国に公電で報告し、追って回答する」と述べただけだ。その後、ドイツ側からの回答について蓑田が論じた形跡はないので、恐らく回答は来なかったのであろう。外交の世界で、真面目《まじめ》に聞いたフリをして、ネグってしまうときの典型的なやり方で、業界用語では「テイクノートする（記録にとどめる）」と言う。筆者も現役外交官時代にときどき使った。ドイツ政府は蓑田をまともなオピニオンリーダーと考えなかったのである。

蓑田の思考は捻《ねじ》れている。日本人を蔑視するヒトラーに対しては甘いのだ。むしろ悪いのはヒトラーでなく、このような日本に対する誤解を放置するような土壌を作った日本国内の風潮であるとして、日本人の中に敵を絞り込もうとする。

〈同書（引用者註：『わが闘争』）は一九二五年に獄中において執筆されたもので、一般ドイツ人の日本に関する研究や知識が当時にあっては特に欠けておったという事情を考慮すべく、これに加えそのこと自体実は現（引用者註：支那）事変の思想的原因たる支那人の「排日侮日」の禍根と同様に、わが日本の学界思想界における非日本反国体風潮と不可分であるということを反省せしむるのである〉（『学術維新』原理日本社、一九四一年、『蓑田胸喜全集』第四巻、柏書房、四八七頁　なお、表記を現代風に改めたことを御承知いただきたい）

実は蓑田は淋《さび》しかったのではないかと筆者は考えている。これまでの論戦に連戦連勝し、一九三九年夏時点で左翼や自由主義陣営に既に強力な論敵がいなくなってしまったからだ。蓑田としては、戦線をドイツにまで拡大し、ヒトラーの誤解をもたらした日本人を割り出し、血祭りにあげようとしたのだが、今回はターゲットの絞り込みに成功せず、従って犠牲者も出なかった。

蓑田胸喜は戦前・戦中の論壇であれほど大きな影響力をもっていたにもかかわらず、現在ではほとんど忘れ去られている。蓑田について言及することは、その滅茶苦茶な言説に抵抗できなかった知識人の惨《みじ》めさを映し出すことになるので、潜在意識に一種の抑圧が加わり、「忘れてしまいたい」という思いから「なかったこと」にしてしまったように見える。

これは現在の日本外務省で田中眞紀子元外相や鈴木宗男衆議院議員についてほとんど語られなくなっていることに似ている。まだ数年前の出来事であるが、田中・鈴木戦争時、外務官僚がとった節操がなく、品性下劣な振る舞いを思い出したくないという無意識の抑圧が働くから、外務官僚はこの二人について語りたがらないのである。

いったいどのような人生行路を経てこの「異能の人」ができあがったのであろうか。

「星飛雄馬《ひゅうま》型」

蓑田胸喜は一八九四年一月二十六日、熊本県八代郡野津村（現在の氷川町）で生まれた。生家は材木商兼旅館であった。熊本県の八代中学校、第五高等学校を経て一九一七年、東京帝国大学文科大学哲学科宗教学宗教史学科に入学する。リベラルな学生が結集した「新人会」に対抗して、上杉慎吉東大教授の肝いりで作られた国家主義団体「興国同志会」で蓑田は精力的に活動した。

哲学科ではキリシタン研究で著名な姉崎正治《あねざきまさはる》教授が指導教授になった。後に蓑田胸喜はムネキではなく「キョウキ（狂気）」だと揶揄《やゆ》されるようになるが、姉崎は、思い込みが激しくエキセントリックな蓑田を嫌い、きちんとした指導をしなかったようである。蓑田が激情型パーソナリティーであったということについてはいくつも証言がある（以下は『蓑田胸喜全集』第一巻、八一九頁より再構成）。

東大生時代に母校の八代中学で講演をするが、昼から午後四時まで話しても、まだ話が終わらない。教頭が「時間がないから、この辺で」と言っても蓑田は「今までが序論で、これから本論に入ります」というので、参ってしまった。

後述する天皇機関説事件では、蓑田に対応した戸沢重信検事が「それから蓑田胸喜ですよ、しつこいのは。あれは何べん来たかね。そうして若い者を出しておくととうとうとやるんですね。時間を食ってしょうがない。……そのうち熱してくると、熱血漢ですからね、小さいからだのくせに立ち上がってテーブルをたたいてやるのです」と回想する。

「朝まで生テレビ!」でも周囲のことを考えずにいつまでも話し続けようとし、興奮すると机をドンドン叩《たた》く人がいるが、これも激情型パーソナリティーの特徴なので、テレビ時代だったら、蓑田はお茶の間の人気者になったかもしれない。

筆者の考えでは、蓑田胸喜は一昔前の漫画のキャラクターで言うならば、「巨人の星」の星飛雄馬型だ。生真面目《きまじめ》で思い込みが激しい。飛雄馬は「思い込んだら試練の道」をまっしぐらに進むが、その思い込みの中では他者が見えない。飛雄馬は、友人や家族のことを主観的にはいつも配慮しているが、それはあくまでも飛雄馬の観念の中での他者で、それを超える他者は存在しない。それだから「試練の道」を進めば進むほど、盟友伴宙太との友情も崩れ、周囲の人々の恋愛もうまくいかなくなり、最後には無理な投球を続けたため飛雄馬自身の選手生命も絶たれてしまう。霞が関にもときどき星飛雄馬型の官僚がいるが、この手の輩《やから》がただでさえ複雑な状況を一層複雑にする。

バランス感覚に欠けているので、東京大学で教職のポストを得ることもできなかった。これが蓑田のルサンチマン（怨念《おんねん》）の出発点になる。蓑田は東京大学が国賊を養成するような機関だから自分は残れなかったと思い込み、「知の権威」の解体を天命と感じるようになる。蓑田はこの天命を後に天皇機関説排撃と国体明徴運動で思う存分に果たすことになる。

天皇機関説は、統治権は法人である国家に属し、天皇は統治権をまとめる一機関としての機能を果たしているとの考え方で、当時、主流の学説だった。これに対して蓑田は天皇が主権者として統治しているというのが日本国家のあり方（国体）の根本原理と考え、それを明らかにする国体明徴運動を組織し、論壇における影響力を飛躍的に拡大するのである。

「学術維新」という名の復讐《ふくしゅう》

蓑田は学生時代から歌人で国家主義思想家の三井甲之《こうし》に師事する。大学卒業後、三井の主宰する「人生と表現」の編集を手伝いながら、右翼運動に従事する。一九二二年、蓑田は慶應義塾大学予科の教授になり、一九二五年に「原理日本」を創刊し、日本の国家体制を強化するためには「学術維新」を行う必要があると主張した。「学術維新」と大仰な名前をつけているが、第三者的に突き放して見るならば、蓑田を軽視した知的エスタブリッシュメントに対する復讐である。

蓑田は日本が内政、外交の両面において「八方塞《ふさ》がり」になっている原因を、政治家、官僚、経済人の腐敗に求めるのは、見方が浅いと考える。日本が腐敗しているのは、帝国大学が欧米崇拝、唯物《ゆいぶつ》論、自由主義という日本の国体（国家の根本原理）を破壊するような思想の研究をこれまで続け、積み重ねてきた結果である。帝国大学の知的雰囲気は、学生に影響を与えるだけでなく、司法官、行政官、政治家にも及んでおり、そこから堕落が生じている。ジャーナリズムも帝国大学の知的雰囲気に汚染されており、「朝日新聞」や「中央公論」は東大法学部・経済学部の「街頭班」である。

――まさに知的エスタブリッシュメントに対する蓑田の激情が噴出しており、ここには実証性や論理整合性が全く欠如しているが、恐ろしいのは日本社会全体が蓑田のこの勢いに流されていったことである。

北朝鮮の金日成《キムイルソン》・金正日は、国家を改造するためには、思想革命、文化革命、技術革命の「三大革命」が必要で、その中でもっとも重要なのは、唯一思想体系＝チュチェ（主体）思想による思想革命だと言ったが、蓑田胸喜の「学術維新」は北朝鮮の「思想革命」ときわめて類似している。構造的に見るならば、蓑田の考える理想的な日本は、金日成・金正日の北朝鮮のような唯一の「正しい思想」によって統治される国家だ。

蓑田胸喜の反共思想は、独特な論理構成をもっている。共産主義を直接攻撃の対象にするのではなく、共産主義のような反日・反国体思想を野放しにしている自由主義に現下日本の病因があるので、まず自由主義の拠点になっている東京大学や京都大学の自由主義的教授陣を壊滅させてしまおうとするのである。

また、蓑田は反日・反国体思想の壊滅は言論戦による筆誅《ひっちゅう》だけでは不十分で、政治力や暴力を臭わせる天誅も必要であると考える。具体的には、菊池武夫《たけお》貴族院議員や猪野毛利栄《いのけとしえ》衆議院議員（立憲政友会）をはじめとする右翼政治家、更に国会外の圧力団体（ヤクザ組織を含む）を用いて、ターゲットとなった学者や論壇人を着実に葬《ほうむ》り去っていく。

蓑田が展開した天皇機関説批判、国体明徴運動で、美濃部達吉《みのべたつきち》東京帝大法学部教授、瀧川幸辰《たきかわゆきとき》京都帝大法学部教授、津田左右吉《つだそうきち》早稲田大学教授等が著作発禁・辞職に追い込まれた。これらの経緯については、それぞれの事件を扱った書籍で詳しく論じられているので、ここでは繰り返さないが、蓑田のレトリックを一つだけ紹介したい。〈われらは「学問の神聖」「大学の自治」のために「政府の強制」を待つなくして、美濃部氏が自決せんことを要請する〉(「美濃部博士の自決を要請す」「回天時報」一九三三年六月十五日号、『蓑田胸喜全集』第一巻、七五五頁)

「回天時報」の記事の前後をよく読むと、蓑田は美濃部達吉東大教授に「自殺しろ」と脅しているのではなく、「皇室に対する忠誠を欠く人物は大学教官にとどまる資格がなく、本人が辞職しないならば政府によって罷免《ひめん》されると美濃部教授自身が以前に述べているのだから、あなたは早く進退を自分で決めなさい」と呼びかけているにすぎないが、新聞の見出しに「美濃部博士の自決を要請す」という文字が踊ると、誰もが怖《おそ》ろしさを感じる。このような演出を行う才能が蓑田にはある。週刊誌の中吊《なかづ》り広告を蓑田に担当させるならば、次々と面白い「見出し」をつけるであろう。

ファシズムの総元締めも撃破

このような経緯で、一九三〇年代末までに日本の論壇からマルクス主義者はもとより自由主義者も駆逐されてしまった。しかし、蓑田の「思い込み」は止まらない。新たな獲物を求めて論壇を嗅《か》ぎ回るのである。蓑田胸喜のエネルギーは他の国家主義者に対して向けられる。「日本ファシズム」の理論的指導者と目され、戦後A級戦犯容疑で逮捕され、極東国際軍事裁判の初公判で東條英機《とうじょうひでき》元首相の禿頭を叩き、脳梅毒による精神疾患のために免訴とされた大川周明も蓑田のターゲットにされた。

大川周明は五・一五事件（一九三二年）に連座し、一九三五年十月、大審院で反乱幇助《ほうじょ》罪による禁固五年の刑が確定し、下獄した。一九三七年十月に仮出所になり、右派論客として精力的に活動する。大川周明は「学者にしては情熱がありすぎて、志士にしては学問がありすぎる」と言われた異能の学者兼活動家であった。文体や構成も優れているので、大川の著作はいずれもベストセラーになった。特に一九三九年に出版された『日本二千六百年史』（第一書房）は、翌一九四〇年が皇紀二六〇〇年である絡《から》みで五十万部を超えるベストセラーになった。

蓑田胸喜も多くの著作を公刊したが、大部分が自らが主宰する原理日本社からで、大新聞や論壇誌の書評に取りあげられたこともほとんどなかった。蓑田の著作は陸軍省が機密費で買い上げていると噂《うわさ》された。五・一五事件で前科者となり整理されたはずの大川が再び脚光を浴びることに蓑田は我慢できなかったのであろう。ここには明らかに男のヤキモチがある。蓑田は一九四〇年に「大川周明氏の学的良心に愬《うった》ふ」

《蓑田胸喜全集》第六巻に収録)という論考を発表し、大川周明を追いつめる。いくつかのポイントについて見てみよう。

●明治天皇は専制者か

蓑田は大川の天皇観が西欧流の王権神授説だと一方的に決めつける。それだから「ナポレオンやレーニン、スターリンと並列して、恐れ多くも、明治天皇を『専制者』と申し上げるごとき言語道断真に驚くべき表現をさえあえてしている」(『蓑田胸喜全集』第六巻、三〇六頁)のだ。蓑田は大川の論理連関を無視し、共産主義者レーニン、スターリンと明治天皇を並列しているという難癖をつけている。現在の基準では難癖であるが、一九四〇年時点では大川が不敬罪で逮捕・投獄されるおそれのある陰険な批判だ。

●源頼朝論

源頼朝が鎌倉幕府を開いたのは「決して私心から出たものとは思わない」と大川が評価したことに蓑田は噛《か》み付く。蓑田にとって、天皇が直接政治を運営するのが日本国家本来の姿なので、それ以外の政体を認める言説はすべて天皇機関説なのだ。ここでも論理連関、歴史性、実証性は一切無視されている。

〈昭和の「憲政常道論」「議会中心政治」も実に「政治を円滑に行わんとする」こと

を標榜《ひょうぼう》した。これがミノベ「機関説」以外の何物でもないということは今細論する必要はあるまい。大川氏の（源）頼朝、（北条）泰時、（足利）高氏弁護論が「天皇機関説」でないという反証を何人か提示しうるであろうか？〉（同、三一九頁）

蓑田は大川に対して筆誅を加えるとともに、同志の宅野田夫が検事局に大川を不敬罪で告発する。再び大川を「塀の中」に送ろうとしたのだ。検事局は告発を受理したが、不起訴にした。〈ただ内務省当局は問題になった個所の修正を求めた。これに対し博士は、根本の精神が貫かれ、日本国民に官製歴史教科書と異る生き生きした歴史観を与えることができるなら、あえて字句の末節にはこだわらぬという態度をもって、『日本二千六百年史』の改訂に応じた〉（中村武彦「『日本二千六百年史』の改訂版・事情」『大川周明全集』第七巻、岩崎書店、一九七四年、参考資料一一二頁）

しかし、実態は「字句の末節」の修正にとどまらず、大川周明が筆を曲げたことは明らかだ。

〈結局、『日本二千六百年史』は、多くの部分にわたって改訂を余儀なくされた。天皇の行為に敬語が使われるようになったほか、「日本は恐らくアイヌ民族の国土であつた」が、「日本にはアイヌ民族が住んでゐた」と改変されるなど、微妙だが重大な修正が行われている。はなはだしい場合には、意味がまったく逆になっている箇所すら存在する。たとえば、蒙古《もうこ》を撃退できた理由について、「決して伊勢の神風のみではない」とあったのが、「正に伊勢の神風と」云々《うんぬん》となり、北条氏の滅亡の原因について、「当時の国民の勤王心に帰すならばそは甚だしき速断である」が、「当時の国民の勤皇心と」云々に変わっている〉（大塚健洋《たけひろ》『大川周明』中公新書、一九九五年、一四一―一四二頁）

こうして蓑田胸喜は「日本ファシズム」の総元締めに対しても勝利し、論壇での地位を不動のものにする。その後、蓑田は目立った論争を行わなくなる。というよりも敵が全くいなくなってしまった。少し乱暴な言い方をすれば、日本の論壇全体が「蓑田化」したので、蓑田であることの意味が拡散してしまったのだ。

蓑田は金銭に潔癖で、「原理日本」の会計報告もきちんと行っている。蓑田に関してカネ絡み、セックス絡みのスキャンダルも聞こえてこない。自著『国防哲学』（東京堂、一九四一年、全集第六巻に収録）の中で教育勅語の引用に誤植を生じたことについて、おわびに明治神宮に参拝している。これも蓑田の生真面目さを物語るエピソードだ。

戦時中、蓑田胸喜は論争相手がいない淋しさを和歌の編纂《へんさん》でまぎらわそうとする。「大東亜戦争詩歌集」、「愛国百人一首」などが蓑田が主宰する「原理日本」に掲載された。

蓑田胸喜の理論と実践も完全に一致している。終戦五カ月後の一九四六年一月三十日、蓑田は熊本県の自宅で縊死《いし》した。時代の精神に殉じたのである。

蓑田胸喜は主観的には日本のルネッサンス（再生）に全身全霊を投入していたのであろうが、第三者的に突き放して見るならば、自己のルサンチマン（怨念《おんねん》）と思い込みで目が曇り、日本の言論空間を閉塞《へいそく》状況に追い込み、国家破滅の道備えをした。ナショナリズムの凄《すご》みは、民族＝国家のためには自己の生命を捨て去る気構えができていることだ。

大多数の人々にとって宗教が生き死にの原理でなくなった現代において、ナショナリズムは生き死にの原理を提供する代替宗教としての機能を果たしているのだと思う。自己の生命を大切にしない人は、他者の命を大切にしないし、他者の内在的論理を摑《つか》むことが苦手になる。思いやりがわからなくなってしまうのだ。そして「思い込んだら試練の道」という星飛雄馬型で閉塞した言論空間を作りだしていく。

われわれが蓑田から学ぶことは、主観的には愛国心に燃え、絶対の真理を確信する型の生真面目な論壇人が日本国家と日本人に対する大きな禍《わざわい》の道備えをするという逆説だ。

第十話　怪僧ラスプーチンとロシアン・セックス

「週十六回」

第二次世界大戦前のハルビンには、ロシア革命を逃れた反共派の白系露人が多数住んでいた。日本の外務省や陸軍は、一級のロシア専門家を養成するために満州国立大学ハルビン学院を創設したが、この大学では机上の学問だけでなく、実地でロシア人の生活習慣を知ることを奨励した。学生はロシア人の家庭に留学し、ダンス、博打《ばくち》、キャバレー遊びなどを通じて実体験でロシアを知った。特にキャバレーのストリップは世界第一級で、ショーが終わった後、ロシア人の踊り子と旅館にしけ込み一試合しながら、外交官は実地でロシア語を覚えた。もっともハルビンでいい思いをした分のツケをその後、払わせられることになる。ソ連の秘密警察はハルビン学院出身者はスパイであると位置付け、多くの外交官が戦犯として、日ソ国交回復がなされる一九五六年まで十一年間も抑留されることになる。

筆者が外務省に入省した一九八五年頃は、ハルビン学院を卒業した退官直前の外交官が何人かいた。あるときそのうちの一人が諭すように筆者たち見習い外交官にこう言った。

「ロシア娘と遊ぶのはよいが、結婚するときにはよく考えた方がいいよ」

「それはソ連当局が家族関係を利用してつけ込んでくるからですか」

「それもあるけど、ロシア人と結婚したら、外務省にはいられなくなるから（筆者註：冷戦時代は確かにそのような不文律があったが、現在はそうしたことはない）仕事の関係では心配ないよ。ただね、ロシア女は貞操観念や身体の作りが違うから、若い頃はいいけれど中年以降はたいへんだよ。人間も動物だからね」

何がたいへんなのかは、その場では具体的に詰めなかった。

その後、筆者はモスクワ大学に留学し、ソ連崩壊後は外交官稼業《かぎょう》を続けるかたわら同大学哲学部宗教史宗教哲学科で教鞭《きょうべん》をとっていたが、学生たちの話を通じて、ハルビン学院出身の先輩外交官が述べたことの意味がだいたいわかってきた。ロシア人はセックスに関して実におおらかなのだ。ソ連時代、ポルノが厳禁され、ヌード写真が掲載された雑誌の持ち込みすらできない厳しい規制の下で、ロシア人は実地でセックスを大いにエンジョイしていた。ラブホテルは全くないが、公園のベンチに老夫婦が腰掛けているところに近寄り、小金を握らせるとアパートの鍵《かぎ》を貸してくれる。だから、場所に困ることはない。モスクワ大学の寮でも、よほどの変わり者でもない限り、大多数の学生は同棲《どうせい》している。筆者が留学時代にいちばん親しくしていたハンサムで弁が立つ哲学部の男子学生は、六人部屋に五人の女子学生と一緒に棲《す》み、セックスと難解な歴史書や哲学書の研究会を適宜、交替して行っていた。筆者もときどきこの寮に遊びにいったが、乱交パーティーになるわけではなく、ベルジャーエフ、フランク、イリインといった当時禁書になっていた反共系哲学者の本についてお互いに感想を述べ合ったり、論文を書いて批評し合うのである。大学院の演習よりも高いレベルの「講義」を男子学生が行っている。五人の女子学生の親はいずれも共産党幹部で、ソ連体制エリートとしての将来が保証されているのだが、反体制思想についての勉強を熱心にしている。なんとも奇妙な空間だった。

ソ連崩壊後にある女性のクレムリン高官と知り合ったが、彼女の周辺には五、六人の取り巻きの男たちがいる。一つの目標に向かって結束した同志だが、ときどきセックスもする。学問であれ、政治であれ、文学であれ、それに必死に取り組むと奇妙な空間ができ、そこに数名の男と女が引き寄せられ、仕事とセックスが融合した小宇宙ができる。

筆者は、外国人だったこともあり、大学でもクレムリンでも小宇宙の内側には入れなかったが、ここでの会話に参加して、様々な真実を知った。以下はあるときモスクワ大学の寮でしたやりとりだ。(カスピ海沿岸の)アゼルバイジャン共産党幹部の娘がもってきたキャビアをつまみにウオトカを四本くらい空けたところで男子学生が聞いてくる。

「おいマサル、日本人は週に何回セックスをするか」

「そうだな。相性にもよるが、週二、三回だろう」

「それでよく相手が文句を言わないな」

「ロシア人は何回するんだい」

「人によるな」

そこにベラルーシ共産党幹部の娘が割り込んでくる。

「理想は週十六回よ」

「十六回? どういう計算なんだい」

「朝、仕事に行く前に一回、夜一回、土日は昼に一回加わるから週十六回になるのよ」

この十六回という数字は、その後も何度か聞いた。このノルマをこなし続けることができない場合はどうするか。恋人や妻には浮気をする権利が生まれる。ロシアでは夏休みを二カ月とる。夫婦は通常異なる職場で働いているので、休みの時期も異なる。休みには黒海沿岸のソチやヤルタをはじめとする保養地のホテルでセックスパートナーを見つけて思いっ切り充電してくるのだ。ロシアでは「川を三つ越えれば、浮気をだれもとがめない」(要は「旅の恥はかき捨て」ということ)と言って、保養地での浮気は夫婦の間でも黙認されるという文化だ。もっとも保養地での関係をモスクワにまで持ち込むと血の雨が降る。住所や電話番号を教えずに避暑地のセックスを楽しむというのが正しい作法ということだ。

ラスプーチンのイチモツ

今回、編集部からいただいたお題は「セックスの壁・怪僧ラスプーチンとロシアン・セックス」だ。帝政ロシア末期に宮廷で暗躍し、皇帝や皇后に多大な影響を与えた民間宗教家・治療師のグリゴリー・ラスプーチンは、精力絶倫であったとか、巨根であったとか、青酸カリ入りのケーキを食っても死ななかったとか、様々な伝説がある。このような伝説が独り歩きし、うさんくさい人物をラスプーチンと呼ぶ伝統ができた。二〇〇二年二月、わが日本国でも国会で辻元清美《つじもときよみ》衆議院議員が「外務省にラスプーチンという職員はいますか」という質問を行ったのを契機に、筆者も「外務省のラスプーチン」と呼ばれる光栄に浴し、それがその後の逮捕・起訴につながっていく。グリゴリー・ラスプーチンと前世の因縁があるからこのようなことになったのであろう。実は、ラスプーチンについては、ロシアのインテリの間ではそれほど評判は悪くない。むしろ硬直した官僚システムで皇帝に正しい情報が上がらない情況に風穴をあけ、民の声を伝える機能を果たしたという見方をする人が多い。特に第一次世界大戦に反対した平和主義者で、またロシア革命を予言した天才的洞察力をもった宗教人との評価もよく聞く。この人物に関心をもたれる読者にはエドワード・ラジンスキー（沼野充義／望月哲男訳）『真説ラスプーチン』（上下二巻、NHK出版、二〇〇四年）をお勧めする。新発見史料の解読を含むラスプーチンの全貌《ぜんぼう》に迫る名著だ。本稿ではラスプーチンのセックスを中心に、同書の記述を基礎にいくつかの謎《なぞと》解きをしたい。

1．ラスプーチンのイチモツのサイズはどれくらいだったか？
以下はラスプーチンの友人で出版者だったフィリッポフの証言だ。
〈「彼の体は非常にがっしりとしてしまっており、血色がよくスマートで、この年齢にあっては当たり前の腹のたるみも筋肉の衰えもありませんでした。そしてある年齢になると黒くなったり茶色がかったりする性器にも、黒ずみは見られませんでした」これが、彼が指摘している「肉体的特徴」のすべてだ。異常なところは何もなかった。当時の伝説やのちに作られることになる伝説にあるような、巨大な性器などを持っていたわけでもなかった。きちんとしていて大変きれい好きな、若々しい体をした農夫――ただそれだけだった〉（『真説ラスプーチン』、上四二七―四二八頁）
筆者もロシア人と一緒にサウナに入り、イチモツを観察する機会には何度も恵まれたが、二メートル近い大男だからといって、男の棹《さお》が太かったり、長かったりするわけではない。因《ちな》みにソ連製コンドームは一種類しかなかった。欧米ではソ連製コンドームは粗悪品で、指サックのような厚いゴムでできているので、実用性がないという俗説が流布《るふ》していたが、ヨーロッパのコンドームと比較して、品質はほぼ同じだ。但《ただ》し、一種類しかなく、「大は小を兼ねる」という発想で作られているので、標準的なロシア人が装塡《そうてん》しても、ゴムが相当余る。筆者は複数のロシア人（男性）から「日本製コンドームが欲しい」と頼まれたことがあるが、その理由は「日本製だと棹にピッタリつくので自分のイチモツが小さいというコンプレックスを感じなくてすむ」ということだった。

ただし、ロシア男のキンタマは大和男子と比較して大きい。ロシアではキンタマを俗語で「ヤイツォー（鶏卵）」というが、確かに鶏卵に近いくらいの大きさはある。それから身長と体重が逆転している人物（つまり身長一七五センチで体重一八〇キロというような場合）は、イチモツが贅肉《ぜいにく》にほとんど隠れてしまい、見えない。これも日本ではなかなか見ることのできない貴重な体験だった。

ラスプーチンのイチモツのサイズはごく標準的であったというのが史実である。

2．青酸カリ入りのケーキを食べてもなぜラスプーチンは死ななかったのか？

牛を殺すほどの量の青酸カリの入ったケーキを食べ、ワインを飲んでもラスプーチンは死ななかったと実行犯の一人フェリックス・ユスポフ公爵《こうしゃく》は手記で述べている（フェリクス・ユスポフ公爵［原瓦全訳］『ラスプーチン暗殺秘録』青弓社、一九九四年、一一一—一一七頁）。しかし、常識で考えて青酸カリを飲んで死なない人物はいない。回想録と常識が乖離《かいり》する場合、だいたい常識の方が正しいのである。この謎解きはどのようになるのだろうか。ラスプーチンはそもそも甘い物を食べない。

〈それでは、どうして毒が効かなかったのか？　ラスプーチンの娘、マトリョーナも回想録の中で、同じ疑問を発している（中略）。そして、自らこう答えている――父はどんな毒入りケーキも食べるはずがなかった、特別な食餌療法《ダイエット》をしていたから〉（『真説ラスプーチン』、下三八四頁）

〈彼（引用者註：ラスプーチン）が甘いケーキを食べることなどありえなかった。これもまた作り話なのだ。彼はワインに混入した毒の溶液を飲んだだけだった。そして毒は薄すぎたのだ。ケーキの話は、フェリックスが後になって思いついたものだろう――ラスプーチンという悪魔を普通の人々が英雄的に打ち破った、という説明を編み出した際に〉（同、下三八五頁）

ラスプーチンは拳銃で撃たれ、その後、川に投げ込まれて絶命した。毒入りケーキは食べず、ワインの毒は薄すぎたということに過ぎないが、これでは話が面白くない。ここから青酸カリを飲んでも死なない化け物という物語が生まれてくる。本物のラスプーチンと較《くら》べれば遥《はる》かにスケールは小さいが「外務省のラスプーチン」が赤坂に豪邸をもっているという国会質問や、ロシア・マフィアとの深いつながりでしこたまカネを溜《た》め込み、時には人殺しをするという物語が作られたのと構造的には同じだ。本家ラスプーチンは殺されてしまったが、筆者は五百十二日間の勾留《こうりゅう》と政治裁判で許してもらい、命まではもっていかれなかったことについて感謝すべきなのだろう。
3・ラスプーチンの素人《しろうと》と玄人《くろうと》に対するセックスの姿勢は違っていたか？
ラスプーチンが街娼《がいしょう》をよく拾っていたことは秘密警察の尾行報告書から明らかだ。ラジンスキーは偶然、ラスプーチンを相手にした元街娼にインタビューし、それをメモにしている。元街娼がラスプーチンに買われたのは十七歳にもなっていないときである。

〈「馬鹿《ばか》め！　俺が誰だか知っているか？　俺はグリゴリー・エフィモヴィチ・ラスプーチンだぞ」彼は誰もが連れて行く安宿へと彼女を連れて行き、服を脱ぐよう命じた。自分は向かいに腰掛け、黙って座ったまま見つめていた。突然、まるで血の気が引いたように彼の顔が蒼白《そうはく》になった。彼女は動転してしまった……。その後、彼は金を払って立ち去った。去りしなに彼は言った。「おまえは腎臓が悪い」

のちにもう一度、彼は彼女を同じ宿屋へ連れて行った。そして彼女と一緒に横たわりさえしたが、指一本触れることはなかった。彼女はといえば、まったく「桃」みたいにぴちぴちした盛りで、周囲もみんな「桃」と呼んでいたのだ。(中略）ちなみに彼女は一九四〇年に腎臓の片方を摘出された〉(同、上四三〇―四三一頁）

素人とはセックスをするが、玄人とはしない。怪僧に対して畏敬《いけい》の念を抱いていない少女の裸を見ることで、ラスプーチンは霊感の訓練をしていたように筆者には思える。

4・ラスプーチンの性欲はどれくらい強かったか？

ラスプーチンの性欲は確かに強かった。しかし、その性欲を抑える「禁欲力」がより強かったというのが筆者の見立てだ。

〈司祭のユリエフスキーは、一九一三年に証人たちの言葉にもとづいて、神父グリゴリーが信者たちとともに自宅の風呂小屋《バーニャ》で執り行っていた魔法の儀式を描写した。「まず初めに彼の祈りがあって、その次に『淫蕩《いんとう》の悪魔よ、外へ出でよ』という文句が三回繰り返される。その後にラスプーチンが女と交わる……。交合の力はあまりに強く、女がもう通常の性欲を感じないほどだった。女は自分のもとから淫蕩の悪魔が去っていったのを感じたのだった」

こうユリエフスキーは証言している。いや、ここにあったのは交合の力などではなかった。ここにあったのは、女性信者たちの恐るべき信念の力であった。すなわちこの無学な男、自分の使命を固く信じ込み、彼女たちを自分の信仰に染めていた催眠術師であり異端派である男が、聖人であるという信念の力なのだった。そしてこのために、「聖人」との交わりがもたらすエクスタシーの後、彼女たちは幸せな「肉からの

解脱《げだつ》」を味わうことができたのである〉（同、上四三四—四三五頁）

精神的セックスレス

ラスプーチンは性欲が異常に強かったわけではない。極端な禁欲にこだわることで、かえって欲望が強まるという構造を断ち切りたかったのだ。同時にセックスを通じ、セックスにとらわれない人間、それを契機に煩悩《ぼんのう》を根源的に超克した人間を作り出すという冒険に挑んだのだ。

筆者の理解では、「新潮45」に連載されていた岩井志麻子氏の「ドスケベ三都ものがたり」で描かれている母の娘に対する澄んだ眼に、怪僧ラスプーチン周辺の女たちにつながるものがある。岩井氏の二人の子供は離婚した前夫に引き取られた。十五歳の娘は母親に反発して会いたがらない。岩井氏は十二歳の息子に会うために岡山行きの電車に乗ったが、そこで偶然、娘を見かける。

〈……私に似ているのだから、こんなふうにいえば中瀬おばはん編集長の元に、抗議の電話が殺到するかもしれないが。私は、娘のきれいさに見惚《みと》れた。顔かたちではなく、たたずまいの清潔さ、若さ、潔癖な表情に、打たれた。

だから、声をかけられなかった〉(「新潮45」二〇〇五年十月号)

岩井氏の娘を見る眼は澄んでいる。ここには「セックスの壁」の内側にあえてこだわることで、セックスにとらわれなくなり、そこから澄んだ眼で他者を見つめることができるようになるという人間の弁証法的構造が現れている。筆者がモスクワ大学の寮で体験した、思想を語る女子学生たちの眼差《まなざ》しと同じだ。セックスを通じて精神的なセックスレスを実現するのだ。そして、セックスレスにより、性欲、物欲、嫉妬《しっと》、憎悪《ぞうお》、権力といった煩悩に執着しない人間を作り出していく。

怪僧ラスプーチンは精神的セックスレスに人々を導き、煩悩からの解脱を可能にする異能の宗教人であったと筆者は理解している。

第十一話　スパイ・ゾルゲ「愛のかたち」

もう一つの戦い

一九四四年の十一月七日、当時巣鴨にあった東京拘置所でリヒアルト・ゾルゲという ソ連人が処刑された。ソ連赤軍第四本部（情報）の工作員だったゾルゲはドイツの新聞記者、ナチス党員を擬装。さらに、駐日ドイツ大使館の顧問となり、近衛《このえ》文麿《ふみまろ》首相のブレイン尾崎秀實《ほつみ》を最重要協力者とするスパイ網を作り、ドイツのソ連攻撃、日本の対ソ戦回避、南方進出などの機密情報をモスクワに送ったが、一九四一年十月十八日に逮捕された。これがいわゆる「ゾルゲ事件」である。

ソ連政府は戦時中はもとより戦後も長い間、ゾルゲがソ連のスパイであることを認めなかった。ゾルゲ情報の価値を認めることは、それを無視もしくは軽視したスターリンの権威を毀損《きそん》することになるからだ。一九六四年になって、ゾルゲの名誉回復が行われ、「ソ連邦英雄」勲章が授与された。もっともスパイの世界では、その業績が認められず、闇《やみ》に消えていくことはよくあるので、ゾルゲの運命が特に悲劇的だったとは言えない。ゾルゲについては、たくさんの研究書、小説が書かれ、何度も映画化されている。近年では篠田正浩《しのだまさひろ》監督の『スパイ・ゾルゲ』（二〇〇三年）が話題を呼んだ。

私は東京拘置所で死刑囚と同じ獄舎で五百十二日間生活したことがある。この経験を経て、死刑囚が残したテキストから今まで見えなかったものが見えるようになってきた。『ゾルゲ事件　獄中手記』（岩波現代文庫、二〇〇三年、以下『獄中手記』と記す）を再読し、私にはゾルゲのもう一つの戦いが見えてきた。それは自らがかつて愛した、そして今も愛している女たちをどう守るかという戦いだ。

日本の情報専門家を自負する人たちの間では、「一級の情報専門家は女性を使わない」という言説が流通している。これにはゾルゲの『獄中手記』により影響された部分が大きいと思う。

〈女というものは、政治的なあるいは色々な知識がないから情報活動には全然駄目で、私は女からよい情報を得た事は一度もない。女は役に立たないので、私は「グループ」には女を使わなかった。上流夫人等と交際しても、彼女等は夫の言っている事が分らないから駄目である。これは日本の女のみならず、外国の女も世界を通じて、女は情報活動には役にたたないと思っている。

例えば支那において使った女は、その夫の支那人と共に働いたに過ぎない。また「スメドレー」（引用者註：中国に深く食い込んでいた米国人記者アグネス・スメドレー）は教育もあり頭もよかったので新聞記者としてはよいが、人妻としては価値がなく、例えば男と同じ様な女であったのである。

また情報活動に人妻と親しくして利用するという事は、その夫がやきもちを焼くので、かえってその仕事を打ち壊すものである〉（『獄中手記』、四四頁）

ゾルゲほどスパイ活動に女性を活用した工作員はいない。ゾルゲは決してショービニスト（男権至上主義者）でもない。それならばなぜこのような手記を残したのか。一級のスパイは目的合理性を基準にして行動する。女性が情報収集の役に立てばいくらでも利用する。ただし、スパイは孤独な稼業《かぎょう》なので、情が移ってしまうと冷徹な計算が狂い、目的を達成することができなくなる。それだから情報機関は男女関係を用いた工作を奨励しないのだ。裏返せば、情に溺《おぼ》れず、かつて愛した女性でも、いま愛している女性でも、職務のために切り捨て、見殺しにする職業的良心が確立している工作員ならば、セックス絡《がら》みの工作を情報機関は抵抗無く認める。

スパイが愛した女性

ゾルゲは日本の歴史、文化に通暁《つうぎょう》していた。篠田正浩氏が『獄中手記』の解説で「彼（引用者註：ゾルゲ）の日本研究は、あたかも英国人の父とギリシャ人それもアラブの血が交じった母との混血児だったラフカディオ・ハーンが、明治の日本人の習俗と精神を洞察できたように、軍事優先国家が出現する昭和初期の日本人が直面した困難な政治状況を考察したゾルゲの論文の数々は、極東の島国の政治状況を世界史のなかに抱合する強烈な引力にあふれている」（同、二七九—二八〇頁）と指摘しているが、その通りだ。ゾルゲは「男社会」日本の文化に迎合する言説を唱えることで、自らがかつて愛した女たちといま愛している女たちを守ろうとしたのだ。ゾルゲの軌跡について詳細に追究したロバート・ワイマント『ゾルゲ　引裂かれたスパイ』（西木正明訳、新潮社、一九九六年）に重要なヒントが記されている。

〈彼（引用者註：ゾルゲ）は基本的な要望を述べると、落ちついて尋問に応じた。要望とは、第一に彼が関係した女たちは問題にしない、第二に花子（引用者註：石井花子、ゾルゲの日本での伴侶《はんりょ》）は諜報網《ちょうほうもう》には何の関わりもないので尋問の対象としない、ということである。この条件を呑《の》むなら全面的に協力する〉（三八八頁）

逮捕、勾留《こうりゅう》された状況の下で、自らのもつカード、具体的には黙秘して文書を作らせないというカードを用いて女たちを守ろうとするゾルゲの目的合理性が見える。特高警察、検察もこの条件を呑んだ。以後、取り調べは基本的にゾルゲのペースで進んでいく。

ところで、ゾルゲの作成した文書が供述調書ではなく手記となっているところに注目したい。ゾルゲからこの手記を取ったのは東京刑事地方裁判所の吉河光貞検事だが、吉河検事の手法は、まず、根本的に利害相反があるという大前提の下で被疑者との間に人間関係を構築する。そこで検事としてできる限り、ギリギリのところまで譲って公判維持に堪えうる供述調書を作るのである。しかし、供述調書に被疑者の見解が完全に反映されることはないが、完全なデッチ上げ文書であるということもまずない。折り合いがついた合意文書が供述調書なのである。被疑者の主張が強すぎて、検察の利益にあまりならないものは単なるメモとして扱われる。ゾルゲ手記がメモの扱いを受けたのは、吉河検事がゾルゲがほんとうの話とウソ話を適宜ブレンドしていたことに気付いていたからだ。

この「女はスパイ活動に向かない」という記述は大嘘《おおうそ》の部類に属する。ゾルゲが愛し、寝た女性は、文献的に確認されるだけでも十人を超える。寝ただけの女性は軽く数百人に達するであろう。私の見立てでは、ゾルゲの愛する女性は二類型に分かれる。一つは思想と愛が渾然《こんぜん》一体となって結びつく類型だ。モスクワに残した正妻のエカテリーナ（ゾルゲが日本で逮捕された後、ドイツのスパイとの罪状で逮捕され、一九四三年に強制収容所で病死）、さらに『獄中手記』でゾルゲが「人妻としては価値がなく、例えば男と同じ様な女であった」と評したアグネス・スメドレーである。

一九三〇年に赤軍第四本部はゾルゲを中国に派遣する。このときはゾルゲではなくラムゼーという偽名を用いた。ソ連がゾルゲに与えた指令は、中華民国政府と中国共産党の優劣について詳細な情報と分析を報告することだった。当時、ドイツ紙「フランクフルター・ツァイツング」の上海《シャンハイ》特派員をつとめていたアメリカ人アグネス・スメドレーは、中国通の記者として国際的に著名だった。ゾルゲは本国にいるときからスメドレーに目を付け、「友だちになる」ことを目論《もくろ》む。

〈スメドレーは、一般的な意味では美人とは言えなかった。短く刈った髪と突き出た顎《あご》はまるで男のようだった。彼女が、自分で故意にそう見せていた面もある。わたしは顔のまずさを頭で補おうとした、というのが彼女の言葉だ。(中略) 彼女はゾルゲより三歳半ほど年上だった。二人がはじめて会ったのは、三〇年二月二十三日、彼女の三十八歳の誕生日のときと思われる。二人は会うやいなや肉体関係を結んだ。それから、互いに助け合う同志関係が生まれた。いろいろな資料から考えるに、ゾルゲには年上の女に惹《ひ》かれる傾向があったようだ〉(『ゾルゲ　引裂かれたスパイ』、四五頁)

ゾルゲはスメドレーの紹介で上海に強力な情報網を構築する。その中に当時朝日新聞の記者だった尾崎秀實も含まれていた。尾崎が妻子を深く愛していたことは獄中書簡『新編　愛情はふる星のごとく』(岩波現代文庫、二〇〇三年) によく現れているが、「同時に彼は根っからの女好きで、友人たちに〈ホルモンタンク〉と呼ばれていた」(『ゾルゲ　引裂かれたスパイ』、五〇頁)。女性の趣味もゾルゲと尾崎の間で一致していたのであろう。「良き家庭人」尾崎秀實という神話にとらわれていては、情報マンとしての尾崎の凄《すご》みが見えてこないと思う。スパイとしての実利と人間としての愛情がゾルゲの中では矛盾していない。スメドレーはゾルゲの愛を疑っていない。

〈わたしね、結婚したのよ。まあ、結婚て言っとくわ。彼、とても男らしい人でね。わたしたち、何もかも半分ずつわけ合っているの。お互い、助けたり助けられたり。仕事もいっしょなら、飲み歩くのもいっしょ。大きく広い、全面的な人間関係と同志関係ができたのよ。これがいつまで続くかはわからない。成り行きというものがあるしね。そう長くはないって気もするわ。ただ、いまは生涯で最高。こんなすてきな、身も心も生き生きした毎日は生まれてはじめてだもの。

スメドレーの女権論には、女性の性的満足の主張も含まれている。その点で彼女自身は、明らかにこの男性的な恋人によって満たされていた〉（同、四六頁）

愛のかたち

ゾルゲにはいくつかの形の愛があるが、スメドレーと対極の類型が石井花子だ。一九三五年十月四日、銀座のドイツ風居酒屋「ラインゴールド」でゾルゲは花子と知り合う。花子は居酒屋の女給で、源氏名をアグネスと名乗っていた。

〈パパ（引用者註：店主のヘルムート・ケーテル）が紹介した。「これは、ドクター・ゾルゲ。きょうは、誕生日ね」

「ソウデス。ソウデス。わたし、ゾルゲです」男は低いしゃがれ声で言うと、大きな手を差し出した。（中略）

「アグネス、あなたは、いくつですか？」彼は英語で訊《き》いた。

「イッヒ・ビン・ドライ・ウント・ツヴァンツィッヒ・ヤーレ（二十三歳です）」花子はそう答えたが、実際は二十五だった。客にはいつも二つ若く言うことにしていたのだ〉（同、九八頁）

この日からゾルゲは「ラインゴールド」に入り浸り、花子のアパートを頻繁に訪れるようになる。スパイは孤独な稼業で、自らの真の任務については、任務を命じた本部に対してしか語ることができない。私の経験でも、優れた情報専門家で、工作上の業績をあげた人物の中に犬、猫、兎などの小動物を溺愛《できあい》する傾向がある。小動物は人に嚙《か》み付くことはあっても、人を罠《わな》に陥れたり、信頼を裏切ることはないからだ。小動物ではなく、仕事と関係のない女性の前でお腹《なか》を見せて甘えると、思わず余計な秘密を漏らしてしまうことがある。しかし、ゾルゲはいくら酔っても、精神的にへこんでしまっていたときにも、余計なことを花子に洩《も》らすことはなかったようだ。ただひたすら甘えるのである。


〈ある晩、くぐもったむせび泣きが聞こえ、見るとゾルゲが書斎のソファにうずくまって両手で頭をかかえこんでいる。

彼女はぎょっとなった。こんなゾルゲを見るのは初めてだ。大の男が泣くなんて！

彼女がそばへ行ってしゃがみこむと、ゾルゲは苦痛に身もだえしながら頭を彼女の膝《ひざ》に乗せた。「ママさんみたいに、してください」花子はどうしていいかわからず、彼の腕や背中をなだめるようにさすってやると、ようやく彼は落ちついた。しばらくして彼は顔をあげて彼女を見あげたが、それはまるで子どもが訴えているようだった。その青い瞳《ひとみ》には、何という孤独感が宿っていたことだろう！　一体どうしたのか、と彼女は尋ねた。

「寂しいのです」彼の声は憂《うれ》いに満ちていた。

「なぜ、寂しいの？」

「友だち、いません」（中略）「本当の、友だち、ほしいです。わたし、本当の友だち、いません」ゾルゲはなおも言い続けた〉（同、一〇〇—一〇二頁）

ゾルゲは何人もほんとうの友だちをもっていた。しかし、全《すべ》てを打ち明けることができる友だちはいなかった。これはスパイという稼業を選んだ以上、必然的につきまとう淋しさなのだ。突き放して言うと、壊れかけてしまったとき、それを復元させるための装置となる日本人女性を作っておき、必要なときにその装置を使用しているということだが、それはそれで一つの真面目《まじめ》な愛のかたちなのである。

敗北と勝利

一九四四年十一月七日はひどく寒い日だったという。政治犯の処刑は、政治的に意味をもった日に行われる。十一月七日はソ連の国祭日（ナショナルデー）「十月社会主義革命記念日」だ。午前十時過ぎにゾルゲの独房の鍵《かぎ》が開いた。その数秒前、ゾルゲはいつもと異なり数名の看守たちが独房に近付いてくるのに足音で気づいたはずだ。通常の点検は、囚人がもつ称呼番号《しょうこばんごう》と氏名の確認だが、この日はそれに加えて、生年月日、住所も聞かれたはずだ。ゾルゲは遺言書をあらかじめしたためていた。所長が「言い残すことはないか」と尋ねたのに対し、「何もありません。みなさまの御厚情に心から感謝いたします」と答えた。処刑場にゾルゲはおとなしく連行されていった。

盟友尾崎秀實が同じ絞首台で午前九時五十一分に息絶えたことは、恐らくゾルゲには知らされなかったであろう。ゾルゲの首に輪になった綱がかけられる。午前十時二十分、足下の板が落ちた。十六分後の午前十時三十六分、検死官がゾルゲの死を確認した。スパイ活動は、それまでいかに成果をあげようとも、摘発されれば失敗だ。対日スパイ戦にゾルゲは敗北した。

しかし、もう一つの戦い、自らの愛する女性たちを守る戦いにゾルゲは勝利した。アグネス・スメドレーは一九五〇年に病死、石井花子は二〇〇〇年に天寿を全うしたが、ゾルゲが特高警察、検察との取り引きをしなければ、この二人は逮捕・投獄され、別の形で死を迎えることになったと思う。

第十二話　金日成のレシピー

血のような「キンズマラウリ」

「赤の広場」から、トベーリ通り（銀座の中央通りにあたる）を十分ほど歩いていくと、左側にモスクワ市役所、右側にモスクワの開祖ユーリー・ドルゴルーキー公（直訳すると「腕の長いユーリー公」）の銅像がある。この銅像に沿った坂を下りていくと右側に「アラグビ」という名のグルジア・レストランがある。第二次世界大戦前からある有名レストランだ。

ソ連時代、一般のロシア人が有名レストランの予約をとることは実に難しかった。職場や労働組合から手紙を出してもらうか、コネを使わなくては、まず予約がとれなかった。しかし、外交官ならば当日の電話予約、場合によっては飛び込みでも席を取ることができた。フロアーマネージャーが外交官を席に案内すると、ウエイターが金属製の灰皿をもってくる。この灰皿が曲者《くせもの》で、中に盗聴器が仕掛けられているのだ。私はときどき悪ふざけで、この灰皿をナイフやフォークで叩《たた》いた。ある時、同席した秘密警察の事情に詳しい最高会議（国会）議員にたしなめられた。

「サトウ、少しはＫＧＢ（ソ連国家保安委員会＝秘密警察）の担当官のことも考えてやりなよ。録音ならば問題ないけれど、俺たちの話をこのレストランの裏部屋で同時に聞いている場合に、灰皿をフォークで叩くと耳が潰《つぶ》れそうになるんだぜ。そんな目に遭わされるとＫＧＢも『サトウを徹底的にやっちまえ』ということになるよ」

グルジア料理は、ロシア料理と中東料理の中間で、なかなかおいしい。焼きチーズ、ニンニクの酢漬け、冷製鶏の胡桃《くるみ》ソース和《あ》え、羊の串焼き《くしや》（シャシリック）などがお勧めメニューだ。ちょっと塩の味がするミネラルウォーター「ボルジョミ」がグルジア料理によくあう。また、グルジア・ワインもおいしい。有名な白ワイン「チナンダリ」はモーゼルに近い辛口だが、赤ワインは恐ろしく甘い。ポートワインくらいの甘さがある。特に有名な赤ワインは「キンズマラウリ」だが、これはとても甘いがまろやかで、串焼き肉とあう。ただし、その赤色がフランスやスペインの赤とは違い、少し濁った、人間の血に近い色をしている。

スターリンの宴

あるとき私のモスクワ大学の同級生で、その後、ラトビア人民戦線の幹部になり、積極的に反ソ運動を展開している青年が久し振りにリガ（ラトビアの首都）から恋人を連れて訪ねてきたので、私は二人をレストラン「アラグビ」に招待した。フロアーマネージャーが私たちを中二階の個室に案内する。個室の内壁に面した窓を開けると一階の大ホールが見渡せる。グルジアの民族楽器をもった楽団が演奏をしている。お客が多額のチップをはずみリクエストをすると、ロシア語の歌以外に、グルジア、アゼルバイジャン、アルメニア、イーディッシュ（東欧系ユダヤ語）の歌がながれる。アゼルバイジャンとアルメニアの民族紛争が激しかった頃には、このレストランで射殺事件も起きた。

「偉大なアゼルバイジャン」という歌が流れたのに、酔っぱらったアルメニア人が腹を立て、リクエストしたアゼルバイジャン人をピストルで射殺した。私が新聞で読んだ射殺事件について話すと人民戦線幹部はこう言う。

「マサル、もっと怖い話を教えてあげよう」

「なんだい」

人民戦線幹部は赤ワイン「キンズマラウリ」をグラスに注いでこう述べた。

「スターリンはグルジア人だろう。グルジア料理が大好きで、このレストランによく来たんだ。そして、いつもいま僕たちが座っているこの部屋で宴会を行ったんだ。そしてこの窓を開けて、一階で人々が楽しそうに酒を飲み、歌をうたい、ダンスをしている様子を見る。微笑《ほほえ》みながら」

「スターリンにも明るいところがあるんじゃないか」

「問題はこの先だ。実はスターリンは粛清でかつての同志を処刑した後に、友を偲《しの》んで『アラグビ』で宴会をしたんだよ。血のような『キンズマラウリ』をグラスに注いで、『昔はいい奴《やつ》だったのにな』と言って献杯するんだ」

ロシア人は、死者を偲ぶ「献杯」をする場合には、グラスをカチッとあてる乾杯をせずに、目の前に少し高くグラスを上げ、飲み干す。

こう言って、人民戦線幹部は献杯し、血のような「キンズマラウリ」を一気飲みする。

「悪趣味だな」

私がそう応《こた》えると、ベラルーシ共産党幹部の娘でモスクワ大学哲学部で科学的共産主義を専攻している恋人がこう言う。

「もっと気持ち悪い話を教えてあげるわ。スターリンといつも一緒だったのは秘密警察長官のベリヤ（スターリンの死後に処刑）なの。ベリヤはここでスターリンと飲み食いした後に女狩りに行くのよ。ベリヤはロリコンだから、中学生をつかまえて、家に連れ込んでレイプするの。秘密警察長官の悪行に誰も文句が言えない。ベリヤの家は、幽霊が出るといって誰も住みたがらないので、今はトルコの駐在武官公邸になっているわ」

その日は、すっかり酒がまずくなった。

ソ連時代末期、モスクワに「ピョンヤン」という朝鮮料理店がオープンした。酒も食材も北朝鮮から直輸入するというレストランだ。当時、モスクワには日本人の経営だがソウルからの食材直輸入を自慢にする「ソウル・プラザ」という焼き肉屋があり、レストランの南北競争が始まった。「ピョンヤン」では、ウエイターもウエイトレスも「偉大な首領様」のバッジをつけており、異様な雰囲気だったが、冷麵《れいめん》、ナムル、肉まんはとてもおいしかった。酒類も直輸入の瓶ビール「ピョンヤン」はスーパードライライに近い切れ味でなかなかおいしかったし、朝鮮人参《にんじん》酒、まむし酒などを、「これぞ東洋の神秘。秘伝の強精剤だ」と言ってロシア人にふるまうと喜ばれた。残念ながら、ソ連が崩壊し、ロシア・北朝鮮関係が冷却するとこのレストランは撤退してしまった。

蚊やキンバエ

私は二〇〇二年五月十四日、「鈴木宗男疑惑」関連事件で東京地検特捜部に逮捕され、五百十二日間ほど小菅（東京拘置所）で「臭いメシ」を食った。「臭いメシ」と言っても、食事が腐っているわけではなく、米七割、麦三割の主食に大麦の香りがするということで味はなかなかよい。朝鮮料理ではナムルがときどきでたし、イカとキムチの和え物もおいしかった。また、冬季は自費でキムチを週二回購入することができた。しかし、冷麺、焼き肉はない。

ソ連崩壊を北朝鮮がどのように受け止めたかを整理してみようと思い、弁護人に頼んで獄中に北朝鮮で発行された日本語版『金日成著作集』を差し入れてもらった。その中で金日成が食について詳細に論じた演説記録を見つけ、食欲を大いにそそられた。

『金日成著作集第四十二巻（一九八九年六月〜一九九〇年十二月）』（外国文出版社、平壌《ピョンヤン》、一九九七年）に収録された「香山郡をはじめ観光地をりっぱに整備するために―中央および地方の責任幹部協議会でおこなった演説―一九八九年六月十六日」だ。

金日成は北朝鮮が外貨を獲得するために、観光インフラを整備し、外国人を呼び込むとの戦略を立て、おいしい朝鮮料理を目玉にしろと強調する。少し長いが金日成の肉声を知ってもらうために正確に引用する。

〈観光事業で外貨を獲得するためには観光地も十分整備しなければなりませんが、特色のある美味な食べ物をたくさん出さなければなりません。観光事業で外貨を稼げるのは、ホテルの宿泊料と食事代のほかにはこれといったものがありません。観光地で観覧料をとるにしても、それはわずかなものです。ですから、観光客にいろいろなおいしい朝鮮料理をつくって出さなければなりません。もちろん、ヨーロッパ諸国から来る観光客には、かれらの好みに合った西洋料理を出すべきです。けれども、西洋料理だけではそれほど収益を上げることができません。朝鮮料理を上手につくって出せば、ヨーロッパ人も賞味しようとするでしょう。誰でも外国へ観光旅行をすれば、その国の名所を探勝しますが、エスニック料理も味わってみようとするものです。外国へ観光旅行に出かけて自分の国の食べ物ばかり食べては、観光旅行の印象が残らない

でしょう〉（二四―二五頁）

この後、金日成は料理の作り方について実に細かな指示を出している。その内、何点かを金日成自身のことばで説明したい。

1．チェンバン麺のつけ汁は熱くしろ

〈平壌の冷麺とチェンバン麺（引用者註：盆のような鉢にもりつけた麺）は昔から有名です。とくにチェンバン麺が有名です。ところがいま、平壌の人はチェンバン麺の作り方をよく知りません。この四月に玉流館《オンリュ》でチェンバン麺を食べましたが、そのときチェンバン麺に冷たいだし汁が出ました。きっと、玉流館の調理師のなかにはチェンバン麺にくわしい人がいないのでしょう。もともと平壌チェンバン麺は、大きなお盆に麺と具をもりつけ、熱いかしわ汁を横において、麺が冷めないようにつぎ足しながら食べるのです。チェンバン麺には鶏肉、牛肉、豚肉のスライスにキノコ、ブンドウもやしのあえものといった具をたくさんそえれば美味です。昔はチェンバン麺をおいて酒を飲んだものですが、具としてもりつけられた鶏肉や牛肉、豚肉、キノコ、ブンドウもやしのあえものなどを肴《さかな》にしました。香山邑に冷麺食堂を設けて平壌冷麺とチェンバン麺を出せば、外国人がどんなものかと賞味するでしょう〉（二五頁）

2．ボラのスープは唐辛子ではなく胡椒《こしょう》で味付けろ

〈いつかある幹部に、市内の食堂でボラ汁をどんなふうにつくっているのかと問うと、トウガラシとニンニクの薬味しょう油をつくり、それを入れて舌がぴりぴりするほど辛くするのが風味だというのでした。ボラ汁は薬味しょう油を差して煮立てるとボラ汁独特の味がなくなり、咸鏡道《ハムギョン》の人が好むカレイの辛汁のようになってしまいます。ボラ汁は石なべに水を入れて煮立ててこそ持ち味が出ます。鉄釜《てつがま》で煮立てることもできますが、石なべで煮立てれば、ボラ汁独特の味が生かされます。ボラのうろこを取り除き、ぶつ切りにして石なべに入れてから水をつぎ、コショウを十二、三粒ガーゼに包んで入れます。そうしてじっくり煮立てると黄色い油が浮きだして、とても香りのよい美味なボラ汁が出来上がります。ボラ汁を客に出すときは、鉢にボラの身をひと切れ移し汁をついで出せばよいのです〉（二一六頁）

3．焼き肉レストランを作れ

〈牛のカルピ焼きとカルピ汁は平壌伝来の料理です。昔から平壌では、牛のカルピ焼きとカルピ汁を平壌料理だとしてよく食堂に出したものです。焼き肉食堂を設け、牛のカルピ焼きとカルピ汁、もつ汁などを出すのがよいでしょう。もつ汁は豚のもつを使ってもおいしいものです。焼き肉食堂では鶏の丸焼きも出せるでしょう。焼き肉食

堂でアヒルの焼き肉を出すこともできますが、朝鮮人はこの料理が下手です。アヒルの焼き肉は中国人の得意とするものです。北京《ペキン》の食堂でアヒルを上手に料理して出しているそうです。朝鮮人が焼いたアヒルの料理は中国人がつくったものより劣ります。ですから、われわれは朝鮮式に牛のカルピ焼きやカルピ汁、鶏の丸焼きをつくるほうがよいでしょう〉（二七頁）

4．スープかけご飯はなかなかのものだ

〈オンバン（引用者註：飯に熱い汁をかけ肉や薬味をそえたもの）食堂も設けて悪いことはありません。もともとオンバンは平安《ピョンアン》道地方の食べ物です。オンバンというのはとりたてていうほどのものではありません。かしわ汁にキノコを入れ熱いご飯にかけたものです。咸鏡道の人はオンバンを知りません。抗日革命闘争のころ、わたしはわが国の北部国境一帯と中国の東北地方で多く活動しましたが、その一帯には咸鏡道の人がかなり住んでいました。当時、咸鏡道の人の家でいろいろな食べ物をご馳走《ちそう》してもらいましたが、オンバンが出たことはありませんでした。解放後わたしが平壌に来て最初にとった昼食がオンバンでしたが、なかなかの味でした〉（二七頁）

5．料理人は専門分野別に分けろ

〈食べ物はその分野の専門調理師がつくらなければおいしくなりません。調理師の手並みを見ると、自分の専門とするものは上手ですが、他の料理は不得手なものです。ご飯をつくる調理師はご飯は上手に炊《た》きますが、他の料理はうまくできず、イガイ焼きをする調理師はイガイはおいしく焼きあげますが、他の料理はまた上手でありません。ですから専門食堂には炊飯をする人、イガイを焼く人、カルピ汁をつくる人、くし刺しの肴をあぶる人、ガザミを焼く人といったように専門の調理師を別々におくことにすべきです。中国の食堂でも主にひとしなの食べ物を専門にしており、いろいろな食べ物を出しません。わたしが吉林《チーリン》で初期革命活動をしていたころ、市内にギョーザ専門の食堂が一つありましたが、そこでは蒸しギョーザと焼きギョーザを出していました。その食堂に行くと、酒一杯にかしわ汁を出し、客の注文によって蒸しギョーザか焼きギョーザを出すのですが、他の食堂のギョーザに比べて味がまさっていました〉(二一八頁)

『金日成著作集』は全四十四巻であるが、ソ連・東欧社会主義体制が動揺し始めた時期から金日成の死去までの四十二、四十三、四十四巻が抜群に面白い。この「金日成のレシピー」に関する演説も、ソ連の経済状態が悪くなり、北朝鮮への支援が削減された状況で、何とかして外貨を稼ごうとし、首領様自らが知恵を絞り出しているという貴重な歴史的証言だ。金日成は高等教育を受けていないが「地《じ》アタマ」（私の造語）がよい。外貨は欲しいが、開放政策が体制を崩壊させる危険性にも十分気付いている。以下は金日成のことばである。〈いま帝国主義者は、開放政策を実施しないとわれわれを攻撃していますが、決して門戸を閉ざしているわけでもありません。われわれは世界各国との経済・技術協力を発展させており、外国との合弁もさかんに進めています。要は門戸をどう開くかということです。みだりに門戸を開くからといってよいわけではありません。なんの考慮もなくむやみに門戸を開くと、蚊やキンバエが舞い込んできて被害を受けるようになります。われわれは外国と交流もし、合弁もするとしても、蚊やキンバエが入ってこないように蚊帳《かや》をつってすべきです〉（「幹部の革命性、党性、労働者階級性、人民性を高めて党の軽工業革命方針を実行しよう―朝鮮労働党中央委員会第六期第十六回総会での結語―一九八九年六月七〜九日」『金日成著作集第四十二巻』、二一二頁）

金正日のチェンバン麺は？

もっとも観光開発は金日成の思惑の通りには進まず、チェンバン麺やボラのスープで北朝鮮経済を回復させるほどのドルを稼ぐことはできなかった。そこで首領様が亡《な》くなった後、息子さんの時代になって、北朝鮮は、偽《にせ》ドル、覚醒剤《かくせいざい》や「ノドン・ミサイル」の販売など、朝鮮料理よりも手っ取り早い方法でシノギに励むようになったようだ。

『金日成著作集』から学んだ私たちは今こそ北朝鮮に「蚊やキンバエ」を送り込む戦略について考えなくてはならない。戦略を対話であれ、圧力であれ、どう具体化するかは外交技法の問題である。国策捜査により現実の外交に参与する資格を剝奪《はくだつ》された私としては、提言を行うことは禁欲し、現役外交官たちがどうやって「蚊帳を壊し、蚊やキンバエを送り込むか」を注意深く見守ることにしたい。

余談だが、平壌の外国文出版社から出ている『金日成著作集』、『金日成回顧録——世紀とともに』の日本語訳は、実にこなれたよい翻訳だ。いったい誰が翻訳しているのだろうか。平壌に在住しているが、比較的最近、日本で大学教育を受けた日本人がこれらの翻訳に関与している可能性も排除されないと思う。

さて、現在の「将軍様」、金正日同志は食に対してどのようなこだわりをもっているのであろうか。平壌の外国文出版社から出ている日本語やロシア語の書籍に目を通したが、金正日自身が食について指示した文献には出会っていない（読者で御存知の方がおられたら御教示願いたい）。金正日が「喜び組」の美女たちをはべらせて大宴会を行っていることについて記した北朝鮮本は少なからずあるが、私は情報屋生活が長かったので、伝聞情報は、私自身が信頼できる情報源から得た、蓋然性《がいぜんせい》が高いと思われる情報以外は、考察の対象として取り上げないことにしている。

金正日の食の好みについて、私が聞いた信頼に足る情報は一つだけだ。情報源はあえてぼかすが、ロシア人の朝鮮語の達人でソ連時代に金日成の信任が厚く、金正日と直接会話を交わし、食事をしたこともある人物だ。ロシアにおける「北朝鮮事情の第一人者」と呼ばれている人物で、クレムリンやロシア外務省のみならず諸外国の専門家もこの人の話を聞くためにモスクワを訪れる。私が「金日成と金正日の性格はどこが大きく異なるのか」と尋ねたのに対して「第一人者」はこう答えた。

「そうだね。まず、金日成は不愉快な話を聞いても感情を顔に出さない。ニコニコ笑って話をしている相手でも、腹の中では粛清してしまおうと考え、それを実行する。金正日は感情を隠すことができない。すぐに顔や態度にでる。それだけわかりやすい人物だ。その次には食にたいするこだわりだね。金日成は食通だった。歴史的に朝鮮料理は南（韓国）よりも北の方が中華料理の影響を受けているので洗練されている。

もともと料亭文化の伝統は平壌に強い。金日成はうまい食べ物や飲み物に強い関心があった。フランス料理も好きだ。金正日の方は、僕の見たところ、食事よりも面白い話に関心がある。会話に熱中すると、料理には関心がなくなってしまうようだ……」

この情報を基礎に考えるならば、将来編纂《へんさん》されるであろう『金正日著作集』にレシピーが収録されることはないであろう。それにしても、金正日が客人にふるまうチェンバン麺のつけ汁は、熱いのであろうか。ボラのスープは、唐辛子ではなく胡椒で（それもガーゼに包んで）味付けられているのだろうか。金正日が父親の遺訓政治をかかげている以上、『金日成著作集』に書かれた内容は遵守《じゅんしゅ》すべきである。金正日が食においてどこまで父親の遺訓に従っているかを調査することも、金正日が父親のイデオロギーからどの程度離れることが可能かを占う重要なテーマのように情報屋の私には思える。

第十三話　有末精三《ありすえせいぞう》のサンドウィッチ

作戦将校と情報将校

太平洋戦争で日本は情報戦に敗北したと誰もが思い込んでいる。陸軍参謀本部でも作戦担当（第一部）は秀才揃《ぞろ》いだが、情報担当（第二部）は見劣りするというのがいつのまにか定説になってしまった。夏目漱石《そうせき》は『吾輩は猫である』の中で、猫に「人間の糟《かす》から牛と馬が出来て、牛と馬の糞《くそ》から猫が製造された如《ごと》く考えるのは、自分の無智に心付かんで高慢な顔をする教師などには有勝《ありがち》の事でもあろうが、はたから見て余り見《みっ》ともいい者じゃない」（新潮文庫、二〇〇三年改版、二四頁）と語らせているが、まさに作戦将校のクソから情報将校が生まれたというのが戦後の常識になっていると思う。現役外交官時代、私は情報畑を歩んだが、レセプションやテレビに映る外交交渉など華やかな「表仕事」が好きな外交官たちが、自らのクソから私たち情報屋が「製造された如く考え」ているらしいとときどき感じた。もっとも情報屋という人種は、職業の性格上陰険なので、このような自己顕示欲が肥大した輩《やから》に対しては、邪魔はしないが、積極的に助けることもしない。自己顕示欲肥大型の外交官は、ちょっと先に落とし穴があることに気付かない。落とし穴に落ちたのをみて、情報屋は「いい人なのに、かわいそうですね」と言って慰めのことばをかけるのだ。もっとも総理、有力閣僚、そしてトップクラスの職業外交官は情報屋をたいせつにする。いわゆる学校秀才とは異なる私の造語では「地アタマ」が国際政治では重要だが、一級の政治家や官僚はそのことをわかっている。これは日本だけでなく、アメリカやロシアやイスラエルでも同じだ。

私の見立てでは、情報屋は猟犬型と野良猫型に分かれる。〈猟犬型の情報屋は、ヒエラルキーの中で与えられた場所をよく守り、上司の命令を忠実に遂行する。全体像がわからなくても危険な仕事に邁進《まいしん》する。野良猫型は、たとえ与えられた命令でも、自分が心底納得し、自分なりの全体像を摑《つか》まないと決してリスクを引き受けない。独立心が強く、癖がある。しかし、難しい情報源に食い込んだり、通常の分析家に描けないような構図を見て取るのも野良猫型の情報屋である〉（『国家の罠《わな》』、拙著、新潮文庫、二〇〇八年、一一一頁）。危機のときに野良猫型の真価が試される。

今回、「新潮45」編集部からいただいたお題は「戦後六十年」であるので、終戦直後の日本陸軍情報将校の働きを再検討するなかで、私たちの常識が史実からズレていることを明らかにしたい。ここで再び漱石の猫に登場願おう。「いくら猫だって、そう粗末簡便には出来ぬ。よそ目には一列一体、平等無差別、どの猫も自家固有の特色などはない様であるが、猫の社会に這入《はい》ってみると中々複雑なもので十人十色という人間界の語《ことば》はそのままここにも応用が出来るのである」（前掲文庫、二四―二五頁）と漱石の猫が語る分析手法を、終戦時の情報将校に対して適用してみたい。

一九四五年八月二十八日午前八時二十八分、厚木飛行場にアメリカ軍機が着陸する。終戦後、日本本土にはじめて降り立った、ダグラス・マッカーサー元帥《げんすい》受け入れのための先遣隊だった。日本側の受け入れ責任者は有末精三陸軍参謀本部第二部長（情報担当）である。有末の手記を見てみよう。

〈八時頃だったろう、西南方空の一点から爆音が聞えて来た。振り向いて仰ぎ見ると一機、二機、三機とつづく、しかも大型旅客機（C46?）らしい。アレヨアレヨという間にわれわれが予定していた向風の着陸方向とは正反対、追風に乗って次々と着陸を始めた。（中略）時に八時二十八分（朝日、毎日、同盟通信）。九時頃到着の予報より半時間も早くきたし、着陸も当方準備の裏をかいたいわゆる虚をついた敵前着陸だったといえよう〉（『終戦秘史 有末機関長の手記』芙蓉《ふよう》書房、一九七六年、八二―八三頁）

中将が便所掃除

米軍の隊長はチャールズ・テンチ大佐だ。テンチ大佐のマッカーサー元帥への報告如何《いかん》で日本の運命は決まる。もっとも緊張したゲームが始まった。

有末部長はテンチ大佐を宿舎に案内する。実は陸軍将校たちは、先遣隊到着前の数日間、宿舎の水洗便所の修理にエネルギーを費やしていた。水圧が低く、クソが流れずに、悪臭が充満し、ハエが大量発生していた。鎌田銓一陸軍中将が〈自ら先頭に立って便所掃除に汗ダクのしまつ〉（同、七三頁）だった。私の見立てでは、便所掃除も国益を賭《と》した戦略だったのであるが、種明かしはもう少し先にしよう。テンチ大佐の部屋の机には花も生けられ、快適な環境だ。

ここで有末部長はただ一つの重要案件を切り出す。その問題は天皇制の護持でもなければ、日本軍の武装解除、あるいは戦犯問題でもなかった。軍票問題である。先遣隊到着の前日、大蔵省から出向して終戦連絡事務にあたっている橋本龍伍《はしもとりょうご》給与分課委員長（橋本龍太郎元総理の父）が有末部長に〈噂《うわさ》によると、進駐米軍は軍票を使うとのこと。かくてはインフレ要因となり国内通貨大混乱のおそれ多くぜひ先発隊長に軍票を使用しないよう交渉ありたく〉（同、七七頁）との要請を行った。米軍が軍票を使えば、ハイパーインフレが起き、社会経済秩序が混乱し、共産革命への機運が醸成されることを大蔵官僚は懸念《けねん》したのである。共産革命がおこれば天皇制は崩壊し、国体は護持されなくなる。国体護持を現実的に担保するためには軍票を使用させないことが不可欠だった。有末部長の要請をテンチ大佐は呑《の》む。

「軍票は持って来てはいるが、先発隊のものはこの飛行場外には一歩も出しません。つまり、外出を禁止しますから、軍票を使うことはない。マ元帥からくれぐれも日本人とのトラブルを避けるよう命ぜられていた。その点は安心してくれ」

安堵《あんど》した有末部長はこう続ける。

「お口に合うかどうかわからぬが、サンドウイッチを百五十人分準備しており、日本のビールも準備しておいたから」

「食糧は全部携帯しており、その心配には及ばぬ。酒類は禁止しているから」

しかし、米軍の下士官たちは酒盛りを始める。〈ボーイが差し出した一本のビールを手にとって栓抜きなど探し求める模様もなく歯で栓を抜いてラッパ飲み。かけつけた二、三の戦友に回す模様もない。かれらはボーイの持っていた数本を受取って、これまたラッパ飲みをはじめた〉（以上のやりとりは、同、九〇―九一頁を再構成）

そろそろ種明かしをしよう。なぜ有末精三は水洗便所の整備やサンドウィッチの準備などという些末《さまつ》なことにエネルギーを割いたのだろうか。また、はじめの交渉で、帝国軍人として死守しなければならない国体、すなわち天皇制の護持についての要請をしなかったのであろうか。有末部長は、きわめて目的合理的に行動している。水洗便所が整い、部屋に花が生けられ、制服を着たボーイがサンドウィッチとビールを用意して待っているというのは、日本は降伏したが、まだ余力があることを示唆《しさ》している。有末部長はテンチ大佐を宿舎に案内する際に、あえて厚木飛行場内を周遊し、さりげなくシグナルを送る。

〈この飛行場にいた降伏に不満な戦友たちがあなた方や特にマッカーサー元帥などの飛行機に体当りするという不穏の空気があったので、発動機を機体から外して飛べないようにする（中略）軍内の不穏な空気があったものがなんらの事故なく今あなた方を無事お迎えすることの出来たのは他のどんな力も及ばず、唯一《ただ》つに日本の天皇陛下

の大御心《おおみこころ》、大元帥陛下の一号令、大命のしからしめたところである》（同、八八―八九頁）
テンチ大佐も訓練を積んだ情報将校だ。有末精三のシグナルからテンチ大佐はベッドの中で以下の分析をしたにちがいない。
《米軍の対応如何では日本人がゲリラ戦を展開することになる。日本人にはその意思も能力もある。テロに走るかもしれない。これは面倒だ。日本人はわれわれが思っていたよりも事態を理性的かつ論理的にみている。有末の目的が国体護持にあることは間違いない。しかし、それを直接言うのではなく、軍票という搦《から》め手《て》からきた。軍票の使用によってハイパーインフレが発生し、経済社会情勢が悪化すれば、人心が動揺する。ソ連に後押しされた共産党がそれを利用して、共産革命が起こるかもしれない。アメリカがいちばん恐れるシナリオを読み込んだ上で、天皇制維持がアメリカにとっても得だという巧みな連立方程式を示してきた》
　事実、米ソの対立は既に始まっていた。有末部長はそのことに気付き、最大限に活用した。米先遣隊が到着した厚木基地に「早くも黒い軍服姿のソ連軍人（大使館付武官）二人の徘徊《はいかい》しているのを見つけたわたし（引用者註：有末精三）は、急いでその旨《むね》（引用者註：テンチ大佐に）注進したところ、大佐は、

『かれらは何にも関係はないです』と歯牙《しが》にもかけなかったが、わたしには早くも戦後の取引き、虚実の策略かと、来《きた》るべき情勢の判断に何がしかのヒントを与えられたのであった」（同、八五頁）

情報の世界では、第一次接触を行った者の見解がもっとも大きな影響を与える。テンチ大佐の報告はマッカーサー元帥に上げられ、情勢判断に少なからぬ影響を与えたものと思われる。この第一次接触が失敗し、先遣隊の米将校が殺害されるような事態が生じたならば、米国の占領政策もより強硬になり、ドイツのような占領軍による軍政が敷かれたかもしれない。

インテリジェンスの去勢

それでは有末精三とはいったいどういう人物だったのか。一八九五年五月二十二日、北海道生まれ、陸軍士官学校、陸軍大学校を卒業し、参謀本部、軍務局などにつとめイタリア駐在武官になった。尊大なところと人なつこいところの両面をもっていたが、他人の心理を読むのに長《た》け、ベニト・ムッソリーニ伊首相と昵懇《じっこん》の関係になった。終戦時の階級は中将で陸軍参謀本部を統括する第二部長をつとめていた。陸軍第一のヒトタラシと見られ、米軍との第一次接触に最適任と陸軍幹部が推薦したが、東久邇宮《ひがしくにのみや》稔彦《なるひこ》首相が「有末はムッソリーニ氏の親友であり、ファシストじゃあないか、米軍との関係が不首尾にならんかネエ」（同、六五頁）と難色を示した。これに対して、陸軍の梅津《うめづ》美治郎《よしじろう》参謀総長、海軍の豊田《とよだ》副武《そえむ》軍令部総長、重光葵《しげみつまもる》外相が「有末部長以外にいない」と押し切った。

私はソ連崩壊前後の七年八カ月をモスクワで暮らし、歴史の激動を見てきたが、普段、勇ましいことを言っている人間は、クーデターや内乱のような緊急事態になるとだいたい逃げる。ロシア人であれ、日本人であれ、この傾向に変化はない。これは個人的弱さというよりも大言壮語型人間のセンサーシステムに関係していると私は分析している。センサーが敏感なので、現状に対する不満に激しく反応し、大きなことを言う。しかし、状況が厳しくなると、またセンサーが敏感に反応するので、過度に怖くなって逃げてしまうのだ。情報屋は少し鈍いくらいの方がよい仕事ができる。有末精三もおそらくはその部類の人間だったのだろう。

有末精三は、下士官のビールの飲み方から、米軍の軍紀の乱れに気付いた。軍紀の乱れは日本人婦女子に対する暴行事件で如実《にょじつ》に現れた。しかし、このような事件はGHQ（連合国軍総司令部）の厳重な検閲により、国民の目からは隠された。有末精三にとって、米軍から日本の女をどう守るかが重要な課題になった。有末精三の陳情に対し、第八軍司令官アイケルバーガー中将は「若い学生がジャングルから飛び出して広々とした校庭に出たようなもの、しばらく我慢してくれ、われわれの方でも十分気をつけるから」（同、一三二頁）という対応で、状況は改善しなかった。有末精三をはじめとする情報将校たちはあの手、この手で働きかけ、ついに米軍も重い腰を上げ、占領数週間後の九月半ばに見せしめ的な軍法会議を行うことになった。英語に堪能《たんのう》な部下（中村勝平海軍少将）から有末精三が受けた報告は次のようなものだった。〈被害者の日本婦人はいわゆる玄人《くろうと》然たる二十八、九歳の和服姿の女性であったが、左にその問答の一幕を摘記する。

裁判官「貴嬢はこの貞操を犯された侮辱に対し如何《いか》なる賠償を要求せらるるや？」

通訳官二世の通訳に対し、

婦人「濡《ぬ》れぬ内こそ露をもいとえですが、すでに濡れてしまった今日ですから着物の一枚でも」

と呟《つぶや》いた。

この瞬間、同少将（引用者註：中村少将）は裁判官に休憩を申請した。そして弁護人に対し、米国人の習性にみて要求は卑屈に陥らずそんななま温《ぬる》いものでなくと進言した。押問答の末、一万ドルくらいを要求と打合わせしたところ、再開裁判の冒頭、先きの呟きをいち早く理解した裁判長たる米軍将校は、休憩時の打合せなど取り合うこともなく判決を与えアッ気なく裁判を終った。

ザッとこんな按配《あんばい》の当時の空気、ようやく泣き寝入りに多少の色をつけたといった工合であった〉（同、一三二―一三三頁）

敗戦国が戦勝国に異議申立をすることは至難の業だ。この程度の「泣き寝入りに多少の色をつけ」るくらいのことなど評価できないという批判もあろう。しかし、情報将校たちが、人権尊重というアメリカの論理を用いて、日本人女性をレイプした米兵を法廷（軍法会議）に引き出したという事実には意味がある。当然のことながら、米軍は有末精三チームのインテリジェンス能力に脅威を感じ、懐柔策にでた。チーム全体を米軍情報機関の下部組織とし、冷戦構造下、米国の世界戦略に組み込んだ。しかし、有末精三の後継者を育てる仕組みは作らなかった。第三者的に見れば、日本のインテリジェンスを去勢したのだ。

有末精三は一九九二年二月十四日、永眠した。享年《きょうねん》九十六。現在、「八方塞《ふさ》がり」の外交を突破するために日本の情報能力の強化が焦眉《しょうび》の課題になっているが、有末精三をはじめとする情報専門家の足跡を辿《たど》ることによって日本人のインテリジェンスＤ

NAを呼び覚ますのがいちばんの近道と私は考えている。

（付記、「天皇制」という言葉はコミンテルン〔共産主義インターナショナル〕が一九三二年の「日本に関するテーゼ」で用いた言葉で、日本の国体の内在論理を示すのには不適切である。しかし、一般に「天皇制」という言葉が流通している事情に鑑《かんが》み、それ以外の言葉、たとえば、「皇統」や「国体」に置き換えることによって、文章全体の流れが滞るときにはやむを得ずこの言葉を用いることがある）

第十四話　「アジアの闇」トルクメニスタンの行方

「空飛ぶ絨毯《じゅうたん》」

二〇〇六年のクリスマスイブにある外国政府関係者から電話がかかってきた。

「サトウさん、十二月二十一日にトルクメニスタンのニャゾフ大統領（享年《きょうねん》六十六）が死にましたが、暗殺の線があると思いますか」

「そのことについては僕よりもあなたのほうが情報をもっているはずだ。あなたが『暗殺の線があると思いますか』と聞いてくるところを見ると、恐らく、暗殺ではないという確証をあなたの国の専門家はつかんでるということだね」

「そうです。ニャゾフを暗殺して、得をする勢力はトルクメニスタン内部にいません。

外国としても、トルクメニスタンの現状維持が第一ですから、ニャゾフを消すことに意義を見いだしません」

「ただ、これからがたいへんだね。トルクメニスタンは永世中立国なので、外国が直接、手を突っ込むことはできないが、ロシア、イラン、トルコの綱引きが露骨になるだろうね」

「そう思います。サトウさんはアメリカの動きについてはどう見ますか」

「トルクメニスタンにイランの影響力が拡大することを阻止するために、トルコを使うと思う。アメリカが直接乗り出してくることはまずない。ブッシュ政権は『棲《す》み分《わ》け』をたいせつにするので、ロシアの縄張りであるトルクメニスタンに軽々に手を突っ込むことはしないと思うよ」

こんなやりとりをした。トルクメニスタンといっても読者には馴染《なじ》みが薄いと思うので、少し、説明しておく。トルクメニスタンは、天然ガスの上に浮いている「空飛ぶ絨毯」のような国だ（以下のデータの出典は外務省公式ホームページ、二〇〇七年現在）。面積は四十八万八千百平方キロメートル（日本の約一・三倍）だが、人口はわずか四百九十万人（日本の約二十六分の一）である。豊富な天然ガス資源をもつ（BP統計によると〇五年の天然ガス埋蔵量は二・九兆立方メートルで世界の一・六

%）。日本との関係は薄く、在留邦人はわずか九名（二〇〇六年七月現在）である。トルクメニスタンの首都アシガバートに〇五年に日本大使館が開設されたが、事実上は出張所に過ぎず、特命全権大使は、モスクワの駐ロシア大使が兼任している。天然ガスを採掘し、外国に販売したカネを国民にばらまくだけでも今後、数十年間は国家を維持できるという恵まれた環境にある。同時に、人口が少なく、軍隊も著しく小さいので、周辺諸国から資源を狙《ねら》われやすい。

「泣く子も黙るトルクメン人」

古代からトルクメニスタンは交通の要衝にあった。ラクダにはフタコブラクダとヒトコブラクダがある。フタコブラクダは中国と中央アジア、ヒトコブラクダは中東に生息するが、トルクメニスタンには双方が生息している。シルクロード貿易でトルクメニスタンが中東とアジアの中継地点であった名残りだ。

トルクメン人は乗馬、ラクダ乗りが上手で、勇猛果敢に略奪を行った。イランではいまでも子供が泣きやまないと「そんなに聞き分けがないと、いまにトルクメン人がやってきて、さらっていくぞ」といって脅すという。まさに「泣く子も黙るトルクメン人」というわけだ。

一九一七年のロシア社会主義革命後、ボリシェビキ（共産党）政権もトルクメニスタンを平定するのには相当苦労した。この辺の事情は、ロシア人ならば誰でも知っているソ連版「西部劇」とでもいうべきウラジミール・モティリ監督の『砂漠の白い太陽』（モスフィルム、一九七〇年）の描写が興味深い。カスピ海沿岸の城に閉じこめられた地方豪族アブドゥッラの十名近い妻たちを赤軍将校が解放するという話だが、その中で、内戦で敵対関係にある帝政ロシア側の税関長が命を捨てて赤軍将校に協力する、というエピソードが効果的に挿入《そうにゅう》されている。この映画のロケはカスピ海に面したトルクメニスタンのクラスノボック（現トルクメンバシ）で行われた。

共産党政権がトルクメニスタンを含む中央アジアのイスラム地域を力で平定したというのは、史実の一部分に過ぎない。この過程で、共産党はイスラム教と大幅な妥協をするのである。イスラム教徒の抵抗運動があまりに激しいので、スターリンは「ムスリム・コムニスト（イスラム教徒共産主義者）」という概念を一時期積極的に活用する。要するに、「共産党が行っているのは、西方の異教徒に対する聖戦《ジハード》だ」という表象で中央アジアの人々をソ連側に引き寄せたのである。ソ連は無神論国家を建前としたが、イスラム教と本気で喧嘩《けんか》をすることは避けた。現にソ連の外交官が中東に赴任するときも、入国申請書の宗教欄には「無神論者」とは記載せずに、ロシア人ならば「ロシア正教徒」、トルクメン人、ウズベク人などは「イスラム教徒」と記した。中央アジアで、ソ連は部族社会を温存した。地元共産党のエリートは、旧時代の部族指導者の係累《けいるい》によって占められた。

サパルムラト・ニャゾフ前大統領は、孤児であることを強調していたが、トルクメニスタンのエリート部族の係累だ。ニャゾフは一九四〇年生まれであるが、四三年に父が戦死し、四八年のアシガバート大地震で母が死亡した。ニャゾフの詳細な略歴は明らかにされていないが、六二年に共産党に入党した後、六七年にレニングラード（現サンクトペテルブルグ）工科大学を卒業し、その後、トルクメニスタン共産党の官僚として順調な出世をした。八五年にゴルバチョフがソ連共産党書記長に就任した後の改革人事でニャゾフはトルクメニスタン共産党第一書記に抜擢《ばってき》される。九〇年十月にはトルクメニスタン共和国大統領に選出された。九一年八月にソ連共産党中央委員会守旧派によるクーデター計画が失敗した後、ニャゾフは急速に反共・民族主義的姿勢を示し、ソ連崩壊前の同年十二月にトルクメニスタン民主党を結成し、党首に選出される。もっとも民主党は共産党の組織、建物をそのまま引き継いでいるので、反共化した「共産党」体制が継続しているというのが実態だ。

「トルクメン〝バシ〟」

政治家には学校秀才とは異なる「地アタマ」が必要とされる。この意味でニャゾフの「地アタマ」はひじょうによい。ニャゾフ自身は技術系のテクノクラートで、ゴルバチョフに重用されたことからも明らかなように改革路線や民主主義を十分理解する知的能力と感覚を備えている。しかし、トルクメニスタンの実情を見る限り、民主化や市場経済が定着することはないと初めから見切りをつけて、個人崇拝路線を突き進んだ。実質的野党の活動を厳しく弾圧し、事前事後の検閲で、新聞、テレビ、ラジオなどのマスコミを政府の完全な統制下においた。そして、「ニャゾフ大統領」という固有名詞ではなく「トルクメンバシ（トルクメン人の父親）」と呼ぶことを推奨した。

筆者は、以前、ある通訳から、東京を訪れたトルクメン人からＪＲ線の「飯田橋」、「水道橋」などの〝バシ〟がつく駅の名前を見るとひじょうに興奮して「日本語で〝バシ〟とはどういう意味か教えてくれ」と尋ねられたという話を聞いた。

実を言うと、トルクメニスタンにおける個人崇拝は北朝鮮以上である。しかし、北朝鮮の〝将軍サマ〟と異なり〝トルクメンバシ〟は圧倒的大多数の国民から支持されている。それは、ニヤゾフが天然ガスを売却したカネで国内産業を振興させ、国民を働かせるという路線を選択しなかったからだ。天然ガスで得たカネの大部分は政権エリート（部族幹部）の間で分配するのであるが、国民全体にも、飲み食いし、住宅を確保するという最低線だけは保証する。その代わり、国民が政治に口出しをすることは一切まかりならないという「ゲームのルール」を確立した。これが意外と（知識人を除く）国民から好評なのである。アシガバートの商店や市場を視察した人々からの情報でも、街にパン、牛乳、タバコ、肉、野菜、チーズ、ソーセージ、それにウオトカが豊富に出回っているということだ。要するに政府のバラマキ政策で、国民は仕事をしなくても食べていくことができるのである。一九九二年六月の大統領選挙でニヤゾフが再選され、その後、九四年一月の国民投票で大統領の任期を二〇〇二年まで延長した。この工作が成功したのもニヤゾフが「働かなくとも生きていける」というシステムで国民の支持を得たからだ。

タリバーンに接近した終身大統領

「地アタマ」のよいニヤゾフは、このような人口が少なく、資源をもつ国は、大国や近隣諸国から狙われやすいと考え、永世中立国を宣言し、それが一九九五年十二月の国連総会で承認された。その結果、いかなる国家であれ、トルクメニスタンに対して軍事介入をすることができなくなった。そのように外堀を埋めた上で、ニャゾフは個人崇拝と権威主義的な支配体制を一層強め、九九年十二月二十八日、国会が全会一致でニャゾフを終身大統領とする決定を採択した。これで世界でもきわめて稀《まれ》な終身大統領が、民主的手続きによって誕生したのである。

筆者は、人権派ではなく国権派なので、たとえ独裁制であっても、その支配が当該国の領域内にとどまり、国際情勢や地域情勢に悪影響を与えないならば、独裁国の存在も認められるべきであると考える。国際社会が対等の主権国家によって構成されるという現行国際法の建前を尊重した方が、下手な形での人権干渉を行い、国際社会が混乱するよりもマシだと思う。しかし、ニャゾフ時代のトルクメニスタンには、国際社会を大混乱に陥れる危険性をはらんだ「前科」がある。専門家以外にはあまり知られていないこの前科について説明したい。

トルクメニスタンは、天然ガス産出国であるが、ソ連時代に敷設されたパイプラインでは、ウズベキスタン、カザフスタンからロシア、ウクライナを経て、ヨーロッパに輸出されることになる。トルクメニスタンが天然ガスの最終需要者と直接取引をすることはできない。天然ガス・パイプラインについてロシアの発言力が大きいので、それを迂回《うかい》したいニャゾフ大統領は、大冒険を考えついた。トルクメニスタンの天然ガス田からパイプラインを、アフガニスタンを経由してパキスタンにつなげるという構想だ。このパイプラインができれば、トルクメニスタンが得る天然ガスによる収益を少なくとも二倍にできるとニャゾフは考えた。当時、アフガニスタンはタリバーン政権下にあった。そこでタリバーン政権のオマール首長にニャゾフ大統領が接近し、昵懇《じっこん》の関係を構築した。主要国のインテリジェンス機関がオマール首長とアルカイダの指導者オサマ・ビン＝ラディンの関係についてニャゾフに具体的証拠を突きつけて、関係を断つように働きかけたが、ニャゾフはこれらの情報を一切無視したという。当時、複数国のインテリジェンス機関から筆者や自民党有力政治家のもとに「ニャゾフ大統領は、阿片《アヘン》に依存するようになり、正常な判断ができなくなっている」という情報が流されてきた。

二〇〇一年九月十一日の米国同時多発テロ事件がニャゾフ大統領のアフガニスタン経由のパイプライン構想に終止符を打った。テロとの戦いに、トルクメニスタンは永世中立国という立場のため、積極的に加わらなかった。そのため、アメリカ、ロシアの双方から、ニャゾフ政権は冷淡な取り扱いを受けるようになった。その後、ニャゾフは外国要人とあまり会わなくなり、閉鎖的な大統領官邸の奥の院に閉じこもることが多くなった。同時に信仰心を強め、一万八千平方メートルの敷地に中央アジア最大のモスクの建築を命じる。「トルクメンバシの信仰」と名づけられたこの施設は、〇四年に完成し、総工費は一億米ドル（約百十億円）という（「イズベスチア」二〇〇六年十二月二十五日）。ニヤゾフの亡骸《なきがら》はもちろんこのモスク付属墓地に葬《ほうむ》られた。

「灰色の枢機卿《すうききょう》」

不思議なことに、あれほどの個人崇拝を強要したニヤゾフは、子供を後継者にしようとしなかった。ニヤゾフはムーザ夫人とレニングラード工科大学時代に知り合い結婚した。ムーザ夫人はロンドンに在住している。「夫人は母親の系統がユダヤ人であるという」（「イズベスチア」二〇〇六年十二月二十二日）。ここにニヤゾフが家族から後継者を出すことを躊躇《ちゅうちょ》した理由があると筆者は見ている。ユダヤ教は母系なので、ニヤゾフの子供は、ユダヤ教の伝統では全員ユダヤ人で、いつでもイスラエル国籍を取得することができる。トルクメン人に反ユダヤ主義傾向は認められないが、それでも国家の長にユダヤ人が就くことに対する国民の抵抗感は強い。ニヤゾフは、この辺の事情に敏感なので、息子を後継者にする動きを一切示さなかったのだと筆者は見ている。

ニャゾフの息子ムラートは、アシガバートとレニングラードで法律学を学び、現在は、アラブ首長国連邦に住み、石油ビジネスに従事している。ニャゾフの娘イリーナは、モスクワ国立大学で応用数学とサイバネティクスを学び、母方の遠縁と結婚し、現在はロンドンに住んでいる。ニャゾフはムーザ夫人と離婚していない。そもそもニャゾフ絡《がら》みでセックスや女性にまつわるスキャンダルも聞こえてこない。もっともトルクメニスタンのみならず中央アジアでは、事実上、一夫多妻制が復活しているので、日本の倫理基準をそのまま適用することはできないが、ニャゾフの私生活は、クーデターで政権の座を追われたアカエフ・キルギス前大統領と比較すればずっときれいである。

トルクメニスタン憲法第四十九条では、大統領が欠けた場合、国会議長が大統領代行に就任するという規定が設けられている。しかし、〇六年十二月二十一日、ニャゾフ大統領の死亡が明らかになった直後にオベズゲリディ・アタエフ国会議長が、刑事犯罪の容疑で逮捕され、大統領代行に就任できなくなった。そこで、グルバングルイ・ベルディムハメドフ副首相（四十九歳）が大統領代行に就任した。その後、ベルディムハメドフが葬儀委員長に就任した。旧ソ連の伝統では、葬儀委員長が次期共産党書記長になった。このようなシンボル操作をトルクメニスタンの政権エリートは意図的に活用したのであろう。

ベルディムハメドフが大統領代行に就任したことを、西側メディアは意外であると評価しているが、ロシアのメディアは想定の範囲内と考える。「ベルディムハメドフがニャゾフの非嫡出子《ひちゃくしゅつし》であることが確認されている。トルクメニスタンで同人は『灰色の枢機卿（黒幕）』と考えられている」（「イズベスチア」二〇〇六年十二月二十五日）からだ。

歯医者さんから大統領へ

二〇〇七年二月十一日、トルクメニスタンでは大統領選挙が行われ、六名の候補者の中でベルディムハメドフが八九・二％の高得票率で当選した。同人は一九五七年、アシガバート州ババラプ村で生まれ、七九年にトルクメニスタン医科大学歯学部を卒業、八〇年から八五年に村落部の救急病院歯科担当医、八五年から八七年にアシガバート州中央地区病院歯科部長、九〇年から九五年にトルクメニスタン国立医科大学歯学部長、九五年から九七年にトルクメニスタン保健省歯科センター長、九七年から二〇〇六年にトルクメニスタン保健相をつとめ、〇一年に副首相に就任した。理科系のきちんとした教育を受けた専門家であるが、政治、経済、外交分野での経験はほとんどない。

トルクメニスタン情勢について詳しいロシア人からの情報によると、ベルディムハメドフ新大統領は、自らにニヤゾフ前大統領のようなカリスマ性と政治手腕がないことを十分認識し、独裁制から寡頭《かとう》制への権力構造の転換を行っており、さらに「重要人物は、軍と保安機関から支持されているアクムラト・レジェポフ大統領警護局長、アギゲルディ・マメジェリジェフ国防相、アフマメド・ラフモノフ内相たちの軍人だ」という。

ベルディムハメドフ新大統領は知識人を育成しなくてはトルクメニスタンの将来はないと考えている。そこで、「ニヤゾフ前大統領が廃止した十年間義務教育を復活し、インターネットの外国との接続についても前向きに検討する。近未来にロシアとの回線の接続が回復する」(ロシア筋)という情報もある。

ニヤゾフ前大統領、ベルディムハメドフ現大統領も、近代的な理科系の教育を受けた知識人で、国際情勢についても十分な知識をもっている。その彼らが、あえて時代錯誤の中世王朝のような国家体制を構築するのは、ロシア、アメリカのような世界規模の帝国主義国、トルコ、イランのような地域大国の恐ろしさを心の底から理解しているからである。国境を開いて祖国が植民地になるよりも、国境を閉ざし、資源を切り売りしながら、国民に最低限度の生活を保証し、今後、数十年かけてトルクメン人とトルクメニスタン国家の生き残りをゆっくり考えようとすることの方が、シルクロードの要衝で諸文明の衰亡発展を目《ま》の当《あ》たりにしたトルクメン民族エリートの英知のように筆者には思えてならない。

第十五話　インテリジェンスで読み解く「ポロニウム210」暗殺事件

美人スパイ・マタハリの「真実」

インテリジェンスの世界では、「嘘《うそ》のような本当のこと」と「本当のような嘘」を適宜ブレンドし、「物語」が作られる。月並みの情報提供者を超一級スパイのように描き出すことはよくある話だ。例えば、第一次世界大戦中のマタハリことマルギュリーテ・ツエレ（一八七六年～一九一七年）だ。本件については、スパイ業界の標準的入門書であるH・キース・メルトン著『新版スパイ・ブック』（伏見威蕃《いわん》訳、朝日新聞社、二〇〇五年）の記述が真実に近い。

〈マタハリは、アムステルダムのドイツ領事から、愛人たちを利用してドイツのための情報を集めてほしいと要請され、一九一六年にスパイとなった。領事はインクを渡し、それを使って極秘情報を送るようにいった。ほどなく、プロのスパイではないマタハリの未熟な企ては、フランスと英国の情報部の目に留まるようになった〉（前掲書、二五頁）

その後、マタハリはフランス側のスパイになりたいと志願し、ドイツのスペイン駐在武官を誘惑したりするが、スペインからもドイツに秘密情報を電報で送る。こういう錯綜《さくそう》したスパイごっこの結果、マタハリはフランス軍に逮捕され銃殺された。諜報《ちょうほう》史《し》の中にはときどきある下級スパイの乱暴な工作だが、マタハリが踊り子だったことから美人スパイの「物語」が作られた。しかし、マタハリの写真を見てみれば「絶世の美女」というカテゴリーに組み入れるには無理があることはすぐにわかる。「絶世の美女」にスパイ工作を押しつけ、銃殺されるような状況に追い込んだドイツはとんでもない、という対敵宣伝工作のためマタハリの「物語」が必要とされたのだと思う。

ちなみに筆者は〇七年一月三十一日にお白州（東京高等裁判所）で背任・偽計業務妨害容疑について控訴棄却、すなわち懲役二年六カ月（執行猶予《ゆうよ》四年）のありがたい判決をいただいた（即日、最高裁判所に上告した）。五年前の鈴木宗男バッシングの嵐《あらし》の中で外務省の中堅職員に過ぎない筆者が「外務省のラスプーチン」として、陰で外務省の人事やインテリジェンス工作を仕切っていたなどという神話が生まれたのも「マタハリ」型だ。「ラスプーチンに脅されて、いやいや従っていたのです」という「物語」が、かつて鈴木宗男氏に擦り寄った外務省幹部の生き残りにとって必要だから筆者の役割が肥大させられてしまったのである。

逆に、きわめて有能なスパイなのだが、その姿が玄人《くろうと》筋以外にはほとんど知られていない事例もある。第一次世界大戦中に英和対訳のロバートソン・スコット著『是《これ》でも武士か』（丸善、一九一七年）というドイツの開戦責任と残虐《ざんぎゃく》行為を論理、感情の両面で追及した書籍が刊行された。ロバートソン・スコットというのは恐らく偽名で、日本の親独感情を覆《くつがえ》すためにイギリスの秘密情報宣伝部「クルー・ハウス」から派遣された工作員と見るのが妥当だ。『是でも武士か』には翻訳者名が記されていないが、この翻訳を行ったのは民俗学者の柳田國男《やなぎたくにお》（一八七五年～一九六二年）である。イギリスの秘密情報宣伝部は日本政府、民間双方の有識者に強い影響を与えることができる柳田國男を巧みにリクルートしたのである。

「インテリジェンスの文法」

二〇〇六年十一月二十三日、ロンドン市内の病院でロシア連邦保安庁（FSB）元中佐のアレクサンドル・リトビネンコ氏（四十四歳）が死去した。同氏の体内から猛毒の放射性物質「ポロニウム210」が大量に検出されたため、暗殺説が高まった。欧米のメディアは、反プーチン政権の立場を鮮明にし、執筆活動や発言を続けるリトビネンコ氏をロシア政府が暗殺したのではないかという憶測報道を続けている。ロシアでは政府のみならず、マスメディアもこのようなロシアによる暗殺説に対する反発を強めている。ロシアでは、エリツィン政権時代の有力寡占《かせん》資本家（オリガルヒヤ）であり、安全保障会議事務局次長としてチェチェン問題に深く関与したが、プーチン大統領からは疎《うと》まれて、現在、ロンドンで亡命生活を送っているボリス・ベレゾフスキー氏がプーチン政権を陥れようと、陰で糸を引く謀略であるという見方が根強い。日本のマスコミ報道は欧米とほぼ同じであるが、モスクワの日本人記者はベレゾフスキー陰謀説に関する記事も書いている。この種の事件は、常識的な論理連関と「インテリジェンスの文法」に従って読み解いていく必要がある。筆者なりの読み解きについては、既にいくつかの媒体で明らかにしているので（「フジサンケイビジネスアイ」〇六年十一月三十日「ロシア流〝暗殺術〟」、同十二月十四日「リトビネンコ氏暗殺の背景」）、ここでは重複を避けるが、メディアにおける二つの典型的な誤読について指摘しておきたい。

誤読1〈ロシア連邦保安庁（FSB）が裏切者のリトビネンコを暗殺した〉

このシナリオは絶対にない。FSBはロシア国内を担当する防諜機関だ。チェチェンやダゲスタンなど、ロシア国内でFSBが暗殺工作を仕掛けることは、過去にいくつもあったし、現在も行われている。しかし、FSBがロシア国外で暗殺工作はもとより協力者獲得工作のようなインテリジェンス活動に関与することはない。なぜなら、ロシアのインテリジェンス機関相互の縄張り意識がとても強いからだ。対外インテリジェンスは、暗殺を含め、対外諜報庁（SVR）の専管事項である。この縄張りを侵した場合、熾烈《しれつ》な官庁間戦争が始まる。このリスクを冒してまでFSBがロンドンで、しかもイギリス国籍を取得し、もはや外国人となったリトビネンコ氏を殺害するようなことはない。これは「インテリジェンスの文法」の問題だ。

誤読2〈ロシアは暗殺手法として毒物を好む〉

暗殺はできるだけ痕跡《こんせき》を残さずに行うのがこの業界の常識である。イギリスのような警察や防諜機関の水準が高い国家の領域で暗殺を実行する場合には、毒物を用いれば痕跡が残る。特に「ポロニウム210」のような国家の関与なくして入手できない毒物を用いることは「ロシア政府が関与しています」と満天下に明らかにするのと同じで、このような稚拙な工作をインテリジェンスのプロが行うことは考えられない。「当該工作によって誰が得をするか」というのは「インテリジェンスの文法」における基本中の基本である。ちなみにインテリジェンス機関が好む暗殺技法は交通事故か自殺の偽装である。筆者は九一年八月のソ連共産党守旧派によるクーデター未遂直後に、ソ連共産党中央委員会の秘密資金を扱っていたクリュチナ総務部長が自殺を装《よそお》って殺害された状況について、同部長の同僚だった共産党幹部から具体的に聞いたことがある。朝早く、高層住宅の私邸に屈強な男が数名現れて、ベッドからクリュチナ氏を引きずり出し、窓から投げ出したのである。そして夫人に「余計なことをしゃべるとお前もこうなるぞ」と言い残して男たちは出て行った。交通事故にせよ自殺にせよイギリスなど西欧の先進国では足がつく可能性があるので、北アフリカか中東、あるいはコーカサスあたりにおびき寄せて始末してしまえばよい。

リトビネンコ事件を巡るベレゾフスキー氏とロシア政府のインテリジェンス戦争に

目を奪われると事態の本質を見失うことになるというのが筆者の見解である。しかし、インテリジェンスの技法という観点から見ると両者の戦いはなかなか興味深い。そこで日本で紹介されていない部分について披露したい。

〝ルビヤンカの犯罪者集団〟

リトビネンコ氏とベレゾフスキー氏が深い関係にあることについては、憶測や噂ではなくきちんとした物証もある。特に重要なのは二〇〇二年にニューヨークの「グラーニ」社から刊行されたリトビネンコ氏のインタビュー本『LPG―ルビヤンカの犯罪者集団：FSB将校が証言する』だ。「グラーニ」社というのは東西冷戦時代にロシア語の反共出版物を発行し、ソ連国内に持ち込み、共産体制の内側からの解体を図った由緒《ゆいしょ》と伝統のある出版社だ。ロシア人は略語を作るのが好きだ。LPGのLはルビヤンカというモスクワ中心部の地名であるが、ここに本部があることからFSBを指す。Pはプレストゥープナヤ（犯罪者の）を、Gはグルピロフカ（派閥、集団）を意味する。LPGという略語がロシア語で一般に流通しているわけではなく、恐らくリトビネンコ氏の造語である。

同書は〇二年にリトビネンコ氏からジャーナリストのアクラム・ムルタザエフ氏が連続インタビューをとって編集したという構成になっている。

ロシアでも言論、出版の自由は存在する。従って、本書を出版することも可能であるが、同時に「言論や出版にはそれ相応の責任が伴う」というのもロシアの文化である。要するに政権批判で「ある線」を超えた言論活動に対しては当局からの圧力のみならず、「こんな書籍を出すのは〝非国民〟である」というマスコミ同業者や有識者の非難、更にそれを聞いて「カーッとした」一部国民の直接行動が恐《こわ》いので、この本を自国で刊行する勇気のある出版社がロシアには一つもなかった。ロシア事情について通じていない人々にはわかりにくいが、一般のロシア人は身内ではプーチン大統領の批判を含め、政治家を徹底的にこき降ろすのであるが、外国に亡命したロシア人が現政権を批判することには抵抗感をもつ。ソ連時代でも一部の知識人を除いて、『収容所群島』で国際的に著名になったアレクサンドル・ソルジェニーツィン氏の人気がなかったのも「外国で勝手なことを言っている」という当局によるイメージ操作が功を奏したからだ。

現在のロシアではソ連時代のような書籍持ち込み、販売の禁止措置はとられていない。筆者は『LPG〜』のコピーをモスクワ在住の友人から入手したが、同書は「モスクワの主要書店では、〇二年の発売直後、すぐに売り切れてしまい、その後、補充はされていない」ということだった。残念なことだが、現在のロシアでは出版社、書店の自己検閲が、ソ連崩壊後、最も強くなっている。知識人は、政治的関心を失い、食べていくための仕事はこなすが、その他は友人たちを中心とする狭い知的空間で「国内亡命者」のような生活を送るというのが流行になっているので、こうした国民の保守化、自己検閲の強化について警鐘を鳴らすような行動をとらない。ロシア政府はプーチン大統領が常に七割以上の有権者に支持されていると誇るが、この支持は国民が政治的関心を失った結果による消極的支持なのである。

『LPG～』には、プーチン政権成立後、欧米で展開されることになるロシア批判のほとんどのシナリオが詰まっている。

例えば、九九年秋にモスクワ、ダゲスタン、ボルゴドンスクなどで発生した高層住宅爆破事件は、チェチェン武装集団の仕業ではなく、FSBによる謀略工作で、これによって第二次チェチェン戦争を開始する口実をプーチン首相（当時）が得て大統領の座をつかんだという謀略史観が欧米の一部で流通しているが、その「物語」の詳細が本書にすべて盛り込まれている。筆者の現役外交官時代の主要任務はロシア情勢の調査だった。当然、この謀略説についても徹底的に調べた。

筆者だけでなく、ロシアと競合もしくは敵対する関係にある諸国の外交官やインテリジェンス専門家も謀略説について調べたが、「FSBを含むロシア政府機関の自作自演説は根拠がない」というのが共通した結論だった。高層住宅爆破事件やFSBによるベレゾフスキー暗殺計画については、証言もよく揃《そろ》えられており、独自の情報源を持たず、インテリジェンス分析の訓練を受けていない者ならば、無批判に受け入れてしまうほど「物語」の完成度が高い。

ただし、それ以外の事件については記述があらく、ロシア事情についての基礎知識がある専門家には受け入れられないような内容だ。例えば、九八年十一月二十日のガリーナ・スタロボイトワ暗殺事件についてである。

スタロボイトワはエリツィン政権初期に大統領顧問をつとめた女性の改革派政治家で民族学者である。筆者もロシア科学アカデミー民族学人類学研究所で何回か彼女と会ったことがある。この事件について筆者が調べていると、当局筋から警告が入り、また、スタロボイトワ氏と親しかった、筆者の友人でもある科学アカデミー幹部や国会議員の話からも、エリツィン政権中枢《ちゅうすうぶ》部と結びつくオリガルヒヤとの深刻な政争に彼女が巻き込まれていたことを知った。筆者としては、真相を見極めたいという好奇心もあったが、警告をこれ以上無視すると、次回からロシアへの入国が難しくなると考え、調査をあきらめた。

リトビネンコ氏は「スタロボイトワ殺害事件が解明されないのは、誰もがその背後に立っている者を知っていて、真実を知ることを恐れているからです。リスチエフ（ロシア公共テレビ会長）、ホロドフ（『モスクワの共産青年同盟員』紙副編集長）の暗殺と同様です」（前掲書、一六九頁）と述べている。前後関係からして「背後に立っている者」がFSBであることは明白だが、これは暴論だ。紙幅の関係で詳述できないがリスチエフ事件はマフィア絡《がら》みの利権抗争であるし、ホロドフ事件は背後で軍参謀本部諜報総局（GRU）が糸を引いていたというのが定説だからだ。更にリトビネンコ氏は本書でベレゾフスキー氏を露骨に擁護している。

〈ベレゾフスキーは誰かを殺したわけではないし、モスクワでビルを爆破したわけでもないし、意味のない戦争に反対だった。（中略）ベレゾフスキーは天使ではない。私も天使ではない。しかし、ベレゾフスキーは犯罪者ではない〉（同、一六七頁）

「ベレゾフスキーは誰かを殺したわけではない」などという話は、ベレゾフスキー氏本人を含め誰も信じないであろう。謀略宣伝の鉄則として、誰の利益を体現しているかを露骨に示してはならない。この点で『ＬＰＧ～』にはまだ素人臭《しろうと》さが残っている。

プーチン暗殺計画⁉

これに対して、リトビネンコ氏の信用失墜を狙《ねら》って、クレムリン（ロシア大統領府）とFSBが後押しして作ったと思われるニキータ・チェクーリン著『寡占資本家の謎《なぞ》もしくはイギリスの司法機関』（モスクワ、「イズベスチア」出版局、二〇〇六年）が上梓《じょうし》された。前掲のリトビネンコ氏の『LPG〜』を強く意識し、ロシア政府の内部文書のみならず電話盗聴記録までも用いている。チェクーリン氏はもともとベレゾフスキー陣営の有力な戦略家で、リトビネンコ氏を指導する立場にいたが、〇四年半ばにベレゾフスキー氏と決別し、現在はFSBと手を握っているようである。『寡占資本家の謎〜』では、イギリスがロシアと旧ソ連諸国に対する影響力を拡大するために、エリツィン元大統領のインナーサークルで、ロシア政治エリートの内在的論理を熟知し、また大統領になる以前のプーチン氏の種々の秘密を握るベレゾフスキー氏に庇護《ひご》を与え、その結果、ロシアの国益が侵害されているという構成をとっている。チェクーリン氏によれば、ベレゾフスキー氏はかつてチェチェンを担当した時期に親しくなったマスハードフ・チェチェン独立派大統領（〇五年三月八日にFSBによって殺害）を用いた謀略工作を行った。〈この工作は、二〇〇一年にイギリスで政治難民の地位を得た元FSB中佐アレクサンドル・リトビネンコによって直接準備された。／その結果、リトビネンコの招聘《しょうへい》でロンドンに着いた二人のロシア国民が不法逮捕され、六日間勾留《こうりゅう》された。逮捕と勾留の原因はロンドン警視庁におけるリトビネンコの明らかな虚偽の報告書に基づくものだった。／この偽証を真実であるかのごとくベレゾフスキー自身が確認した。／そこでこの二人のロシア国民がウラジミール・プーチン露大統領に対する暗殺を準備するためにロンドンを訪れたというような内容が確認された。暗殺はチェチェン人テロリストの支援を受け、西欧諸国のどこかで行われるということだった〉（前掲書、一五頁）

存在しないプーチン暗殺計画という情報を流すことで、FSB、SVRなどのロシアのインテリジェンス機関に余計な仕事をさせ、攪乱《かくらん》するとともに、大統領が外遊に慎重になり、その結果、ロシアの外交力が低下することを目指した工作である。事実、ロシア政府はこの工作に翻弄《ほんろう》された。本書の付録には、チェクーリン、ベレゾフスキー、リトビネンコなどの電話盗聴記録がついていて、それなりに信憑性《しんぴょうせい》は高まっているが、本書の背後にはFSBがついていることが露骨に感じられ、読後感がよくないというのを通り越して、背筋が寒くなる。

北への核物質の流出を阻止せよ

インテリジェンスの世界でときどき見かける、モラルが標準より低く、カネに強い関心をもっている元FSB中堅将校という等身大の姿でリトビネンコ氏を観察し、「インテリジェンスの文法」にあてはめてみれば事件の本質は自《おの》ずから見えてくる。

外交ジャーナリストでインテリジェンス業界、特にアメリカとイギリスのインテリジェンス文化に通暁《つうぎょう》した手嶋龍一氏は「リトビネンコ氏は、ロンドン市内にある高級カジノに出入りしていたことが分かっています。（中略）イギリス当局がこのカジノなどから情報収集した結果、出入りしていたのは、ロンドンに拠点を置いて、手広く武器を扱っている密輸ディーラーばかりでした。人種も国籍も居住地も異なるけれど、マシンガンやロケット砲、果ては核関連物質まで、利幅の大きいブツなら何でも扱っていた」（佐藤優／手嶋龍一「今そこにあるポロニウム拡散の危機」「中央公論」二〇〇七年二月号）と指摘する。ここにこの事件を解く鍵《かぎ》がある。

あえて暴論を述べるが、仮にロシアの政府機関が政敵を暗殺するために「ポロニウム２１０」を用いたならば、対処は簡単だ。動かざる証拠を突きつけ、「二度とこういうことをするな」と全世界に公表すればよい。国際圧力の前でロシアの暴挙を封じ込めることができる。しかし、武器販売を含む違法ビジネスに従事し、国家統制に服さないマフィア組織に、元ＦＳＢ幹部職員や核施設に勤務する腐敗した職員が関与して「ポロニウム２１０」が流出したとするならば、問題は一層深刻だ。マフィア組織ならば、国際テロ組織や北朝鮮に「ポロニウム２１０」を販売しかねない。犯罪組織を経由した形での核物質の拡散の阻止に向けて関係国のインテリジェンス協力がかつてなく必要になっている。

イギリス当局はリトビネンコ氏殺害の容疑者を特定したようである。

〈露連邦保安局（ＦＳＢ）元中佐、アレクサンドル・リトビネンコ氏の殺人事件で、ロンドン警視庁は（引用者註：〇七年一月）三十一日、捜査資料を検察当局に提出した。／これを受け、当局は今後、起訴する容疑者を最終的に特定する方針だ。／ロンドン警視庁は捜査の詳細を明らかにしていないが、これまでの報道を総合すると、容疑者として、昨年十一月にロンドンの高級ホテルでリトビネンコ氏と接触したロシア人ビジネスマン、アンドレイ・ルゴボイ氏の名前が浮上。放射性物質「ポロニウム２１０」を紅茶に混入したとの手口が有力視されており、ルゴボイ氏を起訴するに足る

十分な証拠があるとの報道もある〉（「読売新聞」二〇〇七年二月一日配信）

ルゴボイ氏も元FSB将校だ。ルゴボイ―リトビネンコ―ベレゾフスキーのネットワークを徹底的に洗い出し、「ポロニウム210」の流出経路を解明し、流出に関与した人物を処罰し、不拡散体制を構築することだ。

ロシア政府とベレゾフスキー氏の諍《いさか》いは当事者にとっては重要だろうが、日本には関係のないことだ。イギリスにとってベレゾフスキー氏は重要な情報源であることは容易に想像できるが日本には関係ない。冷戦時代のスパイ小説の鋳型《いがた》から抜け出せていない欧米メディアの反プーチン・キャンペーンに日本が加わる必要はない。同時に、元職員であれ現職であれ、政府機関関係者が「ポロニウム210」の流出に関与していることを認めようとしないロシア政府の自己保身に日本が付き合う必要もない。リトビネンコ事件についてわれわれは「インテリジェンスの文法」に従って日本の利害だけを追求すればよいのだ。

日本政府や外務省はリトビネンコ事件について、公式にも非公式にも立場を表明していない。これが深い戦略に基づくものか、それとも外務官僚の能力低下による不作為によるものかは問わないでおく。重要なのは、本件で手が汚れていない日本は「オーネスト・ブローカー（正直な仲介人）」として、核物質の不拡散のためにイギリス、ロシアを含む主要国の協力体制を呼びかける中心になることができることだ。特に北朝鮮に「ポロニウム２１０」が渡ることだけは何としても阻止しなくてはならない。

第十六話　不良少年「イエス・キリスト」

降誕劇のキャスティング

私は同志社大学神学部で学んだ。牧師になりたいと思ったことは一度もないのだが、神学部生ということで毎日曜日に教会学校で「聖書の先生」をやっていた。親に連れられて毎週教会にやってくるような子供たちは、外面《そとづら》はよいのだが、競争意識が強く、実はなかなか腹黒い。クリスチャンの子供たちは「汝《なんじ》の隣人を愛せ」というパフォーマンスをすることが親からの高い評価を得るために有益ということを摑《つか》んでいるので、普段は「お先にどうぞ」と遠慮がちの態度をとるが、そうでないときが年に一度ある。クリスマスの降誕劇だ。教会学校のクリスマス会では、ベツレヘムでイエス様がお生まれになったときの劇を必ずやる。

　年に一度の晴舞台だ。このとき女の子ならばマリア様、男の子ならば、星を見てベツレヘムの馬小屋に訪ねてくる三人の博士の役をやりたがる。マリアの夫ヨセフも人気がある。逆に人気がないのが、羊飼いたちだ。羊飼いは人数をいくらでも増やせるし（本来は男だけだが、女も入れる）、セリフも適当に作ることができるので、クリスマス劇の演出家である私としては非常に好都合な役なのだが、子供たちは心底嫌な顔で引き受けたがらない。「聖書の先生」である私としては、クリスマス劇でしこりが生じ、子供たちが教会に来なくなると一大事なので、キャスティングは実に頭が痛い。そこでマリア様については、天使から受胎告知を受けるところ、馬小屋でイエスが生まれ三人の博士が拝みに来るところ、イエスを殺そうと狙《ねら》っているヘロデ王からヨセフとマリアが逃れるところで、マリア役をそれぞれ別にし、三人にチャンスを与えた。

　子供たちに喜んで羊飼い役を引き受けてもらうために、私は一つ謀略を仕組んだ。イエス様を捜し出して殺そうとしているヘロデ王とその手先の役人、それから羊と樹木の役をあえてつくり、「○○君はヘロデ大魔王、××ちゃんはまだら色の羊、△△君は馬小屋の横の木の役です」というキャスティングをまずする。もちろん子供たちは「こんな役は嫌だ」と断固抗議する。教会学校に「ドラえもん」のジャイアンのような悪ガキがいたが、「ヘロデ大魔王」の役をあてがうと泣きだしてしまった。そこで私が言う。

「みんながそんなに嫌がるならば、ヘロデ大魔王、羊、木の役はなしにして、特別にみんなを羊飼いにする」

子供たちは喜んで羊飼い役を引き受ける。人為的に障害を作り出し、その障害を除去することで、あたかも成果の如《ごと》く見せかけるのは、外交や諜報《ちょうほう》の世界でも用いられるが、私の場合、その手法を教会学校で身に付けたのである。

魚の絵を描いた「黒旗」

さて、クリスマス会が終わると、神学部生たちは一仕事終えたという気持ちになり、帰省の準備を進める。もっとも私の場合、悪友たちと京都で年末年始を過ごすのが楽しいので帰省はしなかった。京都御所の北側にある同志社大学には神学館という独立した建物があり、その二階、神学部図書室横に「アザー・ワールド（Other World）」という看板のかかった不法占拠部屋があった。もともとは神学部大学院の研究室だったのだが、全共闘運動の頃に神学部生たちが占拠したままで、実にアナーキーな空間がそこにあった。

部屋の壁を濃紺色に塗り、中心には大きな神学部自治会の「黒旗」がかかっている。「黒旗」には白いペンキで魚の絵が描かれ、魚の腹のところにギリシア語で「Χριστός（キリスト）」と書かれている。魚は古代のキリスト教のシンボルだった。

私が入学したのは一九七九年で、全国規模での学園紛争の嵐はとっくの昔に止《や》んでいたが、同志社だけは例外で、七九年度は全学バリケードストライキ、八一年度は大学側のロックアウトで試験が中止になったりしていた。対学生部長、対学長団交（団体交渉＝吊《つる》し上げ）もときどきあり、神学部生たちも大活躍した。学生運動関係者からは「（古代の生物群が独自の進化を遂げた）同志社ガラパゴス」と揶揄《やゆ》されていた。当時、神学部を卒業しても、一般企業に就職する可能性はあまりなく、牧師やキリスト教主義学校の「聖書の先生」になるか、市民運動や福祉団体の活動家になるというのが神学部生の標準的キャリアパスだった。

私の学生時代、「アザー・ワールド」によく集まったのが、今は立派な宗教者になっている大山修司氏（日本基督《キリスト》教団膳所《ぜぜ》教会牧師）、八木橋康広氏（日本基督教団高《たか》梁《はし》教会牧師）や自民党の政治家として活躍している瀧田敏幸氏（千葉県議会議員）らであった。

「教会のクリスマス会で子供たちの面倒をみていても、少し経《た》てば学習塾やスイミングスクールに通うようになり、教会なんか見向きもしなくなるもんな。何か徒労のような感じがするな」

「キリスト教は斜陽産業だからな。わが神学部も一般入学を増やし、就職活動に力を入れるらしいぜ」

「世も末だな」

「だいたい宗教は葬式をとらないとダメだ。結婚式は多くても二、三回だろう」

「葬式は一回じゃないか」

「問題はその後だ。初七日、四十九日、一周忌、三回忌、七回忌など死に絡《から》む儀式はいろいろあるので、全《すべ》てカネになる。キリスト教も結婚式よりも葬式をとることに力を入れないと生き残れない」

「確かにそうだな。俺の実家の側《そば》にある寺の坊主は、元暴走族なんだけど、大学の通信教育で僧侶《そうりょ》の資格をとって、彼岸には勝手に檀家《だんか》に押し掛けて経を読んで、いい稼ぎをしているぜ。バイクで檀家を効率よく回っている。それで中洲《なかす》のソープに通っている」

「たいしたもんだな。仏教は強い」

十二歳まで履歴不明のイエス

「アザー・ワールド」の中は、ウイスキー、ウオトカの空き瓶がゴロゴロしており、本棚には、ギリシア語、ヘブライ語、韓国語の聖書やドイツ語の神学書と並んで新潮社版『マルクス・エンゲルス選集』や北朝鮮の宣伝パンフレット、過激派の機関紙が山積みにされた異様な空間だった。ただし、エロ本は一冊もなかった。聖書があり、エロ本がないというのが、他の左翼系自治会やサークルのボックスとの違いだった。それから、神学部生時代に「アザー・ワールド」に集まり、私たちは頻繁に読書会をした。自分で言うのもおかしいが、当時、私たちはよく勉強した。その中で、印象に残っているのが「聖書偽典」の勉強だ。

先ほど、「世も末だ」と言ったが、キリスト教神学では「世の末」は人類史の終わりであるとともに、目的、完成でもある。人間は「終わりの日」のために生きているのである。イエス・キリストは西暦三〇年頃に刑死したが、古代のキリスト教徒は、自分たちが生きている内にイエス・キリストが復活して、この世の終わりが来ると信じていたので、イエス・キリストについて文書で書き残すことよりも、一人でも多くの人々に悔い改め、終わりの日に救われるよう説得することにエネルギーをかけた。しかし、終わりの日はなかなかやってこない。神学的には終末遅延という重要問題である。この原稿を書いている現時点で、少なくとも一千九百七十七年間、終わりの日が遅延している。古代のキリスト教徒たちも、イエス・キリストについて文書を残しておかなくては、記憶が薄れてしまうのでヤバイと考え始め、まとめ上げたのが新約聖書だ。

新約聖書は一世紀末から三世紀初めまでにイエス・キリストに関する様々な文書を取捨選択し、できあがった。しかし、イエス様が誕生したときの記録は詳細に残っているのだが、その次は十二歳のイエスを両親がエルサレムの神殿に連れて行くときまで記録がない。因《ちな》みにイエス・キリストは、キリストが姓で、イエスが名ということではない。イエスとはどこにでもある男の名だが、キリストは王であり、救い主を象徴する「油を注がれた者」という意味だ。イエス・キリストとは「歴史上存在したイエスという人間の男が、人類の救い主である神の子キリストである」ということを表す信仰告白なのである。

一般論として少年時代の記録が欠けている人間には何かヤバイことがある。実は、新約聖書が編纂《へんさん》されたときに却下された文書がいくつかあるが、その中に二世紀の終わり頃に書かれたと推定される「トマスによるイエスの幼時物語」（八木誠一／伊吹雄共訳）という作品がある。この文書の性格については「大衆的読物であると同時に、宗教的宣伝の書である故《ゆえ》、まず第一に、少年イエスの神的超能力と異常な知恵を出来うる限り誇張して述べようとする」（『聖書外典偽典第六巻　新約外典Ⅰ』教文館、一九七六年、一一九頁）との指摘がなされている。この文書の問題は、贔屓《ひいき》の引き倒しで、イエスの神性を強調しすぎて、超能力者にしてしまったことだ。キリスト教ではイエス・キリストは、「まことの人で、まことの神」なのである。イエスが私たちと同じ人間で、飯も食えば、酒も飲み、小便も糞《くそ》もするから、逆に人間と神をつなぐことができるのだ。神性を強調しすぎると、イエス・キリストが罪深い人間から遠くなり過ぎて、救済の担保がなくなるというのが正統神学の考え方である。そのような神学談義は脇《わき》に置いて、不良少年イエスについてのテキストを楽しんでみよう。

イエスの殺人

まず五歳のときにイエスは水溜《た》まりで遊んでいる。そこで泥で作った十二羽の雀《すずめ》（キリストの十二弟子を象徴）を超能力で本物にしてしまう。

〈また柔らかい粘土をこね、それで一二羽の雀を形作った。これを作ったのは安息日（引用者註：ユダヤ教で金曜日の日没から土曜日の日没までは安息日で仕事や遊びをしてはならない）の時のことであった。そしてほかのたくさんの子供たちが一緒に遊んでいた。

するとあるユダヤ人が、イエスが安息日に遊びながらしたことを見て、すぐに行って彼の父ヨセフに告げた。「ごらんなさい、あなたの子供は小川のほとりにいて、泥を取って一二羽の鳥を作り、安息日を汚した」。

そこでヨセフはその場所へ来て、それを見、大声をあげて言った。「何故《なぜ》安息日にしてはならないことをする」。するとイエスは手を打ってその雀に叫んで言った。「行け」。そうすると雀は羽を広げ、鳴きながら飛んで行ってしまった〉（同、一二四頁）

幼年時代のイエスは水溜まりを作って遊ぶことが好きだった。ところが近所の悪ガキが来て、イエスが作った水溜まりを壊してしまう。怒り心頭に発したイエスはこの悪ガキを殺してしまう。

〈「不義にして不敬虔《ふけいけんか》且つ愚かなる者よ、穴と水がお前に何の不正をなしたのか。見よ、今やお前は木のように枯れてしまう。そして葉も根もなく、実もつけないだろう」〉。

するとその子はすぐに全身が枯れてしまった。そこでイエスは立ち去り、ヨセフの家に帰った。さて枯れてしまった子の両親は、その子の夭折《ようせつ》を嘆きながら、子を担《かつ》いでヨセフのところに運んで、「あなたはこんなことをする子を持っているのだ」と言って訴えた〉（同、一二五頁）

イエスの殺人はこれだけにとどまらない。肩が触れたといって、相手の子供を殺してしまう。

〈それからまたイエスが村を通っていると、子供が走って来て肩に突き当たった。それでイエスは怒って言った。「お前はもう道を進めないぞ」。すると子供は忽《たちま》ち倒れて死んでしまった。さてある人たちがこの出来事を見て言った。「この子はどこから生まれて来たのだ。その言葉はみなすぐに成就《じょうじゅ》してしまう」。

そして死んでしまった子の両親はヨセフのところに来て非難して言った。「あなたはこんな子供を持っているからには、われわれとともに村に住むことは出来ない。それがいやならば、祝福だけして呪《のろ》わないように彼に教えなさい。彼はわれわれの子供を殺してしまうのだ」〉（同、一二五―一二六頁）

近所からの苦情が激しいので、父親ヨセフはイエスに折檻《せっかん》を加える。しかし、そんなことを不良少年イエスはものともしない。イエスは逆切れして、苦情を言ってきた人々の目が見えなくなるようにしてしまう。

〈それでヨセフは子供をひそかに呼んで、叱《しか》って言った。「何のためにあんなことをするのか。あの人たちは害をうけ、おまけにわれわれを憎んで迫害するじゃないか」。そこでイエスは言った。「わたしにはあなたのこの言葉があなたのものではないことがわかっています。それでもあなたのために黙っていましょう。しかし彼らは自分の罰を蒙《こうむ》るでしょう」。すると彼を訴えた人たちは忽ち目が見えなくなってしまった。

そしてこれを見た人たちは大変恐れ困惑し、彼について、その話す言葉は、善いことでも悪いことでも、みな成就して不思議が起こるのだと言った。ヨセフはイエスがこのようなことをしたのを見て、立ち上がりその耳をつかんでひどく引っ張った。

そこで子供は怒って言った。「あなたは探しても見つけないということで沢山だ。あなたは本当に不賢明に振る舞った。わたしがあなたのものだということがわからな

いのか。わたしを悲しませてはいけない」〉（同、一二六―一二七頁　引用の際、一部、表現を改めた）

イエスは意味不明の理屈をこねて「あなたは本当に不賢明に振る舞った」と父親を脅す相当怖《おそ》ろしい悪ガキだ。ヨセフはイエスを学校に通わせ、教育をつければ少しはマシになると思ったのだが、イエスは人並み外れた機転で教師をからかうので、教師が怯《おび》えてしまい、〈ですから兄弟ヨセフよ、あなたにお願いする、この子を連れて行って下さい。この子の視線の厳しさが耐えがたいし、語ることもいっこうにわからない。この子は地上で生まれたのではない。この子は火だって制御出来る。おそらくこの子は世界創造の前に生まれたのだ。どんな胎《はら》がこの子を担い、どんな母胎がこの子を養ったのか、わたしにはわからない。禍《わざわ》いだ、友よ、この子は不可解だ。わたしはこの子の知能についていけない〉（同、一二八頁）と嘆く。

大酒のみ、大飯喰らいのイエス

悪ガキ・イエスはその後、善い行いをたくさんして人々から敬愛されるようになる。もっとも「善行」といっても、かつてイエスが呪いをかけて殺したり、傷害を与えた人々を元の状態に戻したというのがほとんどだ。
〈そして少年（引用者註・イエス）がことばを終えた時、その呪いにおちいっていた人たちはみな忽に癒《いや》された。それからは呪われて不具になってしまわぬよう、あえて彼を怒らせようとする人は誰もいなかった〉（同、一一九頁）

人為的に作り出した障害を除去することで、「癒し」とし、その後、誰にも文句をつけさせなくするというイエスの手法は、現代の総会屋に通じる。

「幼時物語」はイエスが十二歳の時、エルサレムの神殿参りをして、そこで迷子になるエピソードで終わる。両親が探し当てるとイエスが「神殿で教師たちの間に座って耳を傾けたり質問したりしているのを見出《みいだ》した。みなが注意を向けて、どうして子供でありながら律法の要点や預言者たちの比喩《ひゆ》を解釈し、長老たちや民の教師たちの口をつぐませたりできるのか驚いていた」（同、一三七頁）という記述につながる。この記述は新約聖書の内容（「ルカによる福音書」第二章四十二―四十七節）に符合する。

神学的にこの「幼時物語」は偽典であるとの評価が定まっているが、私にはイエスが不良少年であったとの印象がどうしても拭《ぬぐ》い去れないのである。新約聖書にもその片鱗《へんりん》がある。

〈それから、一行はエルサレムに来た。イエスは神殿の境内に入り、そこで売り買いしていた人々を追い出し始め、両替人の台や鳩を売る者の腰掛けをひっくり返された。また、境内を通って物を運ぶこともお許しにならなかった〉（「マルコによる福音書」第十一章十五―十六節、聖書の引用はすべて日本聖書協会の新共同訳を用いる）

神社の境内にやってきた男たちが屋台をひっくり返し、テキ屋さんたちを追い出し、庭場を乗っ取ったということだ。ここから不良少年イエスの面影が甦《よみがえ》ってくる。それにイエス・キリストは、酒とメシが大好きだった。

〈洗礼者ヨハネが来て、パンも食べずぶどう酒も飲まずにいると、あなたがたは、『あれは悪霊に取りつかれている』と言い、人の子（引用者註：イエス・キリストのこと）が来て、飲み食いすると、『見ろ、大食漢で大酒飲みだ。徴税人や罪人の仲間だ』と言う〉（「ルカによる福音書」第七章三十三―三十四節）

クリスマスの本当の意味

欧米でちょっと生活した日本人が「クリスマスは家族の集まりなのに、日本では恋人や不倫カップルが美味《おい》しい物を食べてワインを飲み、お泊まりする日になっているのは嘆かわしい」などという話をしているが、これはちょっと違うと思う。イエスは不良少年で大酒飲み、大飯喰らいだったのだ。しかし、イエスは誰とでも本気で付き合った。この点、わが同志社大学の先輩（ただし神学部ではなく文学部）中村うさぎ氏が「新潮45」二〇〇五年十二月号「余は如何《いか》にして『人妻デリヘル嬢』となりし乎《か》」で展開した言説が興味深い。

〈風俗に通う男たちは、意外にも礼儀正しく気を遣う人々であった。彼らは「人間」としてやって来る。そして、金で買った女を「人間」として取り扱うのだ。当たり前のことだけれども、たとえば夫から必ずしも「人間扱い」あるいは「女扱い」を受けていない妻たちが世間に少なからず存在することを思い合わせると、これは考えさせられる現象ではないか〉

風俗通いの男とデリヘル嬢の、一瞬ではあるが、「人間」としての本気の関係にはイエス・キリストのリアリティーが再現されている。中村氏はこのリアリティーが何であるかを、摑《つか》んでいる。

〈そうか、現代に必要とされてる「家族」って、遭難しそうな自分を助けてくれる他者なんだ。私たちの「生き難さ」って、結局、「私は遭難しそう。助けて」って気持ちだもん〉（小倉千加子氏との対談「『生き難さ』――この〝ヒリヒリ〟した感覚！」

（「世界」二〇〇五年十二月号）

当たり前の人間としての関係を、人間の力では回復できない。それだから神は西暦前三年頃に「遭難しそうな自分を助けてくれる他者」としてイエス・キリストを派遣した。この出来事がクリスマスなのだ。美味い物を食べ、ワイングラスを傾けながら、パートナー関係で本気度が増すならば、それは実にキリスト教的なのである。

第十七話　二十一世紀最大の発見「ユダの福音書」

「ユダの福音書」の衝撃とは？

新約聖書に登場する「イスカリオテのユダ」といえば、銀貨三十枚でイエスをローマ帝国の兵士に引き渡した裏切り者であり、その名はキリスト教徒でなくても知っている。

その悪名高い男の名前を冠した福音書が発見され、それを解読すると、「イエスを引き渡したのは、イエス自身の言いつけに従ったものだった」——このようなセンセーショナルな報道が「ナショナル　ジオグラフィック」二〇〇六年五月号に掲載された。邦訳『原典　ユダの福音書』（日経ナショナル　ジオグラフィック社）も刊行されたので、読者が直接テキストに触れることも可能である。

〝キリスト教の隠された秘密〟をテーマにしたダン・ブラウンの『ダ・ヴィンチ・コード』が映画化され、世界中で話題になった。ただ神学的観点からすると、『ダ・ヴィンチ・コード』はオカルト的構成をとったキリスト教大衆文学に過ぎず、この作品が五十年の生命を持つとは考えられないし、学術的神学が再調整を迫られることもない。

一方、「ユダの福音書」がキリスト教文化圏に与える衝撃は、比べ物にならないくらい大きく、筆者の見立てではキリスト教神学の世界で今世紀最大の発見だといえるだろう。

もっともその影響が神学に現れるには、恐らく二十年から四十年の時間が必要とされるはずである。というのも、神学的タイムスパンが世俗の学問とは著しく異なるからだ。筆者が一九七九年に同志社大学神学部に入学したとき、初版が一八一一年に発行されているフリードリッヒ・シュライエルマッハーの『神学通論』によって神学の手ほどきを受けた。それから二十年以上が経過している二十一世紀の今日でも『神学通論』は基本書として十分通用する。神学的観点からすれば、人間の思考は二百年程度では大きく変化しないのである。

ただ時間はかかっても、今回発見された「ユダの福音書」が、キリスト教文化圏に大きな影響を及ぼすであろうことはまず間違いない。

崩壊寸前のパピルス

今回、発見された「ユダの福音書」は、同時に発見された他の三つのテキストとあわせて「チャコス写本」と呼ばれている。チャコスとは一時期、この古文書を所有し、保存、研究に尽力したスイスの古美術商の名前だ。

〈冊子状のそのパピルス文書は、コプト語で書かれた、一六〇〇年以上も前につくられた写本《コデックス》だった〉（『原典　ユダの福音書』、七五頁）

「ユダの福音書」解読に携わったスイス・ジュネーブ大学名誉教授ロドルフ・カッセルは、三十三枚、六十六ページにわたるチャコス写本を考古学的、文献学的に解明してこのように述べている。コプト語とは古代エジプトで話されていた言語で、カッセルはコプト語研究の世界的権威だという。彼らコプト語の専門家は、特徴的な言い回しに注目し、ギリシア語から翻訳された可能性が高いと指摘している。

発見された経緯を追跡したジャーナリストのハーバート・クロスニー『ユダの福音

書を追え』（日経ナショナル　ジオグラフィック社）によると、チャコス写本は一九七〇年代後半に中部エジプトで盗掘された墓の中から見つかったという。発見当時は、このパピルス文書が「ユダの福音書」を含んでいるとは分かっていなかったようだ。

発掘された後、このパピルス文書はエジプト人古美術商の手に渡る。その後は盗難に遭ったり、アメリカの貸金庫に長年放置されるなど、いくたびも消滅の危機に瀕《ひん》してきた。二〇〇一年にカッセルが目にしたときは、「ぼろぼろになっていて、触れただけで崩れそうな状態だった」（『原典　ユダの福音書』、七五頁）という。「ナショナル　ジオグラフィック」五月号によると、崩れたパピルスの断片が千個近く、パンくずのように散乱しており、それをピンセットで拾い上げ、ガラス板にはさんで保存しコンピュータを駆使して五年がかりで文書の八〇％以上の復元にこぎつけたとある。

まず読者が持つ疑問は、「今回発見された文書は本物か。後世の偽作ではないのか」ということだろう。

結論からいえば、「ユダの福音書」は本物であるとみてまず間違いない。パピルスを放射性炭素年代測定法で検査した結果、文書の作成年代は紀元二二〇年から三四〇年の間という結果が出ている。インクの成分も同じ時代に使われたものと一致したという。

では「ユダの福音書」が現在の新約聖書の四福音書（マタイ、マルコ、ルカ、ヨハネ）に加わる第五番目の福音書になるかというと、そうはならない。その理由を新約聖書の成立に即して説明していこう。

そもそも福音とは「嬉《うれ》しいニュース」の意味で、そのニュースについて記したのが福音書だ。つまり神がひとり子（イエス・キリスト）をこの世に派遣したので人間の救済が保証されたというニュースが福音で、イエス・キリストの発言と行動を中心に記録したのが福音書である。

前に述べたとおり「イエス・キリスト」は姓名ではない。イエスは日本人の太郎、一郎のようにどこにでもある名前で、キリストは「油を注がれた者」の意味で救済主を表す。イエス・キリストという表現は、人間イエスが神の子で救済主であるということを示す神学的表現（信仰告白）なのである。

初代キリスト教徒はイエス・キリストに関する書物を編纂《へんさん》することに関心をもたなかった。復活したイエスが弟子たちにこのように述べているからだ。

〈イエスは、近寄って来て言われた。「わたしは天と地の一切の権能を授かっている。だから、あなたがたは行って、すべての民をわたしの弟子にしなさい。彼らに父と子と聖霊の名によって洗礼を授け、あなたがたに命じておいたことをすべて守るように教えなさい。わたしは世の終わりまで、いつもあなたがたと共にいる。」〉（「マタイによる福音書」第二十八章十八―二十節）

この言葉から、弟子たちはこの世の終わりが近未来に到来すると考えたので、イエス・キリストの言行録を作成することに時間を割くよりも、救済のために宣教することが優先課題と考えた。

「ヨハネの黙示録」の最後は、「以上すべてを証《あか》しする方が、言われる。『然《しか》り、わたしはすぐに来る。』アーメン、主イエスよ、来てください。主イエスの恵みが、すべての者と共にあるように」（第二十二章二十―二十一節）と結ばれている。

ところが、いつになってもこの世の終わりは来ないし、「わたしはすぐに来る」と約束したイエス・キリストもやって来ない。

ここで「終末遅延」という神学上の大問題が発生した。終末が先になるのであれば、その時までイエス・キリストの教えを伝えなければならない。そこで未来の人々のためにイエスの言行録や、弟子（使徒）たちの書簡を集めて新約聖書を作った。

新約聖書には二十七文書が含まれているが、それらは紀元五〇年代前半から約百年の間に書かれたものと見られている。この時代には、聖書に収録されたもの以外にも、多くの文書や、イエスの言行録（福音書）が存在していた。しかし最終的にアレクサンドリアの司教アタナシオスの権威によって、三六七年に二十七文書のみを新約聖書とすることが決定された。

これによって新約聖書に含まれない文書は偽典（異端文書）とされることになった。今回発見された「ユダの福音書」もその偽典の一つである。

では何が「正統」と「異端」を分けたのであろうか。正統派教会の認識によれば、「使徒性」が規準になる。使徒性とは当該文書が使徒に溯《さかのぼ》るということである。言い換えるならば、それは確実なキリスト証言であるということだ。

神学と常識との乖離《かいり》

ところが「確実なキリスト証言」を確定することはほぼ不可能である。十八世紀の啓蒙《けいもう》主義の影響を受け、聖書学者はイエスの生涯を客観的に明らかにしようとしたが、百年以上にわたる研究は、神学にとって悲惨な結果をもたらした。

すなわち紀元一世紀にイエスという人物がいたことを客観的に証明することはできないという結論に達したのである。また同時にイエスという人物がいなかったことを客観的に証明することもできないという結論に達した。

要するにキリスト教の教祖であるイエス・キリストの存在は、かなり曖昧《あいまい》だということになってしまった。この結論をうけて多くの神学者は無神論に転向している。ちなみにマルクス主義に影響を与えたフォイエルバッハも、そのとき転向した一人だ。

ただ、イエス・キリストの歴史的存在を客観的に確定することはできないが、一世紀末から二世紀初めにイエス・キリストを神の子であり、救い主であると確信した集団があったことは確かだ。それらの集団のドクトリン（教義）を分析することで、キリスト教の原型を把握することができると考える神学者たちが、学術的神学の核を形成していった。

こうした学術的神学と一般信者のキリスト教観の間には、簡単に埋まらない溝《みぞ》がある。

一口に神学といっても、一部には文献学や考古学、さらに近現代の哲学的成果を一切無視するキリスト教根本主義（ファンダメンタリズム）があり、聖書の一言一言は神の霊感によって書かれたという「逐語霊感説《ちくごれいかんせつ》」を唱える神学者や牧師もいる。アメリカの宗教右派に代表されるように政治的影響力は無視できないが、神学界での知的影響力はほとんどない。本稿で用いる「神学」は学術的神学を指す。

ドイツ、アメリカ、日本の牧師たちは大学・大学院で神学的訓練を受ける。しかし牧師が教会の現場において、学術的神学の言説を一般信者に対して説いても、簡単に通用するわけではない。そこで牧師たちは仕方なく、神学とは無縁の常識的なキリスト教の枠組みを踏み外さずに説教を行っているのである。この引き裂かれた感覚は神学を学んだ者にしか分からない。

じつはユダに関しても、神学と信者の間では位置づけが大きく異なっている。その差異は、今回発見された「ユダの福音書」とも大いに関係してくる。

〈「ユダはもっぱらイエスを裏切った者、背教者というのが、今日の一般的な見方。けちで欲が深く、師への忠誠より金に興味のある男というイメージができあがっていますね」と古代キリスト教専門の学者バート・アーマンも語る。

さらに米国の宗教学者ウィリアム・クラッセン博士は、ユダという言葉自体が忌《い》み嫌われている、と指摘する。「西洋では実際、犬にさえユダという名はつけない。もちろんドイツでは、子どもにユダと名づけるのは違法です」〉（『ユダの福音書を追え』、二五頁）

これが欧米キリスト教文化圏での常識だ。しかし神学の世界では、ユダは単なる裏切り者だとされてはいない。二十世紀の思想史に最大の影響を与えた神学者カール・

バルトは、未完に終わった主著『教会教義学』で、ユダに関して考察しているが、そこでのユダ像は今回明らかにされた「ユダの福音書」の内容と驚くほど整合性があるのだ。

「ユダの福音書」の中に、イエスはユダに対して、このように言ったという記述がある。

〈お前は真の私を包むこの肉体を犠牲とし、すべての弟子たちを超える存在になるだろう〉（『原典　ユダの福音書』、六九頁）

その「ユダの福音書」を読んだことのないバルトも、ユダが使徒の一人であり、実は神によって特別に選ばれた者であると論じている。

〈ユダは、新約聖書においては、頑固なほどに終始、「十二弟子のひとり」として特徴表示されており、また彼に対しても、はっきりと、言葉に出して、選びの概念が適用されている〉（カール・バルト『教会教義学　神論Ⅱ／2　神の恵みの選び　下』吉永正義訳、新教出版社、一九八二年、三六七頁）

ユダはイエスを銀貨三十枚で引き渡したが、それによって悪い指導者が世界を支配することになった。この「引き渡し」がなければ、人間はイエスが救い主だということを認識できなかったのだから、ユダの裏切りは神の意志に適《かな》っていたとバルトは説いている。

〈『ユダの福音書』は、これまで読まれてきた福音書と大きく異なる。そこに登場するユダはイエスを裏切るどころか、最も誠実な友人であり弟子である。官憲へイエスを引き渡すという、大きな犠牲を求められたのがユダであり、しかもそれを要求したのはイエス自身だった〉（『ユダの福音書を追え』、三五三頁）

「ユダの福音書」の来歴を追跡したジャーナリストの見解は、六十四年前にスイスのバーゼルで、神学的思索と反ナチス闘争に集中していた二十世紀神学の巨人カール・バルトのユダ解釈と完全に符合するのである。

ちなみにイエスの一番弟子で、初代ローマ教皇であるペトロもイエスを裏切った点ではユダと五十歩百歩だ。

〈するとペトロが、「たとえ、みんながあなたにつまずいても、わたしは決してつまずきません」と言った。イエスは言われた。「はっきり言っておく。あなたは今夜、鶏が鳴く前に、三度わたしのことを知らないと言うだろう。」

ペトロは、「たとえ、御一緒に死なねばならなくなっても、あなたのことを知らないなどとは決して申しません」と言った。弟子たちも皆、同じように言った〉（「マタイによる福音書」第二十六章三十三―三十五節）

しかし結果的にはイエスの預言どおりとなった。同時に他の弟子たちも全員イエスを裏切ったのであるから、ユダの裏切りは、十二弟子すなわちキリスト教徒全体をいわば代表して行われたということになるのだ。

そのユダはどのような最期《さいご》を遂げたのか。「マタイによる福音書」によれば自殺、「使徒言行録」では、〈ところで、このユダは不正を働いて得た報酬で土地を買ったのですが、その地面にまっさかさまに落ちて、体が真ん中から裂け、はらわたがみな出てしまいました〉（第一章十八節）と事故死になっている。いずれにせよイエスを「引き渡した」ために、ユダが肉体を犠牲にしたことは間違いない。

すべての弟子の代表としてイエスを「引き渡す」ことで、イエスがキリストであるということを逆説的に証明したのだから、「ユダの福音書」の記述は、キリスト教信仰と矛盾しないと筆者は考えている。

複数の教団が文書を編纂

十八世紀の啓蒙主義より以前は、マタイ、マルコ、ルカ、ヨハネが、それぞれの名が冠された福音書の著者だと考えられてきた。しかし現在、神学の世界でそのような説をとる者は皆無だ。初期キリスト教の時代には、イエス・キリストの教えを奉じる様々なグループが存在しており、四つの福音書は、それぞれ別の宗教教団が独自に編纂したと見るのが妥当である。

これら四福音書のうち最も古いのが「マルコによる福音書」で、紀元七〇年代にできたと見られている。その後の紀元八〇年代に成立したと見られる「マタイによる福音書」と、「ルカによる福音書」には、「マルコ」が種本として使われている。なお神学世界の標準的見解では、「Q（語録）資料」という現存していない文書があり、それも「マタイ」と「ルカ」の種本だったと推定されている。「マルコ」にはないイエスの言葉が、「マタイ」と「ルカ」の双方に採られているからだ。

これら四福音書のうち、「マタイによる福音書」、「マルコによる福音書」と「ルカによる福音書」は内容が似通っているので、「共観《きょうかん》福音書」と呼ばれるが、「ヨハネによる福音書」は、別の思考系統の教団によって編纂された文書である。

筆者が神学を学んだ二十五年前、「ヨハネによる福音書」は、非ユダヤ人（異邦人）キリスト教団の文書だという説が有力だった。

しかし一九四〇年代にエジプトで発見された「ナグ・ハマディ文書」と、イスラエルで発見されたユダヤ教の文書「死海写本」の解読が進んだ結果、「ヨハネによる福音書」はユダヤ人キリスト教団の文書という説が一般的になっている。このことはユダヤ人キリスト教団の間でも、かなり見解の相違があったということを示している。

いま挙げた「ナグ・ハマディ文書」の多くは、キリスト教初期に大きな一派を形成していた「グノーシス主義者」のものである。グノーシスとはギリシア語で知識、認識を意味するが、神学思想としては、人間の中に神的本質があり、それが肉体や霊魂の制約を超えて本来の神に回帰することで救済に至るという考え方である。そのための特別の知識（グノーシス）は思索や瞑想《めいそう》によって得られる、とグノーシス主義者は考えた。

「ユダの福音書」もこのグノーシス主義の系譜に属する。グノーシス主義は、当時もっとも知的水準が高い潮流であったが、正統派キリスト教はグノーシスを異端であるとして激しく拒絶した。

戦闘的・反グノーシス主義者の典型が、ルグドゥヌム（現在のリヨン）司教として活躍したエイレナイオスである。彼は主著『異端反駁《いたんはんばく》』で、グノーシス主義と「ユダの福音書」を手厳しく批判している。

〈ほかの誰も知りえない真実に到達しているのがユダであり、それゆえ彼は裏切りという神秘を完遂することができた。地上と天上のあらゆるものは、ユダによってひとつに混ざり合ったのだという。そしてこのグノーシス派の一派はその教えのよりどころとして、『ユダの福音書』と題される文書を捏造《ねつぞう》したのである〉（『原典　ユダの福音書』、二四五頁）

ところで、今回のチャコス写本が発見される前から、かつて「ユダの福音書」という文書が存在し、その世界観の下に結集したキリスト教徒の集団（とりあえず「ユダ教団」と呼ぶ）があったという推測はされていた。その根拠は、紀元二世紀後半にエイレナイオスが、この『異端反駁』で「ユダの福音書」に触れていることである。

後に正統派キリスト教となったエイレナイオスが所属する教団から見れば「ユダ教団」は異端であるが、当の「ユダ教団」は自らがイエス・キリストの忠実な使徒で、異端であるという認識はもっていなかったと思われる。では正統派教会はなぜこれほど、グノーシス主義を警戒したのだろうか。

それはキリスト教における学識と救済の関係に理由がある。イエスは大工の息子で知的水準は中の上であったが、類《たぐい》まれな洞察力によって、学識においてははるかに勝るパリサイ派の学者たちを次々と論破していった。イエスにとって重要なことは人間の救済であり、権力や富、そして学識は重要でなかった。

グノーシス主義が救済を真摯《しんし》に追求していたことは間違いないが、そのためには思索、瞑想《めいそう》が必要だという学識を重視する教義を持っていた。宣教の観点から言えば、知的能力とはまったく関係なく、イエスが定めた洗礼や聖餐《せいさん》（キリストの肉であるパン、血であるワインを飲む儀式）に従えば救済される、というほうが大衆の支持を得やすい。

三一三年のミラノ勅令でコンスタンチヌス帝が公認して、キリスト教は体制側の宗教となったが、それまでは信者を増やして支持基盤を拡大することが、キリスト教が存続するために必要とされていた。そこで正統派教会は、洗礼と聖餐という原理原則を維持すると同時に、学識を重んじるグノーシス主義を厳しく排除しようとしたのである。

ローマに公認された後は、キリスト教神学でも高度な学術的体系が構築されるようになったが、それでも基本的にキリスト教は知識に対する不信が大きい。これはあまり理解されていないが、キリスト教が持つ基本的な性格である。

多元的価値観を認める社会へ

最後にこの「ユダの福音書」がキリスト教世界に与える中長期的な影響について記

したい。

キリスト教は世界観でも哲学でもなく、イエス・キリストを信じることで救われるとする救済宗教だ。現在のキリスト教で主流の座を占めるカトリシズム、プロテスタンティズム、正教はいずれも、「ユダの福音書」を手厳しく攻撃したエイレナイオスの流れを引いている。

このエイレナイオスの方法論は、キリスト教世界の中で敵と味方の線を引き、敵を殲滅《せんめつ》することで問題の解決を図るというものだ。その結果、キリスト教世界は宗教戦争の連続であった。近代になり、戦争の技術が向上したため、絶え間ない宗教戦争が人類の滅亡をもたらす可能性が高まった。

しかしそれは神の意志とおよそかけ離れている。そうした危惧《きぐ》から、キリスト教神学では「寛容」が重要な意味を持つようになった。この「寛容」を一般思想に翻訳するならば、自由主義が持つ愚行権である。すなわち他者から見れば愚かなことに見えても、その行為が危害を加えない限り、誰もが愚かなことをする権利を持つということだ。幸福追求権と言い換えてもいい。この考え方は、異なる文明、価値観との共存を意味している。

東西冷戦に西側が勝利した結果、ＥＵ（欧州連合）やＮＡＴＯ（北大西洋条約機構）は旧東欧諸国に拡大した。世界で唯一《ゆいいつ》の超大国となったアメリカは、民主主義と市場原理主義を全世界に広めようとしている。こうした欧米の行動は、自らの価値観で世界を制覇するという一元主義に無意識のうちに支えられている。

しかしキリスト教は本来、他の宗教も含めて、多元的な価値観を受けいれる宗教であった。

それを示しているのが「ユダの福音書」なのである。「ユダの福音書」の発見、解読によって、ユダの裏切りはイエス・キリストの救済事業と切り離せず、それはイエスの意志にも反していないことが明らかになった。すなわちユダの存在さえ許容する寛容が、キリスト教の中に含まれていたことを、「ユダの福音書」は示している。

またエイレナイオスのように、自己の正しさを他者に押しつけて、敵を殲滅しようとするキリスト教文化圏の政治倫理に対しても、根源的な見直しがはかられることになるだろう。

なぜなら「裏切り」は、ユダに限らずイエスの弟子全員に共通した行為であり、ユダの罪もイエスの弟子に共通している。そしてそれは、イエスの弟子に連なる全キリスト教徒につながるのだ。したがってキリスト教徒は、ユダを敵として非難するのではなく、自らの中にあるイエス・キリストに対する裏切りを悔い改めるべきだ、という論理が導き出されるからだ。

九・一一のテロ事件以降、キリスト教文化圏にある西欧社会と、イスラム文化圏の対立など、異なる価値観が衝突する構図が鮮明に浮かび上がってきた。しかし「ユダの福音書」は、多元的価値観の共存する世界へと欧米社会を転換させる方向に影響を与えるだろう。ただし、それには時間がかかる。

まず「ユダの福音書」のテキストの確定と解釈に、少なくとも十年から二十年が必要とされるはずだ。それがキリスト教と政治倫理の関係を調整する「組織神学」の分野で議論され、一定の方向が出るにはさらに十年から二十年の時間が必要とされる。その方向性が教会の現場に反映されるのは、もっと先のことになるだろう。よって世界に「ユダの福音書」の影響が現れるのは、今世紀半ばになると思う。

しかしこの時点で「ユダの福音書」が発見、解読されたのは、一元主義が神の意志とは異なり、イエス・キリストは多元主義と寛容を説いていたことを改めて示すため、「見えざる手」を神が働かせていたように筆者には思えてならない。

第十八話　ラスプーチン、南朝の里を訪ねる

「おのれ小泉！」

外務省絡《がら》みの背任・偽計業務妨害事件で、二〇〇五年二月十七日に私は東京地方裁判所で懲役二年六カ月の有罪判決を言い渡されたが、幸い四年の「弁当」（犯罪者用語で執行猶予《ゆうよ》のこと）がついた。

鬼の東京地検特捜部に逮捕され、小菅の東京拘置所独房に勾留《こうりゅう》された者達の間では不思議な連帯意識が生まれる。ここから政治犯ネットワークが生まれていった。常連メンバーは、鈴木宗男衆議院議員、村上正邦《まさくに》元参議院議員だ。鈴木氏は、あっせん収《しゅう》賄《わい》・受託収賄・政治資金規正法違反・議院証言法違反（偽証）で、東京地方裁判所で

懲役二年の実刑判決を受け、村上氏は受託収賄で、東京地方裁判所と東京高等裁判所で懲役二年二カ月の実刑判決を受けた。三人とも徹底抗戦で最高裁まで争う腹だ。

〇五年四月某日、村上氏に誘われ、私たち数名は都内有名ホテルの中華レストランの個室で、食事をとっていた。鈴木氏はいなかった。その昔、小泉純一郎氏が厚生大臣をつとめていた時期に厚生事務次官が収賄容疑で逮捕される事件があったが、そのとき贈賄側で逮捕された病院理事長の小山博史《ひろし》氏もいた。小山氏は一年半の実刑が確定し、栃木県黒羽《くろばね》刑務所で「お勤め」を終えて戻ってきた。

突然、部屋の外がドヤドヤと騒々しくなった。斜め向かいの個室に数名の客が入って、にぎやかに食事会が始まったようだ。私がトイレに行くのを装《よそお》って偵察すると外にSP（警護官）が数名いる。閣僚につくSPは最大二名だから、複数の大臣が食事をしているのかもしれない。顔見知りのSPもいるので会釈《えしゃく》した。個室に戻り偵察結果を報告した。すると、村上氏が「総理が来ているんじゃないか」と言った。

村上氏はフロアーマネージャーを呼び、「今来ているのは総理だな」と尋ねるとマネージャーは気まずそうに「そうです」と答えた。村上氏は体質的に酒を一滴も受け付けないのであるが、顔がまたたく間に紅潮し、「よし、俺が一言挨拶《あいさつ》してくる」と言って部屋の扉を開けた。私はどうなることかと心配し、後について行ったが、村上氏はSPに静かな声で、「小泉総理に隣にいる村上正邦がよろしくと言っていたと後で伝えてくれ」と伝言を頼んでいた。SPは「わかりました」と答えた。その姿を見ていて、何とも言えない淋《さび》しさがこみ上げてきた。こういうとき、私には軽口を叩《たた》く癖がある。

「それにしても、『おのれ小泉！』と思っている連中がいる隣の部屋で総理一行が食事をしているのですから、これで日本の危機管理は大丈夫ですか」

「全くだめだな。自爆テロリストがいたらオシマイだな」

「私たちがアルカイダでなくてよかったですね」

「優さん、日本人は甘くなったよな。命を賭《か》けて戦うことをしなくなった」

村上氏は他人を呼び捨てにしたり、クン付けで呼ばない。必ずさん付けだ。これは鈴木宗男氏や野中広務氏（元内閣官房長官）にも共通する文化だ。

南朝側の死生観

「村上大臣、獄中で『太平記』を二回通読しました。命を賭けて筋を通すというのが日本の伝統だと思います。南北朝動乱の南朝側の死生観こそが、私は日本人のあるべき姿と思います。歴代天皇の墓は南向きですが、後醍醐《ごだいご》天皇陵だけは北向きになっています。京都の方を向いて『今にみておれ』という想《おも》いがこもっています。一度、吉野に行って後醍醐天皇陵をお参りしたいと考えています」

『太平記』巻第二十一「後醍醐天皇崩御の事」には、〈玉骨はたとひ南山の苔《こけ》に埋むるとも、霊魄《れいはく》は常に北闕《ほっけつ》の天に臨まんと思ふなり（我が亡骸《なきがら》はたとい吉野山の苔に埋もれても、我が霊魂は常に北方の皇居の空を望んでいようと思うのである）〉（『太平記③新編日本古典文学全集五十六』小学館、一九九七年、二九頁）と記されている。東京拘置所の独房でこの箇所を読んだとき、後醍醐天皇や南朝の忠臣たちの無念さが私の胸にひしひしと迫ってきた。

村上氏は「優さん、鈴木宗男さんも誘って、吉野に行こう」と言って、その場で携帯電話で鈴木氏に電話をし、刑事被告人三名による南朝の里の訪問が決まった。後醍醐天皇が崩御されたのは一三三九（延元四）年八月十六日なので、命日の八月十六日に訪問することを計画したが、この日は公式行事が行われるので、その翌日の十七日に訪問することにした。

しかし、〇五年八月八日に衆議院が解散され、選挙戦に突入したため、吉野行きは延期された。九月十一日の総選挙で鈴木宗男氏は四十三万票を獲得して衆議院議員に返り咲いた。その後、何回か調整したが、三名の日程が合わず、結局、〇六年四月二十八日、二十九日に実現したのである。因《ちな》みにその五十四年前の四月二十八日にサンフランシスコ平和条約が発効し、日本国家が独立を回復したので、日本の国のあり方（国体）を考えるにはよい巡り合わせになった。

刑事被告人三名に加え、先程言及した小山博史氏、それに同志社大学神学部の同窓生で「佐藤優支援会」という任意団体を立ち上げ、私の公判闘争を助けている瀧田敏幸氏（千葉県印西市議・当時）、阿部修一氏（民間会社員）も南朝の里を訪ねることになった。瀧田氏、阿部氏、私はいずれも基礎教育が神学なので、宗教や宗派を問わず、人知を超えるような世界の話は大好きなのである。吉野では滝まこと衆議院議員が二日間現地を案内してくださった。この場を借りて感謝申し上げる。

衆議院本会議が行われる関係で、鈴木氏は少し遅れて、現地の蔵王堂《ざおうどう》で合流することにし、村上部隊は新幹線で京都経由、その後、近鉄特急で吉野神宮まで行った。片道約四時間半の行程で、最初の訪問場所の如意輪寺《にょいりんじ》には午後四時過ぎに着いた。後醍醐天皇陵は如意輪寺内の小高い丘にあったが、明治維新の神仏分離、廃仏毀釈《はいぶつきしゃく》で、御陵は仏教寺院から切り離され、宮内省（庁）によって管理されることになって現在に至っている。

如意輪寺の住職によって、まず宝物殿に案内された。後醍醐天皇崩御の八年後、次帝後村上天皇の時代に高師直《こうのもろなお》の率いる足利幕府側軍勢（『太平記』によれば八万人）に朝廷側は数千名で対戦することを余儀なくされた。一三四七（正平二）年十二月二十七日、楠木正行《くすのきまさつら》の一族郎党百四十三人が四条畷《しじょうなわて》（大阪府）の決戦に向かう前に後醍醐天皇陵に参拝し、如意輪寺で過去帳に名前を記して出撃した。そのとき、寺の扉に槍先《やりさき》で書いた和歌が現存し、宝物殿に展示されている。

かゑらじと　かねておもへば梓弓《あずさゆみ》
なき数に入る　名をぞとゞむる

（そりかえる梓弓ではないけれど、生きては帰るまいとかねて覚悟の出陣なので、死んでいく者の名を書きとどめることだ）

その横にある蔵王権現《ごんげん》像の眼には水晶が使われているのでとてもリアルだ。しかも、白眼の一部に赤水晶を入れ、眼が血走っているのだ。額に三番目の眼もあり、やはり血走っている。展示されている刀は、一度抜くと血を見ない限り鞘《さや》に収まらないという妖刀《ようとう》「村正」だ。

宝物殿を出て、二、三分歩いたところに宮内庁書陵部の詰め所があった。住職は「私はここでお待ちします」と言って、それより先に進まない。神仏分離原則が厳格に適用されているのだ。私たちはお浄《きよ》めを済まし、後醍醐天皇陵の前に立った。宮内庁職員が陵の前の扉を開く。ムシロが一枚敷かれており、その上に立って拝礼する。円形の墓で、北向きに石造の鳥居が立っている。現在の形になったのは幕末の頃とのことだ。村上氏に続いて私が拝礼した。私自身はキリスト教徒なので、この場所に私が信じる神様がいるとは感じなかった。しかし、私の両脚が震えるのだ。地の底から何かいわく形容しがたい力が乗り移ってくることを感じた。四年前、東京拘置所独房で『太平記』を読みながら必ず訪れると誓った後醍醐天皇陵の前に立ち、私は感無量だった。

「死に場所を与えてください」

その後、私たちは南朝御所が置かれていた吉水《よしみず》神社を訪れた。もともと神仏分離前は吉水院という寺だったが、その後、神社になった。ただし、建造物としては寺院の面影をそのまま残している珍しい神社だ。吉野は桜の名所であるが、かつて豊臣秀吉が吉水神社を拠点に花見の大宴会を行ったことがある。吉水神社の佐藤一彦宮司は、北朝鮮による拉致《らち》問題の解決に取り組む熱血漢だ。正式参拝で村上氏の玉串《たまぐし》の奉納を見て、佐藤宮司が「見事な奉納です。後醍醐天皇もウンとうなっています」と感想を述べた。宮司は私たちを本殿の横にある後醍醐天皇御所に案内した。二十畳くらいの畳部屋の奥に畳五枚が高く積まれている。東京拘置所独房より少し広い。その真ん中に、二畳の畳が敷いてある。ここが後醍醐天皇の座だった。宮司が「ここより先には入らないでください。この座にはあの豊臣秀吉ですら座りませんでした」と説明する。

私たちは本殿に戻った。村上氏は昇殿して御神体である後醍醐天皇の木像の右肩に左手を、右膝《みぎひざ》に右手を置いて、宮司の力を借りて祈願した。

「私にもう一度力を与えてください。私にもう一度チャンスを与えてください。私に死に場所を与えてください」と村上氏は二回繰り返した。

その後、私たちは吉野の中心、金峯山《きんぷせん》修験本宗総本山金峯山寺の蔵王堂を訪れた。ここで鈴木宗男氏、滝まこと氏と合流した。五條順教管長のお話をうかがった後、教学部長の五條良知東南院住職が蔵王堂を案内してくださった。五條教学部長はユーモアのセンスに富むとともに宗教学、西洋哲学の造詣《ぞうけい》が深いことも、話を聞いていてすぐにわかった。「教学をどこで勉強されたのですか」と尋ねると東京の大正大学とのことだった。以下は五條教学部長の話で私の印象に残った部分だ。

――修験道は、神道、仏教のみならず道教や日本の土着信仰が合わさったもので、多元性を基本とする。吉野は古来より政争に敗れ、逃れてきた人々を匿《かくま》い、再出発させる場だ。われわれ山伏は偏見にとらわれず、人々を人物本位、言説をその内的ロジックのみで捉《とら》える。他者を排斥しようとするような思想や政治とは、武器をとってでも戦い、多元性と寛容の世界を維持する。なぜなら、それがなくなると日本は日本でなくなるからだ。

――日本は近代化の過程で大きな失敗を二回した。一回目は明治維新の神仏分離で、日本とは異質の一元支配の傾向が強まった。二回目は太平洋戦争の敗戦で、天皇を神の座から引き下ろし、日本人がもつ神道の感覚が薄れてしまった。

――吉野は山奥であるが、地政学的に京都、大阪、伊勢に出ることが容易だった。われわれ山伏は、全国各地に散って情報を集め、それを吉野に集約した。吉野はインテリジェンスの総本山でもあった。

その後、五條氏は本殿に入り、経文を唱え、他の僧侶《そうりょ》達が法螺貝《ほらがい》と鐘を鳴らした。法螺貝の音が腹に響く。本尊である金剛蔵王権現は三体の秘仏なので、金のカーテンで覆《おお》われ、仏像の姿は見えないが、二〇〇四年から〇五年にかけて一年間、吉野が世界遺産に登録された記念に秘仏を特別公開したときの写真が展示されている。仏様の顔は青で、後ろは真っ赤な炎に覆われている。西原理恵子画伯が描く鳥頭クリニックの院長が怒ったり驚いたりしたときの絵にそっくりだ。権現とは仏の仮の姿である。始め蔵王権現はやさしい顔で現れたのだが、日本人があまりに堕落しているので、鬼のような真っ青な顔に変わったのだという。しかし、よく見ると親しみのもてる顔をしている。

鈴木氏が「外務省の役人も優しい顔をすると言うことを聞かないからな。俺も蔵王権現様のような形で現れてやろうか」と言うので、私は「既に十分蔵王権現になっています。ただし外務官僚には蔵王権現の優しさと哀しみがわからないのでしょう」と答えた。

皇子を守った村上氏の祖先

翌朝、鈴木氏は昼過ぎに北海道女満別《めまんべつ》で用事があるので、午前五時四十七分吉野駅発の近鉄急行で京都経由、東京に向かった。村上部隊は、南朝の忠臣、村上義光《よしてる》、村上義隆《よしたか》の墓参をした。村上氏の祖先にあたる人々だ。後醍醐天皇の皇子・大塔宮護良《おおとうのみやもりよし》親王を村上父子は命をかけて守った。『太平記』巻第七「出羽入道道蘊《どううん》芳野を攻むる事」によれば、一三三三（元弘三）年正月、二階堂道蘊に率いられた六万騎の軍勢が吉野を攻めた。

父の村上義光は、大塔宮の鎧《よろい》を着て、偽装し、蔵王堂前の櫓《やぐら》で自決する。義光は腹を切り、内臓を引き出し、櫓の板に投げつける。敵軍が義光を大塔宮と勘違いして首を切り取ろうとしている隙《すき》に息子の義隆が宮様を逃す。義隆も戦死するが、大塔宮は生き残るのである。墓参りを終えて、村上氏がぽつりと言った。

「優さん、検事が取り調べで私を怒鳴りつけるんだ。『村上！　貴様は村上水軍の末《まつ》裔《えい》だと言っているが、家系図があるのか。あるなら見せてみろよ。嘘《うそ》をついて国民を騙《だま》してきたんだろう。地獄の閻魔《えんま》様に代わって俺が貴様の舌を抜いてやる』と怒鳴るんだ。悔しかったよ」

南朝の里を訪ねた印象を村上氏は俳句に詠《よ》んだ。

花は葉に　吉野の山は　夢の跡

太平記　四本櫻の　蔵王堂

東京に向かう新幹線の中で、村上氏は橿原《かしはら》神宮前駅で買った柿の葉鮨《ずし》、私は京都駅で買った筍《たけのこ》弁当を食べながら、話をした。

「優さん、葉桜だけど、吉野で花を見ることができてよかったよ。昔の人は優雅だったよな。蔵王堂の庭にある四本の桜に囲まれた場所で、宴会をやって、それから勝てる筈《はず》のない戦に挑んでいくんだからね。死に場所があったんだよ。うらやましい。私には死に場所がない」

「村上大臣、そんな淋しいことを言わないでください」

「俺は何で生きてきたのか、生きている意味なんかないんだと本当に思うんだよ。私がKSD（ケーエスデー中小企業経営者福祉事業団、現あんしん財団）から賄賂《わいろ》をもらったという話を作られたことで、国民の政治不信に火がつき、森内閣崩壊への道筋ができた。私は逮捕され、『聖域なき構造改革』を唱える小泉が総理になった。その後、日本国家は内側から崩れていった。一年後には鈴木宗男さんが逮捕された。そして、その次には俺の天敵だった野中も、橋本も、政界を去らざるを得なくなった。野中さんも橋本さんも死に場所を探していると思うよ。鈴木さんは幸せだよ。死に場所を見つけることができた」

「どういうことなんでしょうか」

「檻《おり》の中で、鈴木さんも議員バッジを外そうと考えたと思うんだ。巨大な国家権力に勝てないということは、権力の中心にいた者ほどよくわかる」

「鈴木大臣は、自分はバッジを外そうと考えたんだけど、奥様の『悪いことをしたと思っていないならば、バッジを外すな。家も後援会も私が守る』というメッセージが弁護士経由で独房に届いたので考え直したと言っています」

「優さん、それだけじゃないよ。鈴木さんは北方領土のことがあったから、頑張り通したんだ。ここでへこたれ、政界から去ったら、北方領土が永遠に取り戻せなくなると思ったから歯を食いしばったんだよ。それに北方領土交渉の盟友の優さんが獄中で『鈴木さんより先には出ない』と頑張っていたからね。そして勝負に出た。一回目の参議院選挙では敗れたが、衆議院に返り咲いた。もし落選したら、マスコミに袋叩《だだ》きにされ、復帰は不可能になった。一度、徹底的にマスコミに叩かれた経験がある人は、マスコミがとても恐くなるんだよ。鈴木さんもほんとうはとても恐かったんだと思う。しかし、死に場所が欲しかったんで恐怖に打ち勝ったんだよ。これまでも事件に巻き込まれた後に当選した政治家は何人もいる。しかし、田中角栄（元首相）、藤波孝生《たかお》（元官房長官）の頭にはいつも刑事被告人という肩書きがついた。これがつかなくなったのは鈴木宗男が初めてなんだ。だから裁判の結果がどうあろうと鈴木さんは北海道の大地で満足して死んでいく」

「死ぬ話は淋しいですよ。生きる話をしましょう。村上大臣の政治家としての経験を記録に残すんです。そして後世に伝えるんですよ。書物は永遠に生きます」

「あなたは優しいね。俺は死に場所を得たい。きちんとした死に方をして、天皇様と日本の国と国民のために少しでも貢献したいと思うんだ。吉水神社で、私は後醍醐天皇にもう一度チャンスを与えてください、村上正邦に死に場所を与えてくださいと懸命にお願いしたよ」

村上氏は淋しそうに語ったが、その瞳《ひとみ》には蔵王権現のような炎が燃えていた。

第十九話 ティリッヒ神学とアドルノ

ドイツを追われてアメリカへ

パウル・ティリッヒ（一八八六年～一九六五年）が二十世紀プロテスタント神学を代表する「知の巨人」であることについては異論がない。

プロテスタント神学の世界は、かなり閉鎖的だ。ドイツ、スイスを中心に、オランダ、チェコ、スコットランドのプロテスタント神学者のマフィア的ネットワークが知的営為の中心だ。このネットワークの神学者たちは基本的にドイツ語で表現する。ある時までティリッヒは神学の「ドイツ・マフィア」における中心的人物の一人だった。「ドイツ・マフィア」以外では、プロテスタントに算入されるが、ルター派、改革派

(いわゆるカルバン派はこの潮流に含まれる)とは系譜を異にするイングランド国教会は別の知的場所を作っている。また、北米のプロテスタント神学もこれとは別の知的潮流を作っている。そして、これらの知的潮流は、ときどき気まぐれな対話を行うことがあるが、基本的に混じり合うことなく、並存している。

ティリッヒは、ドイツ社会民主党員で、ナチス党と正面から対峙《たいじ》したために、ドイツを追われることになる。

〈一九三三年には、平和で何の不自由もなく、追放の身ながら新旧のあたたかい友情につつまれた生活にも拘《かかわ》らず、クリスマスの灯は一瞬たりとも彼の暗い心を慰めてはくれなかった。このような悲しみをもたらしたのは、ろうそくがなかったことではなく、フランクフルト大学の教授を解職するという、公式通告であった。

同年十二月二〇日付の手紙で、ナチの文部大臣はティリッヒに対し、彼の社会主義に関する著作ならびに社会民主党党員である事実にかんがみ、彼は信頼のおけぬ人物とみなされ、したがってドイツにおいて公職にあることは許されない旨《むね》を通告して来た。彼から最終的にドイツにおける教授の地位と立場とを奪ったこの決定は、彼にとっては解放というよりも、残酷な運命の打撃であった。彼はいわば地獄の縁にあって、何か月もこの決定を待っていたのであり、実際に、それが彼にとって不利なものではないことを希望して来たのである〉（ヴィルヘルム＆マリオン・パウク共著『パウル・ティリッヒ1　生涯』田丸徳善訳、ヨルダン社、一九七九年［原著一九七六年］、一八三頁）

一九三三年からティリッヒはアメリカに在住するようになり、ニューヨークの「ユニオン神学大学」で教鞭《きょうべん》をとる。ユニオン神学大学は、ハーバード大学神学部、シカゴ神学大学、プリンストン神学大学と並ぶアメリカの神学界と教会の双方に大きな影響を与える知のセンターである。当時、ユニオン神学大学では、ラインホルド・ニーバー（一八九二年〜一九七一年）が教鞭をとっていた。ニーバーは戦後、トルーマンの反共戦略を構築する中心的イデオローグとなり、その影響はブッシュ大統領を支えるネオコン（新保守主義者）にまで及んでいるが、一九三〇年代から一九四五年の第二次世界大戦終結までの時期、ニーバーはマルクス主義に対して好意的で、アメリカ、イギリスを中心とする民主主義陣営はソ連と提携してドイツ・ナチズム、イタリア・ファシズムを駆逐すべきであるという論陣を張っていた。元ドイツ社会民主党員のティリッヒとアメリカ型社会派クリスチャンのニーバーがユニオン神学大学の二枚看板になったのである。

現実となった恩師の謎《なぞ》かけ

同志社大学神学部と大学院における筆者の恩師である緒方純雄《すみお》先生（同志社大学神学部名誉教授）も第二次世界大戦後、ユニオン神学大学でティリッヒの指導で修士論文を書いた。神学部の一、二回生の頃、私は神学館二階の神学部図書室に籠《こ》もり、神学書を読みあさった。ティリッヒの著作は多くが翻訳され、また実存主義との接点も多いために神学生の間で人気があり、卒業論文や修士論文のテーマにもよく選ばれたが、どうも筆者の腹にはストンと落ちてこない。ティリッヒの理路整然としたテキストよりも、神憑《かみがか》り的傾向のあるカール・バルトの方が魂を揺さぶるのである。

緒方先生の若い時代の紀要論文を読むとバルトを集中的に研究しているが、私が指導を受けた頃は、バルトが忌避し徹底的に批判した、十八世紀末から十九世紀初頭にかけて活躍したプロテスタント神学者フリードリッヒ・シュライエルマッハー（一七六八年〜一八三四年）に、緒方先生は研究の軸足を移していた。

私が「なぜシュライエルマッハーからバルトという方向ではなく、バルトからシュライエルマッハーという歴史を逆行する形で先生の神学的関心が移っていったのですか」と質《ただ》すと、緒方先生は、笑いながらこう答えた。

「バルトは神学は『最も美しいビッセンシャフト（学問＝体系知）』であるといったでしょう。『美しい』という形容詞が危険に思えたからです。バルトの弁証法を身につければ、世の中の全《すべ》てのことが説明できるようになる。ここに自己絶対化の誘惑が潜んでいると思ったからです」

「むしろ『宗教の本質は直感と感情である』といったシュライエルマッハーの方が、宗教を自己の内面的情熱という形で個人的な信念として絶対化してしまう可能性が高いのではないでしょうか」

「佐藤君、それは違います。シュライエルマッヘルの『宗教論』だけでなく、『神学通論』や『キリスト教信仰』も読まなくてはいけません。ロマン主義をきちんと押さえておかないと現代神学はわかりません。ロマン主義的情熱が、結果としてヨーロッパを戦争と破壊に導いたこと。その後の、ニヒリズムの試練を経て、バルト神学が誕生したこと。この過程を正確に理解しなくてはなりません。そのシュライエルマッヘルに遡及《そきゅう》しなくてはならないのです。特に初めからバルト神学で出発すると哲学を軽視して、独断論になってしまう。シュライエルマッヘル神学のそのときどきの哲学の形を用いて表現するという方法論は現在も有効です」

戦前に同志社でドイツ語を学んだ神学徒の特徴なのだが、緒方先生は、ドイツ語の-er語尾を「エル」と発音する。筆者は質問を続けた。

「哲学を神学に援用するという手法だと、もっとティリッヒを勉強したらいいということなのでしょうか。ティリッヒの『カイロスとロゴス』や『存在への勇気』を読んでも、どうしても腹に入らないのです。ティリッヒが限界状況の極限を突き抜けろといっても空虚なスローガンのように聞こえてならないのです。どこか根源的なところに嘘《うそ》があるように思えてならないのです」

「佐藤君にティリッヒはあわないと思います。ただし『組織神学』（全三巻）だけは読んでおいた方がいいです。それ以上は付き合わないでもいいでしょう。実は、僕のユニオン神学大学での修士論文を指導したのはティリッヒでした。一度、ティリッヒがコメントを書いたメモをどこかに紛らせてしまい、必死になって探したことがあります。最後になってでてきたのでよかったのですが、なかなか気難しい先生でした。それから、女性問題がぐちゃぐちゃしていて、あまり神学に身を入れているという感じではなかった。佐藤君がティリッヒよりもバルトに惹《ひ》かれるというのはよくわかる。しかし、佐藤君はいずれ、バルト神学の枠組みにも耐えられなくなりますよ。それに、そうなった方が僕としても面白い」

このときの緒方先生の謎かけは、その後、現実になり、筆者はバルト神学から離れチェコのプロテスタント神学者ヨセフ・ルクル・フロマートカ（一八八九年〜一九六九年）に傾倒するようになった。歴史や自然に肯定的価値を一切認めないカール・バルトよりも、歴史と地政学に制約された状況の中でイエス・キリストの真実を生全体で証するというフロマートカの「受肉の神学」に惹きつけられ、その引力圏から抜け出すことが未《いま》だにできていないのだ。

ティリッヒとアドルノの出会い

優れた教師は贔屓《ひいき》をするものだ。特に神学のように、客観的な知識の集積にとどまらず、死生観、世界観、倫理観なども内包される特殊な体系知を伝授するという決断をし、学生に接触するということ自体が、社会通念では贔屓なのである。この点からするとティリッヒはテオドール・アドルノ（一九〇三年〜一九六九年）を徹底的に贔屓したようだ。

〈アドルノは、一九二九年夏にティリッヒが舞台にあらわれた時には、すでに博士候補生であった。新しい教授陣のメンバーの話を聞こうと、彼はティリッヒが初期ギリシア哲学についての見解を披瀝《ひれき》している、満員の教室の最後列にもぐり込んだ。その日の主題はプラトンであった。アドルノは興味にかられて聞いていたが、自分が観察されているということには気がつかなかった。翌日、彼とティリッヒとは、裕福な教養ある女性で、サロンを主宰し、昼食や夕食にいろいろな知識人たちを歓迎しているガブリエレ・オッペンハイマーのところで、互いに紹介された。

ティリッヒは直ちにアドルノに歩みより、前日、教室で彼を見たといって、彼の言ったことにアドルノがいちいちどう反応したかを、事こまかに描写してみせた。アドルノはティリッヒの観察力に驚き、すぐに彼の虜《とりこ》となった。彼はこの時、この人物が絶大な直観力と、他人の自らに対する反応を認知する特別の能力とを有していることをただ感じたのみであったが、後にそれをさらに親しく経験することになるのである。彼は、ティリッヒはいつでも受信可能な、特別なアンテナを持っているのだ、という結論に達した。また彼は、ティリッヒが完全にその話している相手に注意を集中し、そうした集中が、注目された対象に対し、いかに強い磁気的な作用を及ぼすかということをも発見した。

アドルノはティリッヒの指導の下で博士論文を書くことにし、ゼーレン・キルケゴールの美学を題目に選んだ。これについては、口頭で伝えられてきた面白い話があり、それによると、晦渋《かいじゅう》で難解な文体で書かれたその論文を読んだ時、ティリッヒはその著者に向って「私は一言もわからないが、この論文はすばらしい」と言ったという。ティリッヒは、アドルノの結論には賛成しなかったが、口述試問では彼を弁護し、彼に最優秀の点をつけた。アドルノが緊急の知らせで、彼の午睡を中断させた別の折にも、彼はこれと似たことを言った。「ところで、一体何が起った」と、ティリッヒは身を起し、青年を見据えながら言った。アドルノは興奮して、せきこみながら「私はちょうどユーモアの意味を発見しました。ユーモアというのは、再度見た希望です」と言った。ティリッヒの答えは、当然ながら「君の言っていることは一言もわからない」というものであった。

彼らの多くの意見の交換の中では、ティリッヒは正確にアドルノの言わんとすることを理解したのであるが、必ずしも同意はしなかった〉（同、一四五―一四六頁）

神学の世界で、自らの知の枠組みと異なる言説を評価する場合、「私は一言もわからないが、この論文はすばらしい」というのは、よくある表現形態だ。ここからティリッヒがアドルノの才能に飲み込まれているのがわかる。アドルノ自身が未だ気付いていないアドルノの才能にティリッヒは気付いているのだが、それを言語の形で表わすことができないもどかしさを「君の言っていることは一言もわからない」という言葉で表現しているのだ。ナチスの台頭にともないティリッヒにアメリカへの移住を勧めたのもアドルノである。
〈一九三四年末までには、フランクフルト時代の彼の友人や同僚が次第に多くアメリカに到着したが、彼らは新しい職場を得てニューヨークを去るまでは、大ていはティリッヒの家で、規則的に再会していた。彼らはふたたびティリッヒを中心にして、おなじみの論争を再開したが、彼が指導者の役割を果すことは、全く自明のこととされていて、イギリスから船で午後五時に到着したアドルノなどは、同じ日の午後七時半にはもうティリッヒのアパートにいた位であった。ティリッヒと友人たちとの再会に当っては、この前最後に会った時いらい、彼らがどうして来たかを繰返して語るなどということはなく、ただちに対話が続行された。彼らは主として、歴史的事件の意味について討論することに興味があり、彼らの過去の破壊をもたらした体制に反対することで、互いに結ばれていた。そして彼らは、さらに新しいものを創《つく》り出そうとする固い決意を持っていた〉（同、一九二頁）
ティリッヒやアドルノなど、ドイツの知的遺産（それにはドイツ人の知的遺産とドイツ系ユダヤ人の知的遺産が含まれる）につよくとらわれた亡命知識人がアメリカの知的世界で感じた違和感は、ロマン主義の伝統の欠如である。非合理的な要素が人間を動かすことをアメリカ人は皮膚感覚として理解できないのだ。ティリッヒはこの点に気づき、ロマン主義という異質な世界をアメリカ人に理解させるために努力した。〈もし諸君が三十年前の私のようにヨーロッパからアメリカに来るなら、アメリカ人がヨーロッパ人よりもいかに多く十八世紀に依存しているかに驚くであろう。理由は非常に単純である。アメリカは、十八世紀に対するロマン主義的反動をほとんど経験しなかった。それ故《ゆえ》、ここでは十八世紀との強い関係がある〉（ティリッヒ『近代プロテスタント思想史』、佐藤敏夫訳、新教出版社、一九七六年［原著一九六七年］、五頁）

アメリカ人にとって、十八世紀と二十世紀は直結しているのである。アドルノがマックス・ホルクハイマーとともに第二次世界大戦後に公刊した『啓蒙《けいもう》の弁証法』（岩波書店、一九九〇年［原著一九四七年］）においても、ナチス・ドイツに対する批判のみならずアメリカ型啓蒙主義の陥穽《かんせい》にも射程が伸びている。

汚れた現実世界の中からのみ

神学的観点から、これまでアドルノがティリッヒに与えた影響については、ほとんど研究されていないが、今回、「en-taxi」編集部から本稿を依頼され、ティリッヒ『近代プロテスタント思想史』を再読し、ティリッヒのマルクス主義理解に、アドルノとの討論の痕跡《こんせき》を何カ所か発見した。
〈われわれが日常使っている言葉の中で、イデオロギーの意味に非常に近い言葉は、合理化である。われわれは、ある個人が他人に対する権力支配を正当化したり、ある種の快楽への耽溺《たんでき》を正当化するために思想を使うとき、それを合理化という。社会的集団に適用される時、合理化はイデオロギーとなる。これは非常に重要な神学的概念である。すべてのキリスト者と教会は、自己の伝統的自己満足を正当化するために使う自己のイデオロギーについて疑い深くあるべきである。すべての教会は、自己の権力意志の表現としてのみ真理を主張しないように、自己について疑い深くあるべきである〉(『近代プロテスタント思想史』、二五二頁)
〈ロシアの支配階級は、その権力の座を守るために――彼らの思想はマルクスと間接的な関係をもつにすぎないのだが――マルクスから由来するイデオロギーを固守する。自己の権力の座を守ろうとする意志の中に、イデオロギー的要素がひそんでいる。こういうことになる理由は、マルクスが自己に対する垂直的批判を欠いている点にある。同じ状況をわれわれはあらゆる共産主義国家に見る〉(同、二五三頁)

ティリッヒは、「啓蒙の弁証法」をキリスト教会と共産主義国家の双方に対して適用しようとする。啓蒙の結果、社会が合理化すればするほど、人々は既存のシステムを自然なものであると考え、順応していこうとする。順応とは、時間と手間をかければ、誰もが理性を用いて共通の結論を導くことができるのであるが、面倒なのでとりあえず「自分が理解できないことは、誰かがきちんと説明し、自分を納得させてくれるだろう」という一種の甘えである。その結果、権力支配を正当化してしまう。この現象は、西側では大衆文化、すなわち映画、テレビ、広告などで現れる。西側でも人々は批判精神を失っているのである。ティリッヒは「われわれの文化における危険は、それほど急進的革命的な方法によってではなく、大衆文化のもっと洗錬された複雑な方法によってではあるが、われわれがやはり同じことをするということである」（同右）との認識を示す。それではこのような疎外《そがい》された状況を克服するためにティリッヒが提示する処方箋《しょほうせん》は何か。現実をあるがままに受けとめる勇気、一種の開き直りなのである。

〈すなわち、絶望を直視する勇気は、すでに信仰であり、無意味性を引き受ける行為は、意味に満ちた行為である。ティリッヒは、このことを、次のような思想過程によって論証している。無意味性の状況の中においては、生の意味は、生に対する疑いに還元される。しかし、この疑い自身が生の行為であるから、それは、その否定的内容にもかかわらず、肯定的なものである。すべての徹底的否定が可能であるためには、それが自分自身を一つの生きる行為として肯定せざるをえないという事実によって、生きている。われわれが意味に絶望する各瞬間に、その意味は、われわれによって肯定される》（ハインツ・ツァールルント『20世紀のプロテスタント神学（下）』新教出版社、一九七八年、二五〇頁）

見事な弁証法であるが、筆者の腹には落ちないのである。徹底的否定に耐えうる人間などというのは、もはや人間ではなく、限りなく神に近いか、もしくは悪魔としか思えないからだ。

見習外交官として、モスクワで研修していた時期に大使館の上司には「観光旅行」と偽り、何回かチェコスロバキア（当時）のプラハに赴き、フロマートカ門下の神学者や反体制派哲学者と会って、様々な議論をした。その中でもっとも波長が合ったのがコメンスキー・プロテスタント神学校（現カール［プラハ］大学プロテスタント神学部）のミラン・オポチェンスキー（一九三二年〜二〇〇七年）教授だった。一九八八年の五月のことと記憶している。筆者がティリッヒに対する疑問を口にすると、オポチェンスキー先生は、「ティリッヒだけでなく欧米アカデミズムの左翼神学者は、現実の具体的政治問題にかかわっていないよ。だから過《あやま》ちを犯すこともないし、つまずくこともない。政治は一般論じゃない。一九六〇年代、フロマートカと僕たちがキリスト者平和運動を立ち上げたときはKGB（ソ連国家保安委員会）のスパイだと西側でいわれた。一九六八年の『プラハの春』に抵抗した後は、今度はソ連や東ドイツの連中から僕たちはCIA（米国中央情報局）のスパイで、反革命分子だといわれた。一九三〇年代初頭、ドイツでティリッヒがナチスに〝否《ナイン》〟を唱えたとき、その言葉には命があった。戦後、アメリカの安全圏から聞こえてくるティリッヒの言葉には、命がなかった。従って僕たちの心を打たなかった。ただ、それだけのことだよ」と言った。

神は神学研究室での真摯《しんし》な思索からではなく、この世の汚れた現実の中で見いだされるというのがフロマートカとその門下の神学者たちから筆者が学んだことである。このプラハ旅行の後、今回の原稿に取り組むまで、筆者がティリッヒの著作を本棚から取り出すことはなかった。

あとがき

　表現活動において、どのような場が与えられるかは、死活的に重要である。本書は「新潮45」という場が与えられなくては、生まれなかった。佐藤優が情報屋から犯罪者（刑事被告人）になり、それから売文業者兼作家になるメタモルフォーゼ（変態）の過程は、「新潮45」という媒体なくしては、ありえなかったのである。

　この業界で糊口《ここう》をしのぐようになって、皮膚感覚で理解するようになったが、雑誌は編集長のものである。だから、いかに編集者との相性が良く、雑誌の編集方針に共鳴しても、編集長がダメ出しをすれば、それまでなのである。「新潮45」の中瀬ゆかり編集長は、あえて軽い雰囲気を前面に出しているが、私は中瀬氏を、文学を心底愛し、人間の根源に踏み込むことを希求する思想家と見ている。それだから、私は「新潮45」を思想誌と考えている。

有識者の間では異論があるかもしれないが、私の理解では哲学と思想は異なる。哲学とは〝知〟を愛好する学問であるのに対し、思想は人間が生き死にをかけた営みなのだ。

人間には表象能力がある。イメージをどんどん膨らませていくことができるのだ。ここから文学や芸術が生まれてくるのであろうが、この表象能力が思想に向けられると面倒なことがよく起きる。動物は、たとえば子猫に危害が迫ると母猫は文字通り命を投げ出して敵と戦う（なぜか父猫は子猫のために命を投げ出して戦うことはしない。恋のパートナーを獲得するために他の雄猫と熾烈《しれつ》な戦いをすることはあるが、この場合も命を投げ出すようなまねはしない）。ただし、子猫が成長し、自分でエサを獲《と》ることができるようになると、母猫は子猫を「プシー」というなり声で威嚇《いかく》し、寄せつけようとしなくなる。そして母猫は新たな恋のパートナーを探し始める。

これに対して人間の場合、女だけでなく男も、恒常的に自らの命を他者や国家、理念、神などのために投げ出す覚悟ができる。この覚悟を作り出すのが思想である。人間にとって自分の命はとてもたいせつだ。そのたいせつな命を投げ出す気構えができた人間は、他人の命を奪うことに躊躇《ちゅうちょ》がなくなる。イスラム原理主義、マルクス主義、

(北朝鮮の)主体《チュチェ》思想、そして私が信じるキリスト教思想も、基本的には「人殺し」を正当化する論理を含んでいる。だから思想を扱うことと殺人は隣り合わせにある。このことを自覚していない思想家は無責任だと思う。

本格的大量殺人を引き起こすのは思想としての宗教やナショナリズムであるが、目に見える現象としては、戦争として現れる。一九三四(昭和九)年に陸軍省新聞班が発表した『国防の本義と其《その》強化の提唱』において「たたかいは創造の父、文化の母である。試練の個人における、競争の国家における、ひとしくそれぞれの生命の生成発展、文化創造の動機であり刺激である」(『現代史資料5 国家主義運動2』みすず書房、一九六四年、二六六頁。表記を一部改めた)と定義されているが、その通りと思う。

死を内包する戦争を意識するところから思想は生まれるのだ。裏返して言うならば、戦争を意識しないような思想は、偽物とはいえないとしても「思想の抜け殻」にすぎないのだと私は考えている。

敗戦から六十二年を経て平均的日本人にとって戦争という形態で迫ってくる死は遠くなってしまった。宗教紛争や民族対立で命を奪ったり奪われたりするということも日本人の皮膚感覚で理解しづらい。日本人は死を意識することが不得手になってしまったのだ。死を意識しなくなるということは、死の対概念である生を意識しないことでもある。この辺に日本の現代思想がヤワになってしまった根本原因があると私は思っている。

現下日本で死を容易に意識できるのは、エロスと犯罪の世界だと思う。愛する人を独占したい、愛する人のために命を捧《ささ》げたい、あるいは愛するが故《ゆえ》に命を奪いたい、このような動機から生まれる殺人には必ず思想がある。中瀬ゆかり編集長の天才的直観が、「女と男の愛と犯罪」を究明すれば、そこからわれわれが日常的に意識していない思想を引き出すことができるという独自の編集方針を生み出したのだと思う。

知性には、一流の知性と二流以下の知性がある。一流の知性は、物事の本質をとらえ、言語、絵画などの表現形態で、的確に作者が読者に伝達したいことを表現する能力を備えている。毎月十八日に私は近所の本屋で「新潮45」を購入する。編集部からも贈呈誌が贈られてくるのだが、母に渡している。自腹を切って買った雑誌でないと記事の内容が腹に入らないからだ。本屋さんから徒歩一分のところにコーヒー店があるので、そこでアメリカンコーヒーを注文した後、恐る恐る「新潮45」の頁《ページ》を開く。まず私は中村うさぎ氏、岩井志麻子氏、西原理恵子氏の連載を真剣に読む。それから、残念ながら、「新潮45」の連載は終了してしまったが、私は柳美里《ゆうみり》氏の文も好きだ。

「この作家たちの表現力、洞察力には、僕は今後百年努力しても及ばないなぁ」とため息がでてくる。私の現在の筆力では、自分がいいたいことの四割くらいしか表現することができない。この壁を破るために、何とかこの四人の技法を盗み取りたいといつも考えている。「新潮45」のテキストから知ったこの四作家は、私にとって師である。

同時に私のような二流以下の知性しか備わっていない者にも、活字の世界では生きていく場所があるのではないかと自問する。中村、岩井、柳、西原四氏が芸術の言語で表現する世界を、論理の言語で言い換え、あるいは敷衍《ふえん》(膨らま)し、読者に同じ内容を別の形態で提供することだ。これならば私にもできる場所があると考え、執筆意欲を奮い立たせる。

こうして生まれたのが、本書の作品群である。その中には、習作や駄作と批判されるものがあることは、十分承知しているが、その中で私が言いたいことを正直に表現している。自分の表現したいことを、活字に転換することができない、能力的限界がそこにはあらわれている。これを克服するためには、考え、書き続けるしかないのだと思っている。

「新潮45」編集部で私に伴走してくださったのが宮本太一氏である。宮本氏は『凶悪ある死刑囚の告発』（新潮社、二〇〇七年）の執筆者でもある。この『凶悪』という作品は実に優れている。宮本氏の丹念な調査報道で、迷宮入りになっていた殺人事件が解き明かされ、捜査当局が動き出すに至るのである。

宮本氏は、編集者、作家の視座を移動することができるという特権的立ち位置にいる。その場からの助言は、私が書き手としての修練をする上でとても役に立った。いくら書き手に伝えたいことがあっても、読者の言葉、論理、そして文化と乖離《かいり》するような表現では伝わらないという大原則を私は宮本氏から学んだ。

本書が日の目を見るにあたっては、中瀬ゆかり氏、宮本太一氏とともに新潮社の伊藤幸人氏、加藤新氏、原宏介氏のお世話になった。この場を借りて感謝申しあげます。

佐藤優

二〇〇七年十一月　札幌のホテルにて

文庫版あとがき

最近、仕事場に一人で籠《こ》もり、考え事をする時間が増えている。

ここ三年間、四〇〇字詰め原稿用紙に換算して月一〇〇〇枚以上の原稿を書く生活が続いている。それでも毎日、最低四時間は、本を読む。平均では六～七時間、読書をしている。残りの時間は、三時間半程度の睡眠以外、ほとんどキーボードを叩《たた》いて原稿を書いている。意思力や集中力が特に強いとは思わないが、それほど弱くもないと思っている。それだから、一日十数時間机に向かっていること自体は、特に苦痛ではない。

最近、箱根仙石原に新しい仕事場をつくった。外交官時代にイギリス、ロシア、チェコで集めた外国語の本と、神学、哲学、文学関係の本や資料はこの仕事場に移動した。私の場合、周囲にある本の種類によって着想が変わる。東京では、政治や外交に関する評論の文をもっぱら綴《つづ》り、それ以外の仕事は箱根でするようにしている。

箱根の仙石原はその昔、芦《あし》ノ湖《こ》の湖底だった。標高は七〇〇メートルくらいだが、周囲を一〇〇～一三〇〇メートルの山に囲まれている。盆地のような雰囲気だ。私の仕事場から、箱根の山の向こう側に富士山の山頂が見える。二カ月くらい前から富士山を見ながら考え事をすることが多くなった。

以前はこんなことはなかった。外の景色が気になることもなかった。恐らく二カ月前（二〇一〇年七月二十七日）、七十九歳で母が死んだことが、私の内面に影響を与えているのだと思う。不思議なことだが、母が死んでから、母について思い出すよりも、十年前（二〇〇〇年十一月二十一日）に死んだ父について思い出すことが多くなった。

父は大正十四（一九二五）年生まれだった。東京の下町育ちで、夜学の工業中学を卒業した後、東京帝国大学工学部の富塚清教授の研究室で実験の下働きをしていた。工業中学での成績がよかったので、大学で仕事をしながら、受験勉強の準備をし、大学に進学することを考えていたようだ。富塚教授は、当時、航空工学の第一人者であるとともに、愛国者として言論界でも積極的に発言していたようだ。そのため戦後、公職から追放された。有名教授であったが、父のような下働きの少年にも親しく声をかけてくれたそうだ。小学生の頃、父がビールを飲みながら私に「優君には技術者になってほしい。技術者としての腕が良ければ、どんな時代でも生き残っていくことができる。ただし、政治からは距離を置け。お父さんが東大の研究室で下働きをしていた頃、富塚教授という立派な先生がいた。イギリス、ドイツ、フランスの三カ国に留学して、博士号をとった。人格的にもとても優れていた。お父さんにも『頑張って勉強しなさい。そうすれば道は必ず開けます』と声をかけてくれた。ただし、戦争中、航空工学の専門家だから仕方がないのだけれど、いっしょうけんめい戦えと演説をして歩いていた。それで、戦後、東大の先生をやめさせられた。ほんとうにもったいないことをしたと思う。政治は恐《こわ》い」という話をよくしていたことを思い出す。

父は、一九四五年三月十日の東京大空襲に遭遇し、九死に一生を得た。それまで、戦争に貢献する職業に就いていたので、兵役免除になっていたが、東京大空襲後に召集令状がきた。陸軍の航空隊の通信兵として、中国大陸に渡った。もっとも実際にモールス信号のキーを叩く仕事ではなく、通信機の修理ばかりしていたという。陸軍軍用機の話を父はよくしてくれた。父とこんなやりとりをしたことを覚えている。

「海軍はゼロ戦一本槍《やり》だったけれど、陸軍は長期戦を考えて、もっと計画的に戦闘機を準備していた。一式戦『隼《はやぶさ》』に続き、二式戦『鍾馗《しょうき》』、三式戦『飛燕《ひえん》』、四式戦『疾風《はやて》』、五式戦と次々と戦闘機を造っていった。お父さんは、全部の飛行機に触れたことがある」

「何で五式戦には名前がないの」

「確かに名前がないね。よくわからない。実は五式戦は飛燕と同じ胴体なんだけれど、エンジンが違うんだ」

「どう違うの」

「飛燕は水冷式エンジンだけれど、五式戦は空冷式だ」

そう言って父は、水冷式と空冷式のエンジンの構造の違いについて、紙に書いて説明し、こう続けた。

「日本の飛行機はほとんど空冷式エンジンだ。飛燕は優秀な飛行機なんだけれど、戦場でエンジンが故障したときになかなか修理ができない。それで、空冷式エンジンに取り替えたのが五式戦なんだ。どんなに優秀な飛行機でも、みんなが上手に使いこなすことができないと戦力にならないんだ。例えば疾風も優秀な戦闘機なんだけれど、脚が折れやすかった。これじゃ実戦の役に立たない。戦争になると、実際に使いこなすことができる飛行機が重宝される」

「お父さんがいちばん好きだった飛行機は？」

「そうだな。陸軍の略号でキ48と呼ばれていた九九式双発軽爆撃機だ」

「軽爆撃機？」

「そう。空冷エンジンが二つついていて、お腹《なか》が金魚のように出っ張っている。操縦がしやすいし、整備も簡単だ。なかなか壊れない。機体が頑丈で、急降下爆撃もできる。日米戦争前にできた旧《ふる》い飛行機なんだけど、戦争の終わりまで活躍した。お父さんもこの飛行機に何度も乗った。とても安定感がある飛行機だった」

「戦争が終わったとき、日本軍の飛行機はどうなったの。全部壊したの」

「いや、そうじゃない。蔣介石《しょうかいせき》軍（中国国民党軍）に渡した。翼と胴体に描かれた日の丸を国民党軍の青天白日旗に書き換えるんだ。そのときお父さんは、国民党軍から、軍属にならないかと誘われた」

「軍属？」

「そう。お母さんは、沖縄戦のとき日本軍の軍属だっただろう。軍人じゃないけれど、軍隊の仕事を手伝う人だ。中国軍には操縦士や無線技師が足りないので、旧日本軍の軍人をいい給料で雇ったんだ」

「お父さんは断ったの」

「断った。日本でおじいちゃんとおばあちゃんが待っているし、妹や弟のことも心配だった。できるだけ早く復員することにした」

一九四六年初めに父は日本の地を踏んだ。家族は福島に疎開していた。日本は就職難で、十分な給与を得ることができなかった。そこで父は、米軍の軍属になり、沖縄に渡った。沖縄では、嘉手納《かでな》基地の建設に従事した。そして、将来、私の母になる女性と知り合った。母は十四歳で沖縄本島で沖縄戦に遭遇した。親戚《しんせき》や友人の多くを戦闘で亡《な》くした。戦後、故郷の（沖縄本島の西一〇〇キロメートルにある）久米《くめ》島に帰って知ったのは、親しくしていた村の人々が、一九四五年八月十五日の終戦後、日本軍によって虐殺《ぎゃくさつ》されたことだった。その後、母は沖縄本島に再び出て、戦争で中断していた学業を続けることにした。そして、看護学校に入学し、キリスト教の洗礼を受けた。生涯独身を通し、何か世の中の役に立つ人生を送りたいと考えた。具体的には保健婦になって、医療知識がない沖縄の離島に駐在し、住民に衛生について啓蒙したいと思っていた。一九三〇年代初頭、久米島でポリオ（小児麻痺《まひ》）が流行し、母も罹《り》患《かん》した。当時、久米島には医師も看護師も一人もいなかった。母は、注意して観察しないとわからないが、右手のひとさし指と薬指に麻痺が残った。この出来事が母に強い影響を与えたのだと思う。戦争で多くの同世代の親戚や友人の死を目の当《ま》たり《あ》にして、自分だけが結婚して幸せになるのは道義的に許されないという気持ちをもったようだ。

父は相当強引に母を本土に連れてきた。当時、沖縄が本土に復帰するとは誰も思っていなかった。父も母も国際結婚をするつもりだったという。父は沖縄で稼いだ金で母と大学に進学するという夢をあきらめ、銀行に電気技師としてつとめた。一時期、父と母はカナダに移民することを本気で考えた。日本でも沖縄でもない場所で、新しい人生を始めたいと思ったからだ。しかし、最終段階で、もし日本とカナダの間で戦争が起こったら、子供たちが二つの祖国の間で翻弄《ほんろう》されることになるのを恐れ、やめた。母が戦時中、防空壕の中で、親族訪問のため一時帰国していた沖縄人青年がいじめられているのを見た。その話を父にすると、父は「国家の都合で子供に少しでも苦労をかける危険があることは避けよう」と言ったという。

母にとって、生涯たいせつな価値があった。キリスト教信仰と反戦平和である。母は日本社会党の熱心な支持者だった。これに対して、父は非政治的だった。神も信じなかった。父が死ぬ直前、病床で母が父にキリスト教の洗礼を受けることを強く勧めたが、父は「キリスト教はどうも浄土真宗の絶対他力信仰のように思える。俺の三代前は禅寺（臨済宗妙心寺派）の住職だったので、自力本願を貫きたい」と言って、キリスト教徒になることを拒否した。父の棺《ひつぎ》には、父が愛用していたトランジスタラジオに加え、陸軍一式戦闘機「隼」と陸軍九九式双発軽爆撃機のプラモデルを入れた。母の棺には、文語訳聖書を入れた。

両親が死んだ後、改めて感じたことだが、二人の生涯には戦争が強い影を落としていた。父は二十歳、母は十四歳のときに一度死んだという意識を強くもっていた。残りの人生は二人にとって余生だったのである。二人とも高等教育を受けたいという気持ちを強く持っていたが、適《かな》わなかった。両親は私の教育に熱心だった。しかし、難関校に進めとか、よい大学を出ると将来性があるというような話は一度もなかった。母からは、「きちんとした教育を受けていると判断力がつく。国は国民を騙《だま》す。国に騙されないようにするために、自分の身は自分で守るしかない。沖縄戦のときも東京外事専門学校を卒業した英語の通訳をする兵隊さんがいた。この兵隊さんから壕の中で、『アメリカ軍は女子供を殺すことはない。この戦争は負ける。自決しないで捕虜になりなさい』と耳打ちされた。アメリカについて正確な知識があるからそういう判断ができた」という話を何度も聞かされた。私が高校生になったとき父から、「優君はどうも技術者にはならず、文科系に進みたいようだが、それはそれでいい。ただし、大学の先生の言うことを鵜呑《うの》みにせず、自分の頭できちんと考える習慣をつけることだ。政治や思想を専門にする大学教授は、学生を使って自分の思想を実験しようとする。そういうことに付き合うと人生を無駄にする」と言われたことをよく覚えている。

インテリジェンスとは、知識の量ではなく、生き残るために知をどのように活用するかという「構え」の問題だ。それだから、戦争においてインテリジェンスが死活的に重要になる。今になって思うが、父と母があの戦争で生き残る過程で、何度かインテリジェンスを働かしたのだと思う。

母の信念から、私はキリスト教信仰を継承した。社会党型の反戦平和については、外交官となり国際政治の現実を見たので引き継ぐことができなかった。思想的には保守に傾斜した。父の期待に応《こた》え、技術者になるという選択を私はしなかった。しかし、ロシア専門家であることについては、職人的なこだわりをもった。

私には両親から確実に引き継いだ「何か」がある。あえてそれを言葉にすると、同じ人物や出来事を観察しても他の人とは違う「何か」が見えることだ。それが生き残るための判断において、重要な意味をもつことがある。

私の後半生に大きな影響を与えた一人が鈴木宗男氏だ。鈴木氏との出会いがなければ、私が本格的に北方領土交渉やインテリジェンスの世界に関与することもなかった。また、鈴木氏と知り合わなかったならば、私が東京地方検察庁特別捜査部に逮捕され、五百十二日間東京拘置所の独房に勾留《こうりゅう》されることもなかった。もっともこの逮捕、勾留の経験がなければ、私が職業作家になることもなかった。いくつかの意味において、鈴木氏が私の人生に影響を与えた人物であることは間違いない。当時から私は、鈴木宗男氏の中に、他の外務省の同僚や国会議員には見えない「何か」を見ていた。それについて記したのが、本書に収録した「鈴木宗男の哀《かな》しみ」だ。

二〇一〇年八月三十一日、私が尊敬する半田一郎先生（元東京外国語大学名誉教授、元琉球《りゅうきゅう》大学教授）が交通事故で亡くなった。私は二〇〇九年から半田先生について琉球語（沖縄方言）を勉強していた。半田先生は二十近くの言語を自由に操る。聖書をギリシア語から琉球語に訳す作業を半田先生と一緒にしていたときのことだ。半田先生が「琉球語には、アイ（愛）という言葉がありません。ギリシア語のアガペー（神の愛）に相当するのは、カナシャです」と言った。琉球語には、奈良時代、平安時代の日本語のニュアンスが残っている。『広辞苑』で「かなしい」を引くと「悲しい・哀しい・愛しい」という漢字が充《あ》てられ、「自分の力ではとても及ばないと感じる切なさをいう語。悲哀にも愛憐にも感情の切ないことをいう」という説明がなされている。

パウロが愛について述べた部分（「コリントの信徒への手紙一」十三章四〜七節）を半田先生は日本語と琉球語でそれぞれ次のように訳した。

（日本語訳）　　　（琉球語訳）

愛は、懐《ふところ》が深く、　　　愛（かな）しゃ、肝寛（つむびる）さあてぃ、思いやりが深い。
愛は羨《うらや》まず、
傲《おご》らず、
高ぶらず、
礼に悖《もと》らず、
恩に着せず、
憤《いきどお》らず、
根にもたず、
邪を悦《よろこ》ばず、
真を欣び、
全《すべ》てを凌《しの》ぎ、
全てを受け容《い》れ、
希望を掲げ、
全てに耐える。
愛は、

肝清（つむじゅ）らさん。
愛（かな）しゃ、嫉（うらごー）ささん、
傲（うぐ）いんがーいんさん、
気喬（ちーだか）ささん、
無礼（ぶりー）んさん、
胴勝手（どぅーがってぃ）さん、
わじわじーさん、
妬（にーた）さんさん、
愛（かな）しゃ、邪（ゆくし）悦（ゆるく）ばんさーい、
真（まくぅとぅ）どぅ欣（ゆるく）でぃ、
あんし、まぢり凌（しぬ）ぢ、
むる取り（とぅい）受（う）きてぃ、
ちゃーるばすやてぃん、望（ぬず）み思切（うみち）らん、
何事（ぬーぐとぅ）ん怺（くねー）い怺（ぐねー）い耐
（にじ）ゆん。
愛（かな）しゃや、

止むことがない。絶ぇ（てー）ゆる事ぉ（くぅとー）無ぇ（ねー）らん。

本書の「鈴木宗男の哀しみ」を「鈴木宗男の愛」と言い換えてもよい。二〇一〇年九月七日、最高裁判所が上告を棄却したので、近く鈴木宗男氏は刑務所に収監され、二年の刑期をつとめることになる。私との出会いがなければ鈴木氏もここまで深く北方領土交渉に関与することはなく、従って今回の収監という事態もなかったと思う。私は鈴木氏に対して申し訳ないという思いでいっぱいだ。同時に、鈴木宗男氏と出会ったことで、私は人間の愛＝哀しみを深く知ることができた。

愛のリアリティをどのように表現するかということがキリスト教を基盤に据えた作家の作業なのである。それは人間の哀しみについて描くことなのだと思う。

本文庫版の刊行に当たっては、新潮社の伊藤幸人氏、古浦郁氏にたいへんにお世話になりました。深く感謝申し上げます。

二〇一〇年九月三十日

佐藤優

解説

香山リカ

外交において、主に秘密裡《ひみつり》に行われる情報活動を「インテリジェンス」と呼ぶ。このことを私は、佐藤優氏の著作によって知った。その佐藤氏は、外務省時代、対ロシア問題におけるインテリジェンスのプロフェッショナルであったという。

では、具体的にはそのインテリジェンスとはどうやって行われるのか。スパイ映画さながらに、変装して敵国のパーティに忍び込んだり、文書を盗むためヘリコプターでビルの屋上に降り立ったり、要人の妻を寝盗《ねと》って秘密を聞き出したりするのだろうか。そう期待した人は、本書のまえがきを読んで拍子抜けするだろう。著者はあっさりとこう書いている。

「インテリジェンスとは、（中略）本来的には、テキストを扱う仕事なのだと思う。秘密公電のみならず、普通の新聞記事や誰でも閲覧できる国会の議事録や統計集を注意深く読んで、隠されている情報をつかみとっていく作業は、知的ゲームとしては実に面白い。私にはその適性があると思う。」

この箇所を読んで、私は「これは精神医学の研究領域のひとつ、病跡学に似ている」と思った。

病跡学とは、ひとことで言えば「天才・偉人研究」である。精神科医は診察室や病棟を離れて、芸術、宗教、政治などの分野で名前を残した人の生き方や作品あるいは業績を仔細に検討して、そこに精神医学的な光をあてながら、その足跡や業績の裏にある病理さらにはそれがどのように仕事に影響を与えたのかを考察するのである。資料として使われるのは、まずは本人の「人となり」を知ることのできるもの、つまり本人の日記、作家による伝記や評伝、周囲の人たちの証言など。それから、その業績を知る手がかりになるような作品、社会的活動、研究成果などである。

当然のことながら、ここにはいくつかの問題がある。ひとつめは、会ったこともない人に対して精神医学的考察や評価を加えることができるのか、ということだ。そしてふたつめは、そもそも、世間的には天才、偉人、革命家、教祖と呼ばれている人に対して、その人生や作品に「本人も自覚しなかった心的葛藤《かっとう》」を探りあてようとしたり、さらには診断名まで与えたりして「病理」を見ようとするのは、そもそも余計なお世話、たいへんな失礼にあたるのではないか、ということだ。

それに対して精神医学者は、実に巧妙な答えを用意している。「会ったこともない人を云々《うんぬん》」に対しては、「資料だけから対象を研究することを病跡学と呼ぶ」という答えを、「余計なお世話あるいは失礼云々」に関しては、精神病理学者である加藤敏氏の論文から引用しよう。

「病跡学は、精神疾患や症状、また『標準』からずれた人格が、創造性と内的に密接に結ばれ、創造性促進作用的な作用を及ぼすことを明らかにした。このように、病跡学は、精神疾患や症状が主体にとって内的、かつポジティブな側面をもつ可能性を示唆《しさ》する点で貴重である。」（「病跡学の方法論―医学モデルの脱構築にむけて―」『日本病跡学雑誌』第六十六号、二〇〇三）

これはそれなりに説得力がある回答だと思うが、ちょっと斜めから見れば、「精神医学全体への寄与や精神疾患の地位向上のために、研究対象とされた個人は我慢せよ」と読み取れなくもない。

インテリジェンス活動にしても同様のことが言えるのではないか。この場合、大義となるのは「国益」だ。そのために、専門家は資料を集め、その行間や周辺の人物の証言などから、そこに隠された真意や資料を作った本人でさえまだ気がつかずにいる陰謀などを読み取ろうとする。一定の文法や倫理的なルールは定められているはずだが、読み解かれるほうにしてはたまったものではない。さらに、インテリジェンス活動を行う側も、ときには「ここまでしていいのか?」「何のためにこんなことを?」といった自責の念や疑問に苛《さいな》まれるかもしれない。

そこで自身のメンタルヘルスを健全に保つために必要なのが、「医学のため、ひいては患者のため」「すべては国益のために」といった大義なのではないだろうか。

しかし、大義だけですべてが説明できるかというと、そうではない。病跡学に携わる精神医学者たちは、それでもこぼれ落ちる疑問や自責の念から逃れるために、今度は「対象への愛」というやっかいな概念を持ち出してきた。「病跡学研究をする上の倫理として、研究対象への愛がなければならない」と言い出したのは、精神医学者にして作家の加賀乙彦氏だったといわれる。それに対して、若手たちは「そもそも、学問的態度、科学的態度というのは、愛とか憎悪《ぞうお》とかいうものには依拠せず、中立的でなければならないはずだ」と反論を試みているが、それでも現在においても病跡学学会に出かけると、研究者たちはまるで恋人への愛を告白するかのように、ときに饒舌《じょうぜつ》にときにははにかみながら、自分が対象として選んだ人物の〝心の秘密〟を暴こうとするのである。

どんな大義を仕立てあげても、こぼれ落ちる〝何か〟がある。それを科学的態度などでごまかすことよりは、いっそのこと「愛」だと言ってしまうほうが、むしろ誠実なのではないだろうか。私はそう思う。

本書は、インテリジェンスの専門家である佐藤氏が記したエピソード集、人物伝である。あくまでスポットがあたっているのは「人」であり、政治の表舞台の話や裏話も出てはくるが、今回はそれは人間を描くときの味つけでしかない。

インテリジェンス活動がルールに従って文書を丹念に読み解く、という点において病跡学に似ているなら、本書は「精神医学（国家）への寄与」といった説明では語り切れない、「なぜそこまで対象に接近しなければならないのか」「なぜあれではなくてこの問題なのか」という部分にあたる〝何か〟なのだと思う。

もっと言えば、ここで語られる人物たち、橋本龍太郎、小渕恵三、エリツィン、プーチン、そして鈴木宗男にイエス・キリストらに対する、著者の「愛の告白」であるとも言えるのではないだろうか。先ほど引用したインテリジェンスの説明に続く箇所で、著者は言う。

「しかし、このようなインテリジェンスという仕事を私は最後まで好きになることができなかった。」

そうだろう。「愛の人」である著者には、国益や科学的態度といった理由だけでは、ときに冷徹にならなければならないこの仕事を続けることなど、とてもできなかったはずだ。もちろん、だからこそ私たちはこうやって、この類《たぐい》まれなる面白さの書物を読むことができたわけであるが。著者の「愛のおこぼれ」にあずかる読者が、ひとりでも増えることを祈りたい。

（平成二十二年九月、精神科医・評論家）

【本書で取り上げた主な人物】

＊この人名録における肩書きなどは本書編集時のもの。複数ある場合には代表的なものとした。数字は、本書の第何話に登場するかを表す。

[あ]

アイケルバーガー（元米陸軍第八軍司令官） 13
アカエフ（元キルギス大統領） 1, 14
麻生太郎（元総理大臣） 8
アタエフ（元トルクメニスタン国会議長） 14
アタナシオス（古代キリスト教神学者／司教） 17
テオドール・アドルノ（ドイツの哲学者） 19
姉崎正治（東京帝国大学教授／哲学者／宗教学者） 9
阿部修一（筆者の同志社大学神学部の後輩／会社員） 18
安倍晋三（元総理大臣） 5, 8
バート・アーマン（古代キリスト教専門の宗教学者） 17
有末精三（陸軍参謀本部第二部長） 13
アレクシー二世（モスクワと全ロシア総主教、ロシア正教会最高責任者） 6

[い]

飯島勲（小泉純一郎元総理大臣秘書官） 5
飯村豊（東大公共政策大学院教授／元外務省官房長） 8
イエス・キリスト 1, 6, 16, 17, 18, 19
石井花子（ゾルゲのパートナー） 11
井上義行（安倍晋三元総理大臣秘書官） 5
猪野毛利栄（戦前の衆議院議員） 9
岩井志麻子（作家） 10
セルゲイ・イワノフ（元ロシア安全保障会議事務局長／副首相） 2, 3, 7

ビクトル・イワノフ（プーチン・ロシア大統領補佐官）　7

［う］

上杉慎吉（憲法学者／東京帝国大学教授）　9
梅津美治郎（元陸軍参謀総長）　13

［え］

エイレナイオス（古代キリスト教神学者）　17
江田憲司（橋本龍太郎元総理大臣秘書官／衆議院議員）　2,5
エリツィン（元ロシア大統領）　1,2,3,4,6,7,15
エンゲルス（共産主義者で資本家／マルクスの盟友）　8

［お］

大川周明（思想家）　9
大塔宮護良親王（後醍醐天皇の皇子）　18
大山修司（筆者の同志社大学神学部の友人／牧師）　16
緒方純雄（同志社大学神学部名誉教授）　19
尾崎秀實（元朝日新聞記者／近衛文麿元総理のブレイン／ゾルゲの友人）　11
小沢一郎（元民主党代表）　8
小渕岩太郎（小渕恵三元総理の叔父／陸軍中野学校第六期）　4
小渕恵三（元総理大臣）　1,2,3,4,6
ミラン・オポチェンスキー（チェコの神学者）　19
オマール（アフガニスタン・タリバーン政権の最高指導者）　14

［か］

ガイダル（元ロシア首相代行）　7
カシヤノフ（元ロシア首相）　5,7
梶山静六（元内閣官房長官）　4

ロドルフ・カッセル（スイス・ジュネーブ大学名誉教授） 17
加藤紘一（元自民党幹事長） 5
鎌田銓一（陸軍中将） 13
香山リカ（精神科医） 8
川口順子（元外務大臣／参議院議員） 6,8
川島裕（元外務省事務次官） 5

[き]

菊池武夫（戦前の貴族院議員） 9
キリエンコ（元ロシア首相） 7
ゼーレン・キルケゴール（デンマークの哲学者） 19
金正日（朝鮮労働党総書記／北朝鮮国防委員会委員長） 8,9,12
金日成（北朝鮮国家主席） 9,12

[く]

楠木正行（南北朝時代の武将／楠木正成の嫡男） 18
クドリン（ロシア財務相） 7
クナッゼ（元ロシア外務次官） 6
ウィリアム・クラッセン（米国の神学者／宗教学者） 17
クリュチナ（元ソ連共産党総務部長） 15
ハーバート・クロスニー（ジャーナリスト／『ユダの福音書を追え』筆者） 17

[こ]

小泉純一郎（元総理大臣） 1,2,3,4,5,6,8,18
高師直（南北朝時代の武将／足利尊氏の家来） 18
五條順教（金峯山寺管長） 18
五條良知（金峯山寺教学部長） 18
後醍醐天皇（第九十六代天皇／足利尊氏に敗れ吉野に南朝を開く） 18
コニー（メスのラブラドール犬／プーチン前大統領の愛犬） 7

近衛文麿（元総理大臣） 11
小町恭士（元外務省官房長／前駐オランダ大使） 1
小山博史（元彩福祉グループ代表） 18
コルジャコフ（エリツィン元大統領警護局長） 7
ゴルバチョフ（元ソ連共産党書記長／元ソ連大統領） 6,14
コンスタンチヌス帝（キリスト教を公認した古代ローマ皇帝） 17

[さ]

西原理恵子（漫画家） 18
佐々江賢一郎（森喜朗元総理大臣秘書官／外務事務次官） 5
佐藤一彦（吉水神社宮司） 18
佐藤三郎（元加藤紘一衆議院議員秘書） 5
佐藤ゆかり（参議院議員） 6

[し]

重光葵（元外務大臣） 13
篠田研次（外務省国際情報統括官） 4
篠田正浩（映画監督） 11
タチアーナ・ジャチェンコ(エリツィン元大統領の次女) 2,6
ジュガーノフ（ロシア共産党議長／党首） 7
フリードリッヒ・シュライエルマッハー（ドイツの神学者） 17,19
ジリノフスキー（ロシア自由民主党党首） 4

[す]

ロバートソン・スコット（『是でも武士か』筆者） 15
鈴木宗男（新党大地代表） 1,2,3,4,5,6,7,8,9,12,15,18
スターリン(革命家／元ソ連共産党書記長／元ソ連首相) 7,9,11,12,14
スタロボイトワ（エリツィン元大統領顧問／民族学者） 15

ビクトル・ズプコフ（前ロシア首相） 7,8
アグネス・スメドレー（アメリカ人ジャーナリスト） 11
スルコフ（ロシア大統領府副長官） 7

[せ]

セーチン（ロシア大統領府副長官） 7

[そ]

ソスコベッツ（元ロシア第一副首相） 2,7
リヒアルト・ゾルゲ（ドイツ人ジャーナリスト／ソ連赤軍第四本部工作員） 11
ソルジェニーツィン（作家） 15

[た]

瀧川幸辰（刑法学者／京都帝国大学教授／後の京都大学総長） 9
瀧田敏幸（筆者の同志社大学神学部の友人／千葉県議会議員） 16,18
滝まこと（衆議院議員） 18
宅野田夫（思想家） 9
竹内行夫（最高裁判所判事／元外務省事務次官） 3,8
田中角栄（元総理大臣） 4,18
田中眞紀子（元外務大臣） 1,3,5,8,9
多原香里（学者／「新党大地」副代表） 1
タルピシチェフ（エリツィン元大統領顧問／元大統領のテニスコーチ） 7
丹波實（元駐ロシア大使） 2,4

[ち]

チェルノムィルジン（元ロシア首相） 7

[つ]
辻元清美（衆議院議員） 10
津田左右吉（歴史学者／早稲田大学教授） 9

[て]
パウル・ティリッヒ（ドイツのプロテスタント神学者） 19
手嶋龍一（外交ジャーナリスト／作家） 15
チャールズ・テンチ（アメリカ軍大佐／連合国軍先遣隊司令官） 13

[と]
東郷和彦（元駐オランダ大使／京都産業大学教授） 2,3,4,5
東郷茂徳（元外務大臣） 2
東郷文彦（元外務事務次官／駐米大使） 2
東條英機（元総理大臣） 9
戸沢重信（天皇機関説事件を担当した検事） 9
ドストエフスキー（作家） 1
豊田副武（元海軍軍令部総長） 13
豊臣秀吉（戦国時代の武将／太閤） 18
トルーマン（元アメリカ大統領） 19

[な]
中曽根康弘（元総理大臣） 4
中村明（陸軍中野学校第五期） 4
中村うさぎ（作家） 16
中村勝平（海軍少将） 13
中山太郎（元外務大臣） 1
夏目漱石（作家） 13

[に]
西村六善（元外務省欧亜局長） 4

ラインホルド・ニーバー（アメリカのプロテスタント神学者） 19
ニャゾフ（前トルクメニスタン大統領） 14

[ね]
ネムツォフ（元ロシア第一副首相） 4

[の]
野上義二（元外務省事務次官） 1,3
野中広務（元内閣官房長官） 1,3,4,5,18

[は]
イリーナ・ハカマダ（ロシアの政治家／元下院副議長） 4
袴田茂樹（青山学院大学教授） 2
橋本龍太郎（元総理大臣） 1,2,3,4,5,6,7,13,18
橋本龍伍（元厚生大臣／橋本龍太郎元総理の父） 13
カール・バルト（キリスト教神学者） 3,17,19
伴宙太（漫画「巨人の星」の登場人物） 9

[ひ]
東久邇宮稔彦（元総理大臣） 13
ヒトラー（ドイツ第三帝国総統） 9
オサマ・ビン＝ラディン（イスラム原理主義過激派テロリスト／アルカイダ・リーダー） 14

[ふ]
フォイエルバッハ（哲学者） 17
福田赳夫（元総理大臣） 4
福田康夫（元総理大臣） 8
藤波孝生（元内閣官房長官） 18
プーチン（前ロシア大統領） 1,2,3,4,5,6,7,8,15

ブッシュ（JR. ／第四十三代アメリカ大統領） 14,19
ダン・ブラウン（作家／『ダ・ヴィンチ・コード』筆者） 17
フラトコフ（元ロシア首相） 7,8
プリマコフ（元ロシア首相） 4
ブルブリス（元ロシア国務長官／上院連邦会議議員） 6,7
ブレジネフ（元ソ連共産党書記長） 6
ヨセフ・ルクル・フロマートカ（チェコのプロテスタント神学者） 19

［へ］
ペトロ（イエスの弟子／初代ローマ教皇） 17
ベリヤ（ソ連秘密警察長官） 12
ベルディムハメドフ（トルクメニスタン大統領） 14
ベレゾフスキー（ロシアの新興財閥／現在ロンドンに亡命中） 15
ヘロデ王（古代パレスチナの王） 16

［ほ］
星飛雄馬（漫画「巨人の星」の主人公） 9
細川護熙（元総理大臣） 6
マックス・ホルクハイマー（ドイツの哲学者） 19

［ま］
マスハードフ（チェチェンの独立派大統領） 15
マタハリ（伝説の女スパイ／本名マルギュリーテ・ツェレ） 15
マッカーサー（アメリカ陸軍元帥／ＧＨＱ最高司令官） 13
マメジェリジェフ（トルクメニスタン国防相） 14
マリア（聖母） 16
カール・マルクス（ドイツの哲学者／経済学者） 8,17,19

[み]

三井甲之（思想家） 9
三塚博（元自民党政調会長） 1
源頼朝（平安時代末期の武将／鎌倉幕府を開く） 9
蓑田胸喜（思想家／文筆家／国士舘専門学校教授） 9
美濃部達吉（憲法学者／東京帝国大学教授） 9

[む]

ムッソリーニ（元イタリア首相） 13
村上正邦（元労働大臣） 18
村上義隆（南朝忠臣） 18
村上義光（南朝忠臣） 18
ムルタザエフ（ロシアのジャーナリスト） 15

[め]

明治天皇 9
メドベージェフ（ロシア大統領） 7
メルケル（ドイツ首相） 7

[も]

モティリ（ソ連の映画監督） 14
森茂喜（元石川県根上町長／森喜朗元総理の父） 5
森喜朗（元総理大臣） 1,2,3,4,5,6,18

[や]

八木橋康広（筆者の同志社大学神学部の後輩／牧師） 16
柳田國男（民俗学者） 15

[ゆ]

イスカリオテのユダ（イエスの弟子） 17

[よ]

吉河光貞（ゾルゲ事件を担当した検事） *11*
ヨセフ（イエスの父） *16*
米原万里（作家／ロシア語通訳） *3*

[ら]

ラスプーチン（ロシア皇帝ニコライ二世夫妻に取り入った怪僧） *10*
アフマメド・ラフモノフ（トルクメニスタン内相） *14*
エマムアリ・ラフモノフ（タジキスタン大統領、2007年4月ラフモンに改名） *1*

[り]

アレクサンドル・リトビネンコ（元ロシア連邦保安庁中佐） *15*

[る]

ルゴボイ（ロシア人ビジネスマン／リトビネンコ氏暗殺の容疑者） *15*

[れ]

レイマン（元ロシア情報技術通信相） *7*
レジェポフ（トルクメニスタン大統領警護局長） *14*
レーニン（思想家／革命家） *9*

[わ]

渡辺秀夫（陸軍中野学校第五期） *4*

この作品は平成十九年十二月新潮社より刊行された
『インテリジェンス人間論』に加筆したものである。

―――
インテリジェンス人間論《にんげんろん》
―――
新潮文庫　さ－62－3

平成二十二年十一月一日発行

著者　佐《さ》藤《とう》優《まさる》

発行者　佐藤隆信

発行所　株式会社新潮社

郵便番号　一六二―八七一一
東京都新宿区矢来町七一
電話　編集部(〇三)三二六六―五四四〇
　　　読者係(〇三)三二六六―五一一一
http://www.shinchosha.co.jp

価格はカバーに表示してあります。

乱丁・落丁本は、ご面倒ですが小社読者係宛ご送付ください。送料小社負担にてお取替えいたします。

印刷・二光印刷株式会社　製本・株式会社植木製本所

ISBN978-4-10-133173-7 C0195